Rüdiger Aboreas - Der schwarze Duft

Rüdiger Aboreas

Der schwarze Duft

Freundliche, schräge
und groteske Geschichten

zumeist von der Liebe,
aber auch von
heimtückischen Trieben und
bösen Verirrungen

*Bibliografische Information der Deutschen Nationalbibliothek:
Die Deutsche Nationalbibliothek verzeichnet diese Publikation
in der Deutschen Nationalbibliografie; detaillierte bibliografische
Daten sind im Internet über https://dnb.d-nb.de abrufbar.*

Impressum:

© 2023 Rüdiger Aboreas

Herstellung und Verlag: BoD - Books on Demand, Norderstedt

ISBN: 9783734717437

Cover: Rüdiger Schulze / Dorothea Schäfer (Grafik)

Die Geschichten dieses Buches sind frei erfunden. Ähnlichkeiten mit realen Personen, Handlungen oder Institutionen sind nicht beabsichtigt und wären reiner Zufall.

Inhaltsverzeichnis

| Der Apfelbaum | 7 |

Vorspiel	13
Die Vorsehung	29
Zurück zu den Wurzeln	43
Der schwarze Duft	57
Wiedersehen	67
Keuschheitszipfel	73
Schweinerei	85
Solidarität	95
Die Seherin	119
Das Kleid	127
Cuba Libre	141
Der zweite Frühling	159
Rauchen verboten	171
Nachspiel	189

Kriminelles

Das Ende	203
Der nette Herr Merten	211

Zahn der Zeit

Tante Marie	235

Vor unserer Zeit

Frostige Hingabe	243

Eine wahrhaftige Geschichte. So ereignet im Jahr 2000/2001.

Der Apfelbaum

Das üppige Grün des Gartens im alten Farmsen in Hamburg hatte schon immer so manchen Spaziergänger vor dem Zaun verweilen lassen. Dabei zog ein majestätischer Boskop-Baum die Blicke wie magisch auf sich. Mit seinen Blüten und dem dichten Blätterdach beschirmte er Sträucher und Hecken ebenso wie wilde Erdbeeren, die wie ein zartes, rötlich betupftes Tuch den Boden überkräuselten. Im Sommer suchten die Kinder im Schatten des Baums Schutz vor der Sonne. Später turnten sie in luftiger Höhe auf den kräftigsten Ästen für das Ansinnen, ein Baumhaus zu bauen.

Irgendwann geschah es, dass beim Klettern ein eher kleiner Ast abbrach. Damit sich niemand daran verletzen könnte, nahm die Mutter das krumme, eigentlich unansehnliche „Stück Baum" fort. Weil sich auf die Schnelle keine Ablage fand, steckte sie den Ast wenige Meter entfernt vom Hauseingang achtlos in den weichen Boden.

Ein Monat mochte vergangen sein, als Mutter und Kinder eines Morgens vor dem leblos aus dem Boden ragenden Ast verweilten. Verwunderlich fanden sie, dass seine Blätter nicht welkten. Die Mutter wollte ihn entsorgen, am besten durch den

Häcksler drücken. Ganz anders die Kinder. Die jauchzten: »Ein Märchenbaum!«, und umtanzten das kümmerliche, nur mühsam aufrecht stehende Geäst. Wenn es ein Märchenbaum wäre, so forderten sie, dürfe man dem Ast keinesfalls ein Leid antun. Demonstrativ zogen sie den Häcksler auf die gegenüberliegende Seite des Hauses. Fortan wachten die Kinder über das Wohl ihres kleinen Schützlings wie die Engel über eine fromme Seele.

Der Winter kam. Die Kälte kroch in die Stadt, umschlich den inzwischen kahlen, mageren Ast, schien ihn totfrieren zu wollen. Die Kinder betrachteten ihren Schützling mit Bangen. Hatte das Bäumchen überhaupt eine Chance zu überleben?

Als im Frühjahr die Sträucher überall im Garten Knospen austrieben und Blattwerk entfalteten, war die Enttäuschung groß. Denn ihr Schützling ragte noch immer leblos aus der Erde. Von jetzt an galt der erste Blick eines jeden Morgens dem kahlen Zweig. Die zweifelnde Mutter war dennoch bemüht, den Kindern Mut zu machen. Immer wieder zeigte sie in den Garten hinein, wo im Hintergrund auch der mächtige Apfelbaum nur wenige Frühlingszeichen aufwies.

Eines Abends, es war einer der ersten warmen Tage des Jahres, da tollten die Kinder über den Rasen. Ein Ball wurde geworfen. Mehrmals flog er fast in die Baumkronen. Vier wache Augen folgten seinem Flug. Plötzlich brach das ausgelassene Spiel ab. Eine Stille, die sogar dem Wind den Atem verschlug. Ein eben noch munterer Tag schien zum Stillstand zu kommen. Beendet wurde dieser Zustand durch laut gellende Freudenrufe der Kinder. Denn da oben, genau über ihnen am Boskop-Apfelbaum, zeigten sich Anzeichen von Blättern. Ohne dass es eines Wortes der Verständigung bedurfte, rannten die Kinder zum Hauseingang, wo der Ast in der Erde steckte. Fragend, hoffend, flehend, so suchten sie aus allernächster Nähe das bescheidene Zweiggewirr nach Knospen ab. Ja, da schienen sich tatsächlich winzige Ausbeulungen von der Rinde abzuheben. Die rasch herbeigeholte Mutter staunte nicht schlecht, bestätigte, dass Anlass zu Hoffnung bestehe. Es sollte eine unruhige Nacht werden. Am folgenden Tag, mit den Strahlen der frühen Morgensonne, wurde es Gewissheit. Der Ast hatte die Winterkälte überstanden. Von nun an sprachen die Kinder nur noch von einem Wunderbäumchen.

Wie es bei Kindern nun einmal so ist, verlor das Ereignis allmählich an Bedeutung. Die Schule und das familiäre Einmaleins kehrten zurück in den Lebensmittelpunkt. Das sollte vorläufig so bleiben, denn niemand erwartete Früchte an dem Ableger, war er doch noch viel zu klein. Überdies hatten „Fachleute" versichert, dass er niemals Äpfel und schon gar keine Boskop-Äpfel tragen würde.

Das Jahr ging dahin. Ein neuer Herbst kündigte sich an. Zwischen den Blättern und Zweigen des mächtigen, freundlichen Mutterbaums schaukelten große, von der kühleren Herbstsonne gerötete Äpfel im Wind. In dieser Zeit, so unspektakulär wie ein welkendes Blatt im Oktober, flatterte ein schmuckloser Brief ins Haus. Er sollte sich als das genaue Gegenteil von bedeutungslos erweisen. Lapidar teilte darin das Hamburger Liegenschaftsamt mit, dass mit der Bebauung vieler kleiner, schon vor Jahren separierter Grundstücksteile alsbald begonnen werden sollte. Schade, dachten die Bewohner der Siedlung. Denn das Land, das ehemals zu ihren Gärten gehört hatte, war bislang noch frei zugänglich, konnte anstandslos mit genutzt werden. Man zuckte mit den Schultern und richtete sich auf die angekündigte Einschränkung ein. Das, was die Stadt auf bürokratische Weise „Verdichtung" nannte, war schließlich nicht abzuwenden.

Dass der alte, stolze Apfelbaum auf einem der neu geschaffenen Grundstücke stand, störte fast niemanden. Nur die Familie, zu deren Garten er zuvor gehört hatte, klagte still. Da half es auch nichts, dass fast die Hälfte der mächtigen Baumkrone die Grundstücksgrenze überragte und immerhin Fallobst zu erwarten war. Wirklichen Trost spendete allein die Besinnung auf den kleinen, einst mit so viel Liebe bedachten „Ableger". Wenn er auch krumm und unansehnlich gewachsen war, hatte er inzwischen die stolze Höhe von fast zwei Metern erreicht.

Im Frühjahr, noch vor der Blüte, erschienen die ersten Baufahrzeuge. Schon eine Stunde später wurde begonnen, das Gelände hinter einer noch rasch gepflanzten Weißdornhecke zu roden. Dann geschah das Unfassbare. Eine Motorsäge wurde angeworfen. Keine drei Stunden später stand von dem über 70-jährigen Apfelbaum nur mehr ein Stumpf. Der neue Eigner des abgetrennten Grundstückes hatte befürchtet, die Wurzeln des Baums könnten sein zukünftiges Haus beschädigen. Daraufhin herrschte entsetztes Schweigen in der Siedlung.

An diesem Abend standen die Kinder hinter dem Haus und blickten starr auf die tote Leere, die noch in der Tagesfrühe von dem wuchtig aufragenden, gleichsam freundlichen Boskop-Apfelbaum belebt worden war. Es dunkelte bereits, als die trauernden Kinder ins Haus gerufen wurden. Während die Mutter auf der unteren Treppenstufe stand, war eine ungewöhnliche Spannung zu spüren, als stünde ein Gewitter bevor. Doch hatte es seinen Ursprung nicht in der Elektrizität aneinander reibender Luftschichten, sondern ganz offensichtlich hier irgendwo im Garten. Verwirrt von den ungewöhnlichen Empfindungen schloss die Mutter die Tür und achtete sorgsam darauf, dass die Fenster geschlossen blieben.

Am folgenden Morgen, auf dem Weg zur Schule, durchquerten die Kinder den Garten mit demselben Elan wie an anderen Tagen auch. Da machte eine rüstige Nachbarin, die zur Rechten wohnte, auf sich aufmerksam. Auf sich? Nein! Unzweideutig zeigte sie herüber auf das schmächtige Bäumchen vis-à-vis dem Hauseingang. Flüchtig, mit den Gedanken schon in der Schule, folgten die Kinder dem Hinweis. Dann blieben sie wie angewurzelt stehen, wollten zunächst gar nicht glauben, was sie sahen. Hell glänzte im Morgentau eine kleine, zarte Blüte zwischen frühlingshaften Blättern an dem dürren, lichten Geäst.

Ein Augenblick verging, dann verstanden die Kinder die Botschaft. Kurz darauf erschien die Mutter. Gemeinsam bestaunten sie das, was auch von vielen Anwohnern und Spaziergängern schon bald als Farmsener Wunder bezeichnet werden sollte. Und in Gedanken an die brutale und entwürdigende Abholzung des stolzen Boskop-Apfelbaums träumten die Kinder schon jetzt vom Herbst. Dann, so hofften sie, gäbe es vielleicht einen Apfel zu ernten. Wie immer er auch schmecken würde. Dem Himmel sei Dank.

Wenn Kopf und Hormone
verschiedene „Sprachen" sprechen.

Vorspiel

Nach der Abendtoilette trat Amigo Engelhard noch rasch ans Fenster, einen Blick hinaus zur Straße auf sein neues VW-Cabriolet zu werfen. »Volles Rohr!«, schnalzte er und ballte die Fäuste. Dann griff er zum Eau de Toilette für die besonderen Stunden. Sich selbstgewiss vor dem Spiegel drehend, setzte er zwei Duftmarken links und rechts hinter die Ohrmuscheln. Dann lockerte er mit dem Daumen das Gummiband seiner Shorts und sprühte ins quellende Gekräusel. Schließlich tätschelte er seine Wangen, nickte seinem Spiegelbild zu und verließ das Badezimmer.

Leichtfüßig überquerte Amigo den Flur, schwungvoll durchschritt er die Tür zum Schlafzimmer, wo Beate wartete. Wartete? Die Chance, sie zu verführen, so glaubte er, stand gut, denn der Abend war harmonisch verlaufen. Er hatte sogar geduldig zugehört, als sie von ihrer erkrankten Mutter gesprochen und von ihrem gerade erst verstorbenen Vater. Währenddessen hatte Beate Wein getrunken, zwei bis zum Rand gefüllte Gläser sogar. Für die Wenigtrinkerin ein Gläschen zu viel, wie Amigo wusste. Wie aufgelöst hatte sie am Polsterleder des Sofas geklebt, mit ausgestreckten Beinen und wirrem Haar. Heute würde er leichtes Spiel haben, freute sich der Verführer. Könnte Liebe schöner sein?

Der Optimist spürte ein hormongesteuertes Kribbeln im Unterbauch und schnalzte beim Betreten des Schlafzimmers: »Ich bin geil wie ein Zimmermann.«

Beate mochte diesen Vergleich nicht. Nicht, weil sie prüde wäre, sondern wegen der Nähe zum unvermeidbaren Handwerker-Begriff „Dachlatte". Nicht nur einmal hatte sie über Amigos Prollsprache geklagt. Doch den scherten solche Empfindsamkeiten nicht. Schon allein, weil er seinen Mund nicht für belangloses Schweigen mit ins Leben bekommen hatte, wie er immer mal wieder gern betonte.

Beate vergrub sich in ihrem Bettzeug. Der Versuch, seiner Geilheit zu entgehen, schlug fehl. Amigo kam über sie wie ein Sprinter auf der 100-Meter-Strecke. Fehlte nur noch eine Siegerehrung mit Pauken und Trompeten. Ruck, zuck begann er, an ihrer Brust zu kneten. Dann, mit dem Geschick eines Mechatronikers, entriss er der Liebsten den Pyjama. Schon bestand Hautkontakt. Stoßweise entfuhr seinen Lippen ein durchaus melodisches Knurren, dazwischen das über alles erhabene »Ich liebe dich«.

Beate blieb hellwach. Ihre Aufmerksamkeit richtete sich auf die geröteten Wangen des Lebensgefährten, auf verkrampfte Gesichtszüge und trübe, glotzende Augen. Ein Anblick aus wenigen Zentimetern Entfernung, was ihren Widerstand wachsen ließ, so wie auch der bittere Geschmack seiner Haut, sein säuerlicher Schweiß. Kurzum: Er schmeckte einfach nicht, irgendwie nach abgestandener Fleischbrühe. Eindrücke und Empfindungen, die Amigo komplett fremd waren.

Was er spürte, war ein Widerstand, den er als erotische Aufladung erlebte. Und weil er glaubte zu wissen, was sich gehörte, nahm er die vermeintliche Einladung an. Ja, wenn es sein müsste, zu jeder Tages- und Nachtzeit. Schließlich wollte er seine Freundin beglücken und dazu gehörte der Sex wie der Weihnachtsmann zum Weihnachtsfest.

Längst war das Bett zerwühlt, hingen die mit Daunen befüllten Oberdecken über den Bettrand auf den Teppich hinunter. Und zum wiederholten Mal drängte Amigo Engelhard auf dem roten Laken mit stoischer Geduld gegen den zierlichen Leib seiner Angetrauten. Dabei den geschwollenen Stolz seiner Männlichkeit wie ein Brecheisen in jede Delle und Falte ihres Unterleibs pressend. Doch die grazilen, von keinerlei Pölsterchen geschützten Beine seiner Frau wollten sich einfach nicht spreizen.

Irgendwann ließ der Stürmische ab, setzte sich aufrecht, beschaute hilflos fragend das Objekt seiner Begierde. Dieses lag steif wie ein Brett auf dem Rücken, die Beine zu einem geraden Strich geformt, die Arme über den sanften Hügeln der Brust verschränkt. In den Augen ein Flackern von Qual und Erleichterung gleichermaßen.

»Hast du Migräne?«, fragte Amigo. Als eine Antwort ausblieb, setzte er nach: »Die Regel? Oder willst du mir einfach mal wieder den Abend verderben?«

»Nein«, entgegnete Beate, »ich bin müde und möchte schlafen.«

»Dann lass uns die Liebe zu Ende bringen«, verlangte Amigo und versprach: »Du weißt, ich brauche nicht lange.«

Beate, die ihre Körperhaltung gelockert hatte, wurde schlagartig steif und dünn wie ein Holzpfosten.

»Lass uns morgen darüber reden«, bat sie.

»Morgen, morgen, übermorgen«, entfuhr es Amigo beleidigt. Beate wandte sich ab, zog die Bettdecke über den Kopf. Amigo rieb mehrmals noch mit spitzem Finger über ihren Rücken. Doch als sie weiterhin abweisend blieb, zog er seine Hand zurück. Grummelnd nahm er übel.

Wenn er nur wüsste, was los war mit ihr? So ging das nun schon seit zwei Wochen. Von woher bezog sie diese Kälte? Eine Frage folgte auf die nächste. Und auf keine einzige besaß Amigo eine zufriedenstellende Antwort. Verdammt, was hatte er nur falsch gemacht? Hatte er überhaupt etwas falsch gemacht? Noch einmal strich er mit dem ausgestreckten Zeigefinger über ihren Rücken, zweimal, dreimal und so fort. Doch Beate machte keinen Mucks. Das ärgerte ihn. In der Vergangenheit hatte sie ein fehlendes Vorspiel beklagt, jetzt, da er sich darauf einließ, blieb sie kalt wie ein Fisch. Trotzig drückte er der Liebesverweigerin die Hand gegen den Rücken, erst behutsam, dann reibend. Verdammt, sie machte noch immer keine Anstalten, geil zu werden. Die Schlampe schummelt, klagte er und belauerte misstrauisch jede ihrer Regungen.

Der Zurückgewiesene, von Unrast getrieben, suchte die Küche auf, öffnete eine Bierflasche, trank rasch in kleinen Zügen. Der frisch gescheuerte Fußboden, der erledigte Abwasch, die akkurat an der Wand hängenden Schöpf- und Rührlöffel entspannten seine beleidigte Männerseele. Fleißig war sie ja, die Ungeile. Trotz der erfreulichen Ordnung benötigte Amigo drei

Bier für die Bettschwere.

Am Morgen darauf zeigte er sich gehemmt, trug auf dem Gesicht ein unverkennbares Beleidigtsein durch die Wohnung. Beate wirkte fahrig. Ungeschickt befleckte sie die Tischdecke mit einem dünnen Faden Kaffeebräune.

»Sei vorsichtig!«, platzte es aus Amigo heraus. Das Unglück abzuwenden, fuhr seine Hand in Beates Bewegungsablauf. Prompt plumpste die Kanne zu Boden. »So ein Mist!«, schimpfte er.

Beate presste die Lippen aufeinander, holte Wischlappen, Handfeger und Kehrblech heran, ging auf die Knie.

Die letzten Porzellansplitter wechselten gerade vom Fußboden auf das Kehrblech, als auch Amigos Finger die Kehrschaufel umschlossen. Langsam suchten sie Beates Handrücken. Seine Wange presste er gegen ihre. Ein feuchter Kuss auf ihre Ohrmuschel kündete von einem neuen Begehren. Doch Beate entwand sich auch dieser Umarmung.

Dann stand das Paar einander gegenüber, er mit bis unter die Knie gerutschter Schlafhose und frei abragender Männlichkeit, sie mit verstörten Augen unter der demolierten Frisur. Was das Paar freilich noch immer verband, war das anhaltende, vertraute Schweigen. Amigo hob die Schultern und die Augenbrauen, sie hob das Kehrblech an, um die Scherben scheppernd in den Mülleimer zu schütten.

Einem sprichwörtlich begossenen Pudel gleich, flüchtete der Beleidigte ins Bad, dessen Tür er von innen verschloss. Erst als die Wohnungstür klappte, verließ er das selbst gewählte Exil. Vom Fenster aus verfolgte er den Weg seiner Lebensgefährtin zur nahen Kreuzung, wo sie bei Grün den Zebrastreifen überquerte. Hinter der Häuserzeile führte eine Treppe in den Untergrund zur U-Bahn-Station.

Auch Amigo machte sich früher als sonst auf den Weg zur Arbeit, einer großen deutschen Versicherungsgesellschaft. Er benutzte seinen neuen Wagen, ein VW-Cabriolet. Die ganze Fahrt über rätselte er über Beate. Und immer wieder mündeten alle Fragen in die eine Frage: Was für ein Teufel war nur in seine Liebste gefahren? Waren sie nicht immer glücklich gewesen in den gemeinsamen Jahren? Nie hatte sie genug bekommen können vom Sex mit ihm. Auch versauter hätte es manchmal nicht sein können. Wie passte das alles zu ihrer plötzlichen Frigidität? Ein fehlendes Vorspiel? Blödsinn! Immerhin hatte er ihr den Bauch gekitzelt. Tags zuvor sogar die Füße massiert. Amigo fürchtete das Schlimmste. Was wäre, wenn sie einen Geliebten hätte? Oh Gott, war es das?

Auch im Büro sollte Amigo keine Ablenkung finden. Lustlos nur verrichtete er seine Arbeit. Und dabei häuften sich gerade am Wochenanfang die Schadensmeldungen. Ununterbrochen klingelte das Telefon. Was, wenn einer der Anrufer Beates Geliebter wäre? Wenn der alleinige Zweck des Kontaktes der Vergewisserung seiner, Amigos, häuslicher Abwesenheit galt? Ein Gedanke, der die Nerven an ihre Grenzen trieb. Nur mühsam gelang es ihm, sich zu sammeln. Das Telefon ließ er von jetzt an öfter klingeln, bevor er zum Hörer griff.

Endlich, 12 Uhr, Mittagspause. Von Unrast getrieben verließ der Zweifelnde das Bürogebäude. Sollte er die 30 Minuten nutzen, um nach Hause zu fahren, nach dem Rechten zu sehen? Bevor er die selbst gestellte Frage beantworten konnte, kam ihm das Schicksal in die Quere. Und zwar in Form von Stimmbändern, die zu einer ehemaligen Freundin gehörten: Edith. Ach herrje, die hatte ihm gerade noch gefehlt. Ausgerechnet die, die ihn mit einer ganzen Armee von Stechern betrogen hatte. Amigo trat der Ehemaligen entgegen. Oh, gut sah sie aus, verdammt gut sogar.

Sie zeigte auf den Eingangsbereich von Amigos Arbeitgeber. »Du machst immer noch in Schadensmeldungen?«

»Wie du siehst«, entgegnete er.

»Stell dir vor«, sagte Edith, ich arbeite seit Neuestem gegenüber auf der anderen Straßenseite. Beim Popper-Versand. Du weißt schon …«

Amigo grinste breitgesichtig.

»Aha«, antwortete er, ich nehme an, dass du dich inmitten der Erotik-Artikel heimisch fühlst.«

Edith verdüsterte ihre Augen. »Bitte keine Anspielungen.«

»Schon gut, aber …«

»Aber?«, fragte sie in gereizter Stimmung.

»… aber Erotik«, ergänzte Amigo trotzig, »Erotik ist doch schon immer genau das gewesen, was dich angetrieben hat.«

Edith hob abfällig eine Augenbraue.

»Wenn du mit Erotik so etwas wie Sinnlichkeit meinst, könntest du recht haben«, zischte sie, und: »Zu dir passt Sinnlichkeit wie das Wattenmeer zu einem Bergsteiger.«

Das waren Äußerungen, die unter normalen Umständen an einem Bereichsleiter einer Versicherung abperlen müssten wie Regentropfen am gewachsten Lack eines Autos. Heute aber ätzten solche Worte Löcher in die Hülle von Amigos Selbstbewusstsein. Und mit einem Mal pulsten sämtliche Probleme mit Beate aus ihm heraus wie Eiter aus einem entzündeten Gesichtspickel, der ausgedrückt wurde.

Amigo stoppte den Atem. Er fürchtete mit seiner Dampfplauderei als Gedemütigter oder Verlierer dazustehen. Schon war er auf dem Sprung, sich zu verabschieden, als ihm eine Chance bewusst wurde. Diese Tussi hat mir der Herrgott geschickt, schoss es ihm durch den Kopf. Wer sonst als eine erfahrene Frau wäre imstande, eine Frau zu verstehen? Und welchem anderen Menschen als einer ehemaligen Partnerin könnte man eine kompromittierende Angelegenheit dieser Art anvertrauen?

Prompt wandte er sich der Verflossenen zu und sagte mit einem Augenzwinkern: »Haben wir uns nicht eben gerade verabredet zum Mittagstisch?«

Edith, mit einem kessen Kopfwackeln, antwortete: »Wenn du mich so fragst, zum Chinesen geht 's um die Ecke.«

Nach dem Genuss von »Ente süßsauer« und einer extra scharf gewürzten Portion »Huhn mit Bambus« war auch das Bedürfnis nach einem Austausch von Reminiszenzen gesättigt. Gemeinsame Freunde, Missgeschicke, Höhepunkte, in dieser Reihenfolge fand die einstige Beziehung zu neuem, wenn auch temporärem Leben. In der Geborgenheit eines Kokons aus Vertraulichkeit steuerte Amigo sein eigentliches Ziel an. Und das war die Reparatur seiner Beziehung zur aktuellen Lebensgefährtin Beate.

Amigo strich mit der flachen Hand die Tischdecke glatt, ordnete den Gewürzständer und die Löffel für die Nachspeise. Die in Honig gebratenen Bananen lagen noch auf dem Teller, da wusste Edith bereits, wie es um die Beziehung ihres Exfreundes stand.

»Da liegt etwas im Argen«, kommentierte sie. »Hat deine, äh, wie heißt sie doch noch?«

»Beate.«

»Hat deine Beate schon einmal über euer nächtliches Liebesleben geklagt?«

Erstmals spürte Amigo Nervosität.

»Was heißt beklagt? Sie stöhnt, quiekt, jauchzt und ist außer sich, wenn der Meister sie berührt.« Es hatte witzig klingen sollen, doch klang es eher nach Pubertät und Hinterhof.

Edith kniff schmunzelnd die Augen zusammen.

Dann flüsterte sie spöttisch: »Du brauchst gar nicht anzugeben, ich kenne dich genau.«

Die Anspielung zerstörte Amigos Wohlbefinden abrupt. Er hatte keine Beichte ablegen wollen, auch keine Selbstkritik üben, er wollte einfach nur einen brauchbaren Ratschlag, aber nicht um den Preis einer Erniedrigung.

»Bitte!«, ermunterte Edith ihren Exfreund sanft, dabei den Eindruck vermittelnd, die Herrin der Situation zu sein.

Prompt überquerte Amigos Blutdruck spielerisch die 200. Unter seinem T-Shirt spürte er nassen Schweiß, als er begriff: Es war an der Zeit, sich zu entscheiden, die Exfreundin gänzlich einzuweihen oder sich umzudrehen und zu gehen.

Amigo zögerte, lauschte in sich hinein. Für meine Beate, nur für sie, hörte er eine innere Stimme. Nun denn, schloss er, wenn 's meiner Liebsten und mir von Nutzen ist. Und prompt sank der Blutdruck zurück auf Kreisliga-Werte.

»Um es kurz zu machen«, begann er, »du liegst richtig. Beate hat sich tatsächlich des Öfteren über ein fehlendes Vorspiel beschwert. Allerdings«, schränkte er ein, »kann ich mir beim besten Willen nicht vorstellen, dass sie mich aus diesem Grund auf Abstand hält, ich meine, ich bin doch ein Guter in diesen Dingen.« Als Edith keine Anstalten machte, ihm beizupflichten, stattdessen mit spitzen Fingern die letzte Honig-Banane von seinem Teller fischte, wiederholte er nachdrücklich: »Du müßtest doch wissen, was ich leisten kann im Bett.« Es war keine Frage, klang aber ein bisschen wie eine Frage.

Sie zu beantworten, beeilte Edith sich nicht.

Nach einer quälenden Pause reagierte sie endlich: »Wenn du mit dem, was für dich „diese Dinge" sind, ein sexuelles Vorspiel meinst, dann bin ich weit davon entfernt, dir beizupflichten.«

»Das meinst du doch nicht ernst?«

»Und wie ich das ernst meine«, beharrte Edith.

In Amigos Kopf zersplitterte ein Spiegel, einer, den er selbst aufgestellt hatte und in dem sein Ego wohnte. Edith ließ ihm Zeit für notdürftige Reparaturen. Derweil offenbarte sein Gesicht so etwas wie Verzweiflung.

»Nun gut«, sagte er schließlich, »ich schlage vor, dass du mir jetzt zeigst, wie ein gutes Vorspiel, wie sich dein Vorspiel anfühlt.«

So kurz und bündig, wie er sein Anliegen vorbrachte, so kurz und bündig willigte sie ein.

Edith, an Hüften und Schenkeln gut gepolstert, führte Amigo

wortlos durch den Stadtteil, dann durch eine Haustür, die zu einem modernen Mietshaus gehörte. Mit dem Blick auf ihren Hintern, der kaum 40 Zentimeter voraus die Treppen hinauf schaukelte, fiel ihm das Atmen zusehends schwerer. Bleib ruhig, entspanne dich!, versuchte er eine aufkommende Erregung zu dämpfen. Es half nichts, ihm war, als verstopfte ein dickes, fusselndes Fell seinen Hals.

In ihrem IKEA-mäßig eingerichteten Wohnzimmer zeigte Edith auf ein zweisitziges gelbes Sofa.

»Mach es dir bequem«, sagte sie und verschwand in der Küche. Alsbald mischte sich Kaffeeduft zwischen die Staubteilchen, die im Strahl der einfallenden Sonne tanzten. Beate stellte zwei dunkelrote, schmucklose Becher auf den Tisch und nahm neben Amigo auf dem Sofa Platz, wo sie die Beine übereinander schlug. Amigo bemerkte, dass die Gürtelschnalle ihrer Jeans geöffnet war. Kaum mehr wagte er zu reden, weil er fürchtete, sich im Tonfall zu vergreifen.

Auch er legte die Beine übereinander, allerdings weniger aus Bequemlichkeit, sondern eher, um seine anschwellende Männlichkeit zu verbergen. Während Amigo schwieg, begann die ehemalige Freundin über längst vergorene Gemeinsamkeiten zu plaudern, über ehemalige Freunde, vor allem über solche, die vom Leben scheinbar verschluckt worden waren.

Endlich brachte Edith die Sprache auf das Vorspiel. »Lass uns beginnen«, schlug sie vor. Dabei warf sie einen flüchtigen Blick auf eine hölzerne, verzierte und hell gelackte Standuhr, eine imposante Seltenheit, die wie ein Wächter neben der Tür zum Balkon stand.

»Ich habe bis 16 Uhr Zeit«, sagte sie, »dann bin ich zum Sport verabredet.«

Also gerade mal eine Stunde. Aber immerhin, dachte Amigo, die reicht für zwei klassische Nummern und 25 Vorspiele. Sein Atem wurde heftiger, sein Puls bog auf den Nürburgring ein. Was würde ihn erwarten? Er kannte Edith schon viele Jahre und während der gemeinsamen Monate hautnah, auswendig wie inwendig. Dennoch besaß er keine Vorstellung von dem, was sie vorhatte. Vorerst schenkte sie Kaffee ein. Verdammt, wo blieb der perlende Wachmacher? Früher, an langen Abenden, hatte sie Sekt serviert, manchmal auch Wein.

Kräftig holte Amigo Luft, als wollte er einen Ballon aufblasen.

»Ich beginne jetzt schon einmal mit dem Vorspiel«, presste er hastig hervor und schob eine Hand zwischen ihre Bluse und ihren Bauch, die andere zwischen die Polsterung das Sofas. Überrascht von seinem Tun krümmte Edith den Rücken, ihm Platz zu lassen. Seiner Zärtlichkeit den Weg zu bereiten, wie Amigo glaubte. Dann drückte er zwei Finger auf ihre Wirbelsäule und begann mit den Fingerspitzen kreuz und quer über ihren Rücken zu reiben.

»Na?«, fragte er erwartungsvoll.

»Warum so hektisch?«, antwortete Edith und bat: »Jetzt benutze bitte deine Fingernägel und dann hoch zum Schulterblatt – ja, so, kräftiger bitte! Oh, oh, wunderbar, das kann ich gebrauchen; und jetzt wieder runter und nun kreisend, links herum, rechts herum, genau an dieser Stelle juckt es mir feste.«

Amigo strahlte. Na bitte, dachte er, und öffnete die Beine, sein

Geschlecht anzubieten.

»Na, gib es zu«, hauchte er, »wenn das kein Vorspiel ist?«

Plötzlich rückte Edith von ihm ab, antwortete: »Wieso? Was denn? Vorspiel? Du meinst doch wohl nicht das Geschrubbe und Gefege auf meinem Rücken?«

Amigo war sichtlich verwirrt. Was soll das, dachte er, erst jault sie auf und stöhnt wie eine Wachtel in Chilisoße, um anschließend so einen Scheiß zu behaupten? Na warte! Unvermittelt fasste er seiner Gastgeberin an den Schenkel. Da sprang Edith auf, trat einen Schritt zur Seite, glättete demonstrativ ihre Hosenbeine.

»Ich lebe in einer intakten Beziehung«, sagte sie empört.

»Na und, ich auch. Es hat dich doch früher nicht gestört fremdzugehen. Hast du das vergessen?«

Edith grinste spöttisch. »Pech für dich, dass meine Liebhaber im Gegensatz zu dir die feine Kunst des Vorspiels beherrscht haben.«

Jetzt sprang Amigo auf. So eine Gemeinheit. Mit großen Schritten suchte er den Weg an der Standuhr vorbei auf den Balkon. Da hinten, hinter der Einbiegung, stand sein wunderbares Auto am Bordstein. Eine Gewissheit mit beruhigender Wirkung. Sollte er aufbrechen, einfach davonfahren? Andererseits: Was hatte er zu verlieren? Vielleicht ergab sich ja doch noch etwas. Sie war eben unberechenbar, die Ex. Amigo sortierte seine Nerven, setzte ein einstudiertes Verführerlächeln auf und kehrte zurück ins Wohnzimmer, wo er vom Gong der Standuhr abgelenkt wurde.

»Schöner Klang, sehr geschmackvoll, die Uhr«, lobte er.

Edith legte den Kopf auf die Seite. »Womit wir beim Vorspiel wären.« Sie wies mit dem Arm auf das Zifferblatt. »Denn zwischen Mann und Frau geht es zuallererst um eines, nämlich um Zeit, und zwar um gaaanz viel Zeit.«

Amigo setzte sich wieder aufs Sofa, lenkte seinen Verführerblick auf Edith. Die freilich blieb unbeeindruckt, sprach von sanften, liebevollen Worten, von Gedichten und Liebesschwüren. Amigo verzog das Gesicht, der Verlauf des Nachmittags missfiel ihm zusehends. Andererseits: Bewusst oder unbewusst: Die Ex besaß nun einmal eine erotisierende Ausstrahlung, da war es einerlei, wovon sie gerade sprach. Und weil er ihr zuhörte, so sein Verständnis, besaß er einen Anspruch auf sie, zumindest für die nächste halbe Stunde. Aber was, beim Teufel, hatten Gedichte mit Geilheit zu tun? Unterdessen sprach Edith von erregenden Düften, von Vanille, Rosenholz, von Chanel und Max Faktor. Endlich, mit Düften konnte Amigo etwas anfangen. Von denen ging tatsächlich etwas Erregendes aus. Und prompt legte seine ohnehin vorhandene Lüsternheit einen Gang zu. Ihre Vulva kam ihm in den Sinn, vertraute, lockende Gerüche, aber auch peinigende Nächte, in denen ihr Geschlecht als fleischfressende Pflanze durch seine Träume gewachsen war. Andererseits – zweifelnd wiegte der Erregte den Kopf – stand außer Zweifel, dass profane Gerüche der zwischenmenschlichen Art niemals heranreichen könnten an diesen sinnlichen Rausch, der von einem röhrenden und qualmenden Auspuff eines PS-starken Autos ausging.

Beate dozierte weiter und sprach von zärtlichen Berührungen, von Küssen, Knüffen, Liebkosungen. Amigo gab zu Bedenken, dass die Nacht keine 36 Stunden habe. Er finde Ediths Version eines Vorspiels ermüdend und abtörnend. Aber, so lenkte er ein, intime Hautkontakte würden ihn ganz gewiss nicht schrecken. Nur sollten sie nicht in Arbeit ausarten.

Nicht lange und Amigo erklärte seine Ansprüche an diesen Nachmittag für passé. Resignierend zuckte er mit den Achseln. Und als Edith zum wiederholten Mal ganz unerotisch zur Standuhr schielte, beschloss er, sich versöhnlich zu zeigen. Er bedankte sich für die vielen guten Ratschläge und versicherte, zukünftig mehr Kreativität walten zu lassen beim zärtlichen Miteinander. Ganz so, als hätte Edith nur darauf gewartet, reichte sie ihm einen Katalog vom Popper-Versand. Amigo drückte seiner Ehemaligen einen Kuss auf die schmalen Lippen und verließ die Wohnung mit ein paar dahingeworfenen Floskeln.

Eine knappe Stunde verbrachte der Ratsuchende noch an seinem Arbeitsplatz. Dann trieb es ihn hinaus, den Motor seines Cabriolets auf Touren zu bringen. Nicht lange und er suchte eine Tankstelle auf. Nahe der Kasse stand eine Vitrine mit Autofahrer-Handschuhen: edelstes Nappa. Handmade. Sie passten hervorragend zur roten Lackierung und der grauen Innenausstattung seines Autos. Normalerweise sündhaft teuer, heute aber unschlagbar im Preis reduziert. Amigo zögerte nicht.

Als er das feine Leder über die Finger zog, kam ihm eine Idee, für die er, wie er meinte, einen Nobelpreis verdient hätte. So weich und so zart, wie die Fingerwärmer waren, würden sie bestimmt auch Beate erfreuen. Was für eine Überraschung, wenn er die Neuerwerbung auf den Fingern ließe – heute

Abend, beim Sex. Beate würde aufstöhnen vor Wonne, wenn er über ihren Rücken führe mit dem zarten Leder. Gar nicht auszudenken, berührte er ihre intimen Stellen. Und doch, da fehlte etwas. Die Handschuhe allein wirkten ein bisschen mickerig, zumal sie doch letztendlich zum Auto gehörten. Hm, vielleicht sollte er eine Filiale des Popper-Versandes aufsuchen und ein Spielzeug mitbringen. Er verwarf die Idee. Sinnlos, die Handschuhe hatten ein viel zu großes Loch in seine Kasse gerissen. Während der Suchende im Verkaufsraum der Tankstelle ins Grübeln geriet, haftete sein Blick auf einem unschlagbaren Angebot: Haushaltsmob = 3,60 €. Faszinierend! Amigo war begeistert. Schon sah er Beates nackten, vor Geilheit zuckenden Hintern, wie er sich wand unter dem streichenden und kreisenden Staubfänger. Eine Vorstellung, die ihn schlagartig erotisierte. Das Beste aber, so schien es dem Lüsternen, war der doppelte Nutzen des vielseitigen Geräts: erst die Liebe, dann der Schmutz. Kurz darauf verstaute er seinen Erwerb zwischen den Sitzen des Cabriolets.

Beate aber schien wenig begeistert zu sein von dem raffinierten „Sexspielzeug". Woraus sie keinen Hehl machte. Und so sollte der Mob schon seine erste Anwendung nicht überstehen. Nachbarn beobachteten am folgenden Morgen, wie Amigo am Straßenrand hockte und mehrere Teile eines zerbrochenen Irgendetwas einsammelte. Zuletzt hielt er ein wuscheliges Knäuel in der Hand. Einen bekümmerten oder enttäuschten Eindruck hinterließ der Eifrige aber nicht. Im Gegenteil: Gut gelaunt begann er mit dem Knäuel die Felgen seines Cabriolets zu reinigen.

Wo die Fiktion sich potenziert.

Die Vorsehung

Mit ausgestrecktem Finger zeigte Huberts jüngere Schwester zur flachen Bühne, auf der gerade ein Mikrophon in Betrieb genommen wurde: »Eins, zwei – eins, drei.«

»Dort ist er«, flüsterte die 44-Jährige.

Hubert schaute genauer hin und entdeckte am dunklen Bühnenrand hinter dem ausgeleuchteten Lesetisch einen älteren Herrn. In der einen Hand hielt er ein Buch, in der anderen eine Zigarette, die er mit dem Habitus eines selbstbewussten Rauchers aufglimmen ließ. Bekleidet war er mit einem grün karierten Jackett und einer beigefarbenen Hose. Sein Haar wirkte struppig, geschmückt von einer schweifenden Locke über der linken Stirnhälfte.

»Das ist Florian Lohmann!«, erklärte Ramona mit vor Aufregung verschluckter Stimme.

Ach, du dickes Ei, dachte Hubert. Genau solche Figuren hier anzutreffen, hatte er befürchtet. Ungläubig starrte er auf die kunstvoll frisierte Angebertolle über dem herablassend zuckenden Auge des vermeintlichen Literaturstars. Wie im Film. Und plötzlich wusste er, dass es eine fragwürdige Idee gewesen war, die Schwester in die Lesung dieses Kerls zu begleiten.

Bis zum Beginn blieb noch Zeit für ein fruchtiges König Pilsener. Ramona bevorzugte einen trockenen Rotwein. Sie bugsierte Hubert in eine tote Ecke zwischen dem Büchertisch und der Garderobe.

»Sieh dich um«, sagte sie in einer recht merkwürdig anmutenden Tonlage und zeigte mit dem Finger in den Saal hinein: »Was hältst du von der Frau mit dem Zopf oder von dieser da oder von der dort?«

Ramona hatte für ihren Bruder die Karten legen lassen. Mit dem unmissverständlichen Ergebnis, dass seine, Huberts, Sehnsucht nach einer neuen, glücklichen Beziehung zu einer passenden Frau kurz bevorstünde.

Endlich wieder eine erfüllte Liebe? Hubert, dem jede Form von Kaffeesatzleserei fremd war, gab eigentlich nichts auf Spiritualität. Der Verlockung aber, dass auf Autorenlesungen interessante, neugierige, unvoreingenommene Frauen anzutreffen waren, hatte er nichts entgegenzusetzen.

Wieder drang die Stimme der Schwester in seine Wahrnehmung: »Da, die blond Melierte, der bin ich schon öfter begegnet, ich schätze sie auf um die vierzig. Sie besucht Lesungen stets in Begleitung von zwei jünger aussehenden Frauen.« Ramona schaute sich um, streckte die Zehenspitzen und begann ungeniert die Stuhlreihen abzusuchen. »Wo mögen die beiden Frauen sein?«

Weiber angucken, dagegen hatte Hubert nichts einzuwenden. Das tat er täglich: im Büro, im Trimmclub, beim sonntäglichen

Brunch mit Freunden. Und seitdem die langjährige Beziehung zu Heidi wegen eines allzu guten Freundes in die Brüche gegangen war, suchte er im Internet nach speziellen Seiten, nennen wir sie unverfänglich einfach nur „Anguckseiten". Ein Zeitvertreib, der dauerhaft nicht glücklich machte. Immerhin, was er heute Abend auf dieser Veranstaltung geboten bekam, war mehr als ruhende oder bewegte Bilder. Wirklich attraktive Frauen waren darunter, blonde, brünette, sogar eine besonders hübsche mit schmaler Nase und tiefschwarz gefärbten Haaren. Doch schien ihm diese Schönheit zu alt für einen 52-Jährigen wie ihn. Bislang erstreckten sich Huberts Erfahrungen auf mehr oder weniger gleichaltrige Frauen. Doch inzwischen empfand er an deren Seite einfach nur noch Verunsicherung und Minderwertigkeit. Ja, er fürchtete ihre selbstbewussten Mätzchen und unangemessenen Ansprüche. Nein, er wollte es endlich seinen Freunden gleichtun und einer jüngeren, bescheidenen, unkomplizierten, zu ihm aufschauenden Frau den Hof machen, einer, die ihn und seine Lebensleistung zu würdigen wüsste. Klar gab es da auch Handfestes wie Po, Bauch und Brüste zu genießen. Interessiert ließ er seine Augen schweifen. Die Hinweise und Tipps seiner Schwester, so wohlmeinend sie auch waren, nickte er wortlos ab.

Endlich, die Veranstaltung begann. Während die Deckenbeleuchtung auf ein Minimum reduziert wurde, tauchte eine gemütliche Stehlampe aus den 50er Jahren die Bühne und den berühmten Schriftsteller in ein behagliches Licht. Nur drei Reihen entfernt von der eher schmalen Bühne saß Hubert. Er zupfte seine Hosenbeine zurecht und suchte eine bequeme Sitzhaltung. Ganz anders seine Schwester, die den Eindruck machte, als zöge ein mächtiger Magnet ihren Leib mitsamt allen Extremitäten unwiderstehlich zur Bühne. Dabei verdrehte sie den Kopf, was auf unnatürliche Weise die Bluse spannte. Wollte die Hingerissene dem Angeber da vorne etwa ihre Tittis zeigen? Hubert bemerkte, dass seine Schwester nicht die Einzige war, die in ihrer Verzückung sogar den Weltuntergang verpassen würde.

Bis es Hubert endlich gelang, sich ganz auf die Lesung zu konzentrieren, blätterte Lohmann bereits die zweite Seite seines Buches um. Er wirkte entspannt, schien mit jedem Wort geradezu einzutauchen in sein Werk, sodass seine formenden Lippen so authentisch wirkten wie der Flügelschlag eines Vogels. Hubert schielte nach rechts zu Ramona. Längst hatten ihre Empfindungen angedockt an den Star des Abends, bereit, ihn zu begleiten beim Flug über die Wipfel der Bewunderung.

Hubert hingegen saß wie gefesselt auf seinem Stuhl. Nicht wegen des Vortrags, sondern wegen zahlreicher Parfums, deren Düfte in der Vermischung mit dem Schweiß hübscher Frauen die Reihen durchschlichen wie läufige Katzen. Während er diesen Kitzel genoss, fesselte der Schriftsteller seine Gäste mit gewichtigen Sätzen wie: »Der Kommissar griff zur edlen Klinge der Gerechtigkeit.« Und wenig später: »So wie der Liebhaber einst eine prügelnde Stiefmutter hatte erleiden müssen, so litt er heute unter der Furcht, von dominanten Frauen geschlagen zu werden.« Messerscharf erkannte Hubert, dass hier das Leid die einzige Konstante war. Da brauchte auch der Kommissar nicht abseits stehen. Langatmig erläuterte der Autor, wie der Mann des Gesetzes unter den Begierden einer lüsternen Nachbarin hatte leiden müssen. Was für eine zeitgeistige Melange, dachte Hubert. Prüfend nahm er den berühmten Schriftsteller auf der kleinen Bühne in Augenschein. Wie es wohl um ihn stand? Wessen Opfer mochte er gewesen sein?

Hubert war ein Opfer der eigenen Fehler. Das war ihm schon lange klar. Eine Erkenntnis, so detailgetreu und farbecht wie das unbestechliche Foto einer hochauflösenden Kamera. Demnach trug Hubert selbst auch die Schuld am Ende seiner langjährigen Liebesbeziehung mit Heidi. Denn dem Neuen, einem ehemals guten Freund, Kollegen und langjährigen Kumpel, war die Heidi doch nur zugelaufen, weil er, Hubert, sie vernachlässigt hatte und weil er entschieden zu nachgiebig, zu gutmütig, ein viel zu gutgläubiger Mensch gewesen war. Ja, er, Hubert, hatte seine Heidi sogar noch ermuntert zu mehr Selbständigkeit, wobei es ihm freilich niemals in den Sinn gekommen war, dass sie so weit gehen könnte, ihn mit seinem besten Freund zu betrügen. Doch inzwischen hatte Hubert seinen Frieden gemacht mit dem schrecklichen Ende der Beziehung. Sei 's drum, so ungerecht ging es nun einmal zu auf dieser Welt. Schade um die Zeit, die er mit einer solchen Tusse vertrödelt hatte. Das Schlimmste, was ihm jetzt passieren könnte, wäre die Wiederholung alter Fehler.

Die Vorsitzende des veranstaltenden Kulturvereins betrat die Bühne, ließ die letzten Worte des Schriftstellers Florian Lohmann verklingen und bat zur Pause. Ramonas Pupillen strahlten wie ein Weihnachtsstern, als sie auf den Star des Abends zeigte, der sich am Büchertisch zum Signieren einfand.

»Ist er nicht wunderbar?«, schwärmte sie, »und welch Sinnlichkeit seine Geschichten versüßt.« Sie riss an Huberts Jackett, zog den Bruder zum Büchertisch, flüsterte: »Ich will mir eine Widmung ins Buch schreiben lassen.«

Hubert entgegnete: »Du wirst ja wohl hoffentlich nicht von mir verlangen, auch eines zu kaufen. Irgendwie erinnert mich der Vortrag an einen Tatort-Krimi. Die ähneln sich wie ein Plattenbau dem anderen.«

Ramona sah verdutzt auf.

»Ja, Plattenbauten!«, wiederholte Hubert seine Metapher, und: »Es gibt in unserem Land Städte und Siedlungen von ausgeprägter, wahrhaftig abwechslungsreicher Architektur und es gibt eben Plattenbau-Siedlungen – mal mit höheren Dächern, ein anderes Mal mit größeren Balkons, aber immer gebaut aus dem gleichen Beton, die Wohnungen übereinandergestapelt wie Hühnerkäfige.«

Während Ramona verständnislos die Nase rümpfte, drängelte sie zum Büchertisch, hinter dem der angehimmelte Schriftsteller Platz genommen hatte. Zur gleichen Zeit war wenige Schritte voraus ein amüsiertes Lachen zu hören. Ein herzgetöntes Frauenlachen, das Huberts Aufmerksamkeit auf magische Weise auf sich zog. Er reckte den Hals, ortete die Herkunft der Stimme und hatte Mühe, den dazugehörigen Menschen im Gewühl zwischen profanen Jeans, sportlichem Chic und öko-lässiger Eleganz ausfindig zu machen.

Ein soeben erworbenes Buch unter dem Arm und eine gestikulierende Gesprächspartnerin an ihrer Seite, so schritt die Person zur Bar. Hubert folgte bemüht unauffällig mit drei Metern Abstand einer Frau von zarter Statur. Über einem kleinen, runden Hintern formte eine hellrot gewickelte Taille eine freie, makellose Rückenansicht. Dunkle, gelockte Haare rundeten die reizvolle Erscheinung ab. Und dann diese Grazie, die Erhabenheit ihrer Bewegungen. Hubert war hin und weg. Oh Gott, flehte er, lass sie ein Mensch sein, eine Frau, ein bisschen frivol vielleicht, fernab von Maßlosigkeit und Anspruchsdenken, nicht zu alt, experimentierfreudig, dynamisch. Hubert atmete schwer. Nicht loszureißen vermochte er sich von der wie überirdisch dahinschreitenden Gestalt. War sie aus Fleisch und Blut?

Schon spürte er eine gewisse Erregung bei dem Gedanken an eine Begegnung, an ein intimes Rendezvous gar. Doch fürchtete er zugleich das seelische Ausgeliefertsein in einer solchen Zweisamkeit. Zu überragend schien ihm dieses fabelhafte Frauenwesen. Allein ihr jugendlicher Ausdruck förderte so etwas wie Zuversicht. Was würde sie für Fragen stellen? Welche erfolgreichen Gipfelbesteigungen erwartete sie von einem Kerl wie ihn? Hubert dachte an seine Schwester Ramona. In Autoren vernarrte Wesen würden eigenhändig verfasste Krimis oder womöglich sogar Liebesschmonzetten von ihrem Partner erwarten. Ausgerechnet von einem wie ihn, Hubert, der sich schon schwer tat, ein Buch bis ans Ende zu lesen.

Das Licht der modern gestylten Lampen über dem Bartresen zeichnete sanfte Züge auf die gut gelaunten Gesichter über den Gläsern und Bierflaschen. Auch der Schriftsteller Florian Lohmann war herangetreten. Um nach einem Drink zu fragen? Unübersehbar drängelte der Stirngelockte an die auffällige

Nackengelockte heran, sprach ein paar Worte, lachte ihr ins Gesicht, nicht ohne Charme, durchaus. Zu Huberts Überraschung zeigte die Angebetete keine Spur von Ehrfurcht oder peinlicher Hingabe. Verunsichert, so als müsste er den Grund unter seinen Füßen Schritt für Schritt ertasten, trollte sich der berühmte Schriftsteller in die Stille der Bühne. Hubert, der die offensichtliche Abfuhr des berühmten Literaten beobachtet hatte, war beeindruckt.

Wenn diese wunderbare Frau einen Star wie Florian Lohmann so herablassend abfertigte, wie würde sie erst einen einfachen Bankangestellten wie ihn behandeln? Hubert schlotterten die Knie, Schweiß nässte seine Achseln. Dennoch suchte er den Weg zum Tresen, der von dem glücklosen Schriftsteller in entgegengesetzter Richtung verlassen worden war. Schon kam der Bewundernde neben der Bewunderten zum Stehen.

»Ein Bier, bitte!«, schnalzte er auffällig über den Tresen. Jetzt bloß den Kopf stabil halten, mit gleichgültiger Miene auf die Regale und beleuchteten Schränke hinter dem Tresen blicken. Da bemerkte Hubert, ja da spürte er geradezu eine Kopfbewegung.

Sie gehörte zu der Angehimmelten.

Mit einem Wink auf Hubert sprach sie ihre Begleiterin an:
»Ach, da ist er ja, der Plattenbau-Spezialist.«
Die Stimme! Diese Vibration! Entzücken raste durch Huberts Nervenbahnen.

Verzaubert drehte er sich um. Dann wurde er angesprochen von der Begleiterin seiner Favoritin.

»Na, ganz Unrecht hat er ja nicht, der Plattenbau-Kritiker.«

Der Satz passte. Pfauenhaft öffnete Hubert sein Selbst und warf ein Lächeln in die Gesichter der reizenden Damen. Ein Prozess gegenseitiger Neugier. Doch sollte die Kontaktaufnahme im Moment der Visualisierung ins Stocken geraten. Unwillkürlich schreckte Hubert zurück. Unkontrolliert zuckten seine Nasenfalten. Himmel, was ist das? So befragte er das eigene Innerste, denn geradewegs blickte er in zwei perfekt gestylte Gesichter, die gänzlich unerwartet die Signaturen weit über 60-jähriger Frauen trugen. Ein Schreck, der ihn aber nur für einen Augenblick treffen sollte. Denn aller Überraschung zum Trotz vermochte es die Ausstrahlung der Damen, ihn gefangen zu nehmen. Schon ließ er sich wieder umströmen von ihrem Flair, von einer entspannten, selbstbewussten Leichtigkeit, wie sie nur einem gesicherten, sorgenfreien Leben entspringen konnte. Oh, wie angenehm, wie beeindruckend. Der Faszinierte genoss jede Sekunde ihrer Gegenwart.

»Wissen Sie«, sagte die Begleiterin, »ich mag auch kaum noch Tatort-Krimis anschauen. Sie langweilen, sind plakativ, als wären sie für Blöde gemacht, die geistige Führung benötigen.« Sie zwinkerte mit den Augen. »Bin ich blöde?« Daraufhin reagierte die von Hubert Angebetete. Sie schüttelte ihre Locken und lachte wieder dieses Lachen aus biblischem Glockengeläut und dem munteren Spiel einer Sonnenharfe.

Hubert lauschte verzaubert der Melodie. Eine Replik wollte ihm jedoch nicht gelingen. Wortfetzen wirbelten durch seinen Kopf wie Sporen über eine Frühlingswiese.

»Sagen Sie, was halten Sie von Florian Lohmann?«, brachte er endlich eine rettende Frage heraus. Doch klang dabei so viel Verlegenheit mit, dass er vor sich selbst erschrak.

Die Damen wechselten vielsagende Blicke. »Na ja, mit einem Tatort-Krimi sollte man Lohmann wirklich nicht vergleichen. Mir gefallen seine Metaphern, sie sind zielgerichtet, schnörkellos, treffend«, erklärte die Favoritin.
Hubert nickte jetzt gewichtig mit dem Kopf. Vielleicht war ja doch noch etwas zu retten.

In diesem Moment erlosch das Licht hinter dem Tresen, anschließend die Deckenbeleuchtung. Gleichzeitig tauchte die Stehlampe die Bühne wieder in das angenehmes Licht, das dem Schriftsteller Florian Lohmann weiche Konturen schenkte. Alles Gebrumme und Gezirpe im Saal fiel in sich zusammen. Die Lesung wurde fortgesetzt.

Hubert und die Grazien waren am Tresen sitzen geblieben. Er ordnete seine Gedanken und Gefühle. Ist es normal, so fragte er sich beim Anblick der beiden, dass gealterte Sonnen ihre Anziehungskraft vergrößern? Er musterte sie aus den Augenwinkeln, bewunderte ihre Frische, ihr fein gezeichnetes Profil, ihre geschmackvolle Kleidung.

Während des zweiten Teils der Lesung spürte er mehrmals einen Ellenbogen in der Hüfte, wodurch er auf bestimmte Textstellen aufmerksam gemacht werden sollte. Dabei lächelte die Auserwählte unentwegt. Er lächelte zurück, nickte zustimmend, einverstanden, demonstrierte so etwas wie Seelenverwandtschaft. Die Textpassagen aber beeindruckten ihn nicht wirklich. Einmal wagte er es, die Dame zu berühren, strich ihr mit dem Zeigefinger unbeholfen über den Hals. Eine missglückte Zärtlichkeit, wie er feststellen musste, denn die schöne Frau zeigte keinerlei Emotion.

Irgendwann entdeckte Hubert inmitten der Besucherreihen das fragende Gesicht seiner Schwester. Diskret winkte er ihr zu. Sollte sie am Ende recht behalten mit ihrer Esoterik, ihren Prophezeiungen? Aber müsste dann nicht gerade sie das große Lebensglück längst gefunden haben? Die Liebe fürs Leben. Davon war sie weit entfernt.

Allmählich steuerte die Lesung dem Ende zu. Und Hubert wurde von Minute zu Minute nervöser. Was sollte er machen? Er musste etwas machen! Doch was? Viel zu viel stand auf dem Spiel. Und zwar nicht weniger als sein Selbstwertgefühl. Das lechzte geradezu nach einem Erfolgserlebnis, einer Eroberung. Trotzdem, was in Herrgotts Namen sollte er mit einer alten Frau? Alt würde er selbst werden. Aber dieses lebensfrohe Lachen, diese Helligkeit in ihrem Wesen. Halt, Wesen? Was für ein Wesen? Er kannte sie doch gar nicht. Die wenigen Blicke, die fünf Worte, die sieben Empfindungen im Oberbauch. So etwas geht vorbei, wie es schon oft genug vorübergegangen war. Andererseits: War da nicht die Prophezeiung, haben nicht die Karten, die seine Schwester hatte legen lassen, von einer großen Liebe gesprochen? Sicher, und seine, Huberts, aufflammende Empfindungen waren zugegebenermaßen wirklich nicht von Pappe.

Mit einem Mal sprang die Deckenbeleuchtung an. Florian Lohmanns berühmter Duktus war verloschen. Auch wenn die Schallwellen seiner Stimme noch immer zwischen den Wänden des Saals echotisierten. Den erbauten Gesichtern des Publikums war anzusehen, dass ihnen das Ende der Veranstaltung gerade recht kam. Hubert jedoch empfand die plötzliche Stille wie eine beißende Leere, die gefüllt werden wollte. Inmitten dieser Entscheidungsnot blitzten ihn zwei hellblaue, dezent geschminkte Augen fragend an. Wie fremdgesteuert sagte er das, was noch nie geschadet hatte, was er bereits vor Jahrzehnten während seines Militärdienstes auf jede nur erdenkliche Frage seiner Vorgesetzten geantwortet hatte, nämlich seinen Namen; dieses Mal freilich ohne Dienstgrad. Ein bewährter Automatismus. Dann lud er die gereifte Schönheit zu einer Pizza ein, nicht heute, sondern übermorgen oder später; man wollte ja nicht mit der Tür ins Haus fallen.

Die Angebetete zückte ihre Augen, richtete sie erst auf Hubert, anschließend irgendwie ratlos auf ihre Begleiterin. Dabei begann sie wieder zu lachen. Diesmal jedoch konnte von Engelsgeläut keine Rede sein. Eher weckte es Erinnerungen an das bedrohliche, aggressive Hupen eines feisten Straßendränglers. Das Verhalten der Lady verunsicherte Hubert. Sein Gespür signalisierte Geringschätzung hinter der Heiterkeit. Sein Innerstes begann zu rumoren. Alles in ihm forderte: Weg hier, bloß weg, ganz schnell weg! Doch dafür war es zu spät. Wie blöde stand er noch immer bewegungslos zwischen den Grazien, mit einem klassischen Loosergrinsen auf dem Gesicht. Schließlich fingerte er eine Visitenkarte aus der Brusttasche seines Jacketts.

Die Angebetete tat es ihm gleich und sagte: »Wenn Sie mal ein schönes Möbelstück benötigen oder vielleicht ein schönes Accessoire als Geschenk für Ihre Frau oder für die Dame ihres Herzens, dann besuchen Sie mich doch ganz einfach.«

Hubert verstand die Botschaft. Höflich griff er nach der Visitenkarte, auf der die durchaus künstlerische Zeichnung einer Ladengalerie zu sehen war. Er bedankte sich, vergaß auch die Begleiterin der eben noch Auserwählten nicht und verließ das Bargestühl nicht weniger unbeholfen wie eine Stunde zuvor der berühmte Schriftsteller Florian Lohmann. Aus den Augenwinkeln bemerkte er einen gut gekleideten, durchtrainiert erscheinenden, offenbar erheblich jüngeren Herren, an dessen muskulösen Armen die blauäugige, weit über sechzigjährige Frau in der weiteren Begleitung ihrer Freundin das Kulturhaus verließ. Als ihre Silhouetten in der Dunkelheit hinter dem gut ausgeleuchteten Ausgang verschwanden, bemerkte Hubert seine Schwester, die unbemerkt herangetreten war.

Ramona lächelte verstehend und sagte: »Wenn man schon das Glück hat, der Richtigen zu begegnen, dann sollte man auch das Gespür für die vorausgesagte Frau besitzen und nicht die falsche ansprechen, nur weil sie vielleicht ein Fältchen weniger im Gesicht hat.«

Die Liebe der Männer und die Schläue der Frauen.

Zurück zu den Wurzeln

Endlich, nach einem viel zu langen und kalten Winter keimte mit der Schneeschmelze Hoffnung auf in der Stadt. Es wurde Mai. Und von einem Tag zum nächsten zogen die heißen Winde Nordafrikas über die Alpen nach Deutschland. Würde die Wetterwende von Dauer sein? Noch blitzte Misstrauen auf in den Gemütern der Menschen wie gelbe Sterne in einer klaren Nacht. Umso größer war die Erleichterung, als der Himmel wolkenfrei blieb. Nach und nach öffneten sich die Sinne auch der Zweifelnden, drängten auch sie auf die Einkaufsstraßen, in die Parks, an Elbe und Alster. Die Farben des Frühlings, Gerüche, Straßenmusik, alles wurde begierig eingefangen wie auch das Geschnatter der Flanierenden im dichten Miteinander auf den Einkaufsstraßen. Doch manchmal gab es Ausnahmen. Dazu gehörte Corinna Blanke, die im Hamburger Norden zu Hause war. Die Zweiundzwanzigjährige mit den kastanienbraunen Haaren hätte diese Jahreszeit am liebsten aus dem Kalender gestrichen. Brachte ihr das Frühjahr doch von frühesten Kindertagen an vor allem Arbeit ein, ganz besonders der sogenannte Wonnemonat mit seinen drei Buchstaben.

Für die hübsche, dunkelhaarige Bürokauffrau war der Mai so

etwas wie ein familiärer Pflichtmonat, eine Zeit der Schinderei im Schrebergarten ihrer Eltern. Einzige Ausnahme: der 1. Mai. Der Tag, an dem gegen Ende des 19. Jahrhunderts streikende Arbeiter über die Elbe nach Finkenwerder geschippert waren, um mit diesem Ausflug einen Zahn zuzulegen auf dem langen und beschwerlichen Weg in die demokratische Selbstbestimmung der einfachen Menschen. Den Tag der Arbeit mit den Kollegen zu feiern, hatte sich der Vater in seiner stürmischen Zeit nie nehmen lassen. Genau so hielt es heute Corinna. Auch wenn der Vater seit einigen Jahren lieber den Schrebergarten aufsuchte und er es am liebsten sähe, wenn sie ihn unterstützen würde bei der Gartenarbeit.

Drüben, nahe des Elbufers, auf Höhe von Teufelsbrück, besaß die Familie eine großzügige Parzelle in dritter Generation. Unerlässlich, dass die Anlage gepflegt und gehegt wurde. Ganz so wie im Katechismus eines hartgesottenen Schrebers: der Rasen kurz, dicht stehend und frei von Löwenzahn; beschnitten die Bäume und Sträucher; die ganze Parzelle von Unkraut befreit. Die Pflege von Laube und Terrasse erforderte umfangreiche Malarbeiten, dazu das Harken der Wege, der Umgang mit dem Komposthaufen, auf dem eine neue Generation von Kürbissen wachsen sollte; überhaupt das Säen und Pflanzen für die sonnig-warme Jahreszeit. Als Dank für die Mühen wartete am Sonntag ein Stück leckerer Zuckerkuchen auf der Terrasse. Wunderbar, wenn die Aufbauten der großen Containerschiffe auf dem Elbdeich entlang zu schweben schienen. Ein paradiesisches Leben für den, der sich zum Hamburger Schreber berufen fühlte. Doch für so ziemlich jeden, der sich hierzu nicht berufen fühlte, bestand das Paradies eben aus anderen Zutaten: Arbeit, Arbeit und noch einmal Arbeit. Die wenigen gemütlichen Stunden oder froh gestimmten Familienfeiern wogen da wenig.

Neun Jahre jung war das Mädchen gewesen, als die Eltern begonnen hatten, sie mehr und mehr einzubeziehen in die Gartenarbeit. Weil der Vater bereits im März von steigender Nervosität befallen wurde, verkürzten sich die Abstände zwischen seinen Inspektionen und dem Drängen auf familiäre Teilnahme. Als vordringlicher Ansprechpartner galt für ihn Corinna, die den Garten eines Tages weiterführen sollte, wie er nie aufhörte zu betonen. Seine Frau sprach er gar nicht erst an, denn die wurde in der Zeit zwischen Anfang April und Ende Mai regelmäßig von Migräne-Anfällen geplagt. Die Krankheit werde von der Wetterwende, dem Wechsel der Jahreszeit, hervorgerufen, hörte sie nie auf zu betonen, wenn Vater und Tochter mit dem Heckenschnitt begannen oder die ersten Blumenzwiebeln pflanzten. Stets hatte Corinna Mitleid mit der Mutter empfunden. Die Tochter selbst blieb dagegen beim Harken, Hacken und Rupfen die fleischgewordene Energie. Allein was sie abhalten konnte von der Arbeit, waren Schmerzen, verursacht von Schwielen oder Verletzungen, die sogar die Schularbeiten mit einem Füllfederhalter zur Tortur werden ließen. Den Vater interessierten Blessuren wenig. Kleine Ratscher und blaue Flecken seien so etwas wie Ritterschläge für einen Gärtner, belehrte er seine Tochter.

An einem regnerischen Samstag, Corinna besuchte zu jener Zeit bereits die Mittelschule, passierte ihr ein besonders übles Missgeschick. Beim Beschneiden unzugänglicher Rasenecken stürzte sie so unglücklich über einen Begrenzungsstein, dass ihr die Spitze eines Heckenastes in die Hand fuhr. Das viele Blut versetzte das Mädchen in Panik. Da der Vater unterwegs war, eine neue Schaufel zu kaufen, fuhr sie auf dem schnellsten Weg nach Hause, wo sie auf ein Pflaster und vielleicht auf den Beistand der Mutter hoffte. Eine verzwickte Situation, denn unklar war, in welchem Zustand sie ihre Mutter antreffen würde. Läge die Migräne-Patientin im Bett, womöglich mit einem dunklen Tuch über dem Gesicht, klagend und leidend oder wäre sie ansprechbar? Um die Kranke nicht zu erschrecken, öffnete Corinna die Wohnungstür behutsam. Auf Zehenspitzen trat sie ein. Kurz darauf, durch den Türspalt, sollten ihre Augen und Ohren etwas Unerwartetes geboten bekommen: Im Fernsehen lief die Wiederholung einer Musiksendung vom Vorabend. Überlaut, geradezu fetzig dröhnte ein bekannter deutscher Schlager durch die Wohnung. Hieß es nicht, dass Migräne-Kranke allergisch gegen jede Form von Lärm wären? Mit stockendem Atem steckte Corinna den Kopf durch die Tür ins Wohnzimmer. Was sich ihr auftat, war keine kränkelnde Mutter, sondern eine Frau, die entgegen allen Annahmen ziemlich guter Dinge zu sein schien, halb sitzend, halb liegend auf dem Sofa. Bekleidet nur mit einem Top und einem dünnen Höschen folgte sie mit wippenden Füßen dem Rhythmus, naschte Kekse und Pralinen.

Klar, dass Corinna binnen Sekunden ihre Verletzung vergaß. Glühende Fragezeichen flogen ihr durch den Kopf. War die Mutter vielleicht gar nicht so krank, wie sie immer tat? Und: Welche Rolle spielte eigentlich die Gartenarbeit bei ihren wiederkehrenden Frühjahrsbeschwerden? Da wurde sie von ihrer

Mutter bemerkt. Überrascht riss diese Mund und Augen auf, um ihn sogleich wieder fest und wortlos zu verschließen. Das Ergebnis: ein veritables Koma, ganz wie im Fernsehen, nach allen Regeln der Kunst. Und Corinna stand mit ihrer verletzten Hand alleine da. Zitternd vor Aufregung klebte sie ein Pflaster auf die Wunde. Über diese Begegnung haben Mutter und Tochter später niemals gesprochen.

Am nächsten Tag fuhr das Mädchen mit gemischten Gefühlen zu ihrem Vater in den Schrebergarten. Ihre Gedanken wanderten zur Mutter. Auch komisch, dass die Leidende trotz ihrer höllischen Schmerzen an jedem Sonntagnachmittag für eine Stunde den Garten aufsuchen konnte, um in gemütlicher Runde mit der Familie Kaffee zu trinken und ein Stück Sahnekuchen zu futtern. Obwohl doch allein schon die Überquerung der Elbe für sie die reinste Quälerei sein müsste.

Die Jahre flogen dahin und die Gartenarbeit war für Corinna längst zur ungeliebten, ja verhassten Routine geworden. Eine Plage, die sie dennoch bewältigte, der Familie zuliebe. Bis heute, bis zu diesem ganz besonderen Wochenende mit dem 1. Mai, an dem ihr Widerstreben die Oberhand errang und sie sich komplett verweigerte. Während der Vater die Parzelle bearbeitete und die Mutter ihre Migräne pflegte, blieb sie einfach diesseits der Elbe. Was der Vater „Sabotage" nannte, fiel ihr nicht schwer, denn seit einigen Monaten lebte sie in einer kleinen Mietwohnung, zwei Stadtteile entfernt in einem bescheidenen viergeschossigen Wohnhaus unter dem Dachboden. Dort oben, in zwei karg eingerichteten Zimmern, lag sie in den Armen ihrer ersten großen Liebe: ein 25-jähriger Bäcker, der auf den Namen Gerhard hörte.

Anstatt den guten Ratschlägen ihres Vaters über den Schnitt der Gartenhecke und das Auflockern der Blumenerde zu lauschen, galt ihr Ohr am frühen Morgen des 1. Mai den hitzigen Herzensschwüren ihres Liebsten. Später, vom Bett aus, lauschte sie nicht weniger verzückt der Kampfrede eines Gewerkschaftsführers im Fernsehen. Anschließend sprach das junge Paar über seine Lebensziele, auch über Kinder, die es irgendwann einmal bekommen wollte. Als Corinna von ihrem Leben erzählte, war es unvermeidlich, dass die familiäre Parzelle eine Hauptrolle erhielt. Wie aufgedreht durchlebte sie ihre Kinderjahre in der heilen Schreberwelt. Und auf einmal schwärmte sie von eigenhändig gepflückten Himbeeren, von saftigen Würstchen auf dem Grill, von der nächtlichen Stille, aus der man allein vom Horn eines Ozeandampfers gerissen wurde.

Corinnas Erzählungen imponierten dem Freund zutiefst. Er druckste, suchte wohl in der eigenen Vergangenheit nach anschaulichen Erlebnissen, die mit denen von Corinna mithalten könnten. Doch außer den sonntäglichen Spielen in den Fußball-Jugendmannschaften des DSC Hanseat Hamburg hatte er nicht viel anzubieten. Leider war Sport, insbesondere Fußball, das Letzte, was Corinna interessierte.

Tage vergingen. Mehrmals versuchte die Mutter, die verlorene Tochter über das Handy zu kontaktieren. Stets reagierte die mit einer SMS, in der sie versicherte, dass es ihr gut gehe, dass sie die Eltern liebe, dass sie demnächst zu Besuch kommen wolle und dass sie einen Kaffeenachmittag im elterlichen Garten herbeisehne. Einmal hat Corinna unter „PS" angefragt, ob an ihrer statt jetzt sie, die Mama, das Unkraut jäten würde. Eine Frage, die unbeantwortet blieb. Ohnehin pflegte Mama seit jeher im Zustand der Verunsicherung laut zu schweigen. Corinna verstand diese stillen Botschaften recht gut.

Wochen später: Es war Feierabend und die junge Frau stieg gerade die Treppen zur Dachgeschosswohnung hinauf. Da meldete sich der Freund über das Handy. Nanu, der wird doch wohl nichts von ihr wollen, wehrte Corinna innerlich ab, denn nach einem langen Arbeitstag wollte sie zuallererst nur eines: ausruhen. Davon unbeeindruckt schlug Gerhard vor, auf das Duschen zu verzichten, stattdessen mit der U-Bahn die Landungsbrücken aufzusuchen. Er würde mit einer famosen Überraschung auf sie warten.

»Was ist passiert?«, fragte Corinna noch.
Doch Gerhard beendete das Telefonat ohne eine Antwort abzuwarten. Fieberhaft überlegte sie, ob irgendetwas Außergewöhnliches an ihr vorbeigerauscht wäre. Machte gerade ein Kreuzfahrtschiff auf der Elbe Station? Sollte an der Wasserkante eine Musikveranstaltung stattfinden? Oder war ein Unglück zu besichtigen?

Früher, im Elternhaus, hatte stets die Bildzeitung im Flur auf der Anrichte gelegen, wodurch Corinna sich hinreichend informiert gefühlt hatte. Heute, mit ihrem Freund, gab es keine Zeitung in der Wohnung, nicht einmal das Anzeigenblatt. Papier gehöre in die Tonne, lautete Gerhards Devise, die er auf putzige Weise mit belehrendem Tonfall in die Welt setzte. Für ihn kein Problem, er hole seinen Bedarf an Informationen aus dem Smartphone. Corinna dagegen war es gewohnt, in einer Zeitung zu blättern. Aber vielleicht, so verdrängte sie ein wachsendes Unbehagen, wollte Gerhard einfach nur ein hippes Restaurant aufsuchen. Aus welchem Anlass auch immer. Ihre Stimmung hellte auf. Der vorgeschlagene Treffpunkt grenzte ans Portugiesenviertel. Für sie eine Verheißung. Sie liebte diesen versteckten Stadtteil am Hafenrand, die vielen Restaurants, den Fisch, grünen Wein. Doch worauf sie ihre Überlegungen auch lenkte, eine wirklich zündende Hoffnung war nicht darunter. Ihre Mundwinkel schwankten. Vielleicht sollte sie weniger an die eigenen Neigungen und Wünsche denken, sondern mehr an Gerhards Präferenzen. Was würde ihm Freude bereiten? Was interessierte ihn wirklich? Oh Gott, der verdammte Fußball, unbestritten. Er würde sie doch wohl nicht auf einen Sportplatz führen wollen? Nein, niemals! Was sie beunruhigte, war die Nähe zum Millerntor, zum Stadion des FC St. Pauli.

Für einen Moment wollte sie ihm eine deutliche Absage erteilen. Doch rasch wechselte sie in die Spur vertrauter Muster. Sie liebte ihren Freund. War es da nicht selbstverständlich, ihn erst einmal anzuhören? Rasch stieg sie die Treppe zu ihrer Wohnung hinauf, wo sie ein leichtes, gelbes Kleid überstreifte. Ein Fehler, wie sich schon bald herausstellen sollte. Denn als die U-Bahn in die Station einfuhr, hatten sich kleine unansehnliche Schweißflecken unter den Achseln gebildet.

Als Corinna die U-Bahn-Station Landungsbrücken erreichte, stand Gerhard auf dem Bahnsteig. Mit erhobenen Armen machte er auf sich aufmerksam. Die Neugierige fixierte ihren Freund, suchte nach einem Hinweis auf die versprochene Überraschung. Geradezu nackt stand er vor ihr in seinem einfachen T-Shirt und der abgewetzten Jeans. So jedenfalls würde sie ihm nicht in ein feines Restaurant folgen.

Herzlich, mit verliebten Augen, nahm er sie in den Arm, küsste ihren Hals. Corinna erschauerte. Öffentliche Bezeugungen dieser Art gehörten eigentlich nicht zu seinen Gewohnheiten. Eine Feinheit, an der sie spürte, dass tatsächlich etwas im Busch war. Im Busch? Ihre Hand von seiner fest umschlossen, so zog er sie über die Treppe hinunter zu den Elbbrücken. Corinna ließ es geschehen. Hundert Meter noch, dann standen sie an einem schaukelnden Steg zu einer Elbfähre. So etwas aber auch … Eine Elbtour also, dachte Corinna und hob arglos den Kopf, um mit Hilfe der Linien-Nummer auf dem Schiffsrumpf die Fahrtroute zu erkennen. Plötzlich wurde ihr mulmig. Das Schiff würde drüben in Finkenwerder anlegen. Und das um diese Tageszeit. Da war es nicht ausgeschlossen, ihren Eltern zu begegnen. Oder genauer: ihrem Vater. Eine solche Begegnung wäre das Letzte, wonach sie sich gerade sehnte.

»Wo willst du hin?«, fragte sie.

»Nach Finkenwerder.«

»Was wollen wir denn dort?«

»Ü b e r r a a a s c h u u n g !!«

Corinna wollte keine Spielverderberin sein, schränkte aber ein: »Nun gut, dann lass uns das Oberdeck aufsuchen.«

»Aber über der Elbe weht ein kalter Wind.«

»Dann musst du stark sein.«

Wer wollte schon schwach sein?

Also lenkte Gerhard ein. »Wenn es denn sein muss.«

»Es muss sein!«, murmelte Corinna, wohl wissend, dass ihre Familie, der sie keinesfalls begegnen wollte, jede Form von zugiger Luft und Kälte vermied. Die würde sich ausschließlich unter Deck aufhalten. Sobald das Stationsschild Finkenwerder auf Backbord erschiene, wollte sie auf der Hut sein. Am langen Arm zog sie den Freund quer übers Oberdeck in den Wind.

Bislang hatte sie ihrem Liebsten gegenüber nur sehr wenig über die aktuellen Zerwürfnisses mit den Eltern erzählt. Warum auch? Es gefiel ihr mit Gerhard, sehr sogar. Bei so viel Entgegenkommen, Zärtlichkeit und Vertrautheit in so wenigen Wochen mit einer Intensität, die sie niemals für möglich gehalten hätte. Da hielt sie es für falsch, die Beziehung zu rasch mit zu vielen Familienproblemen zu belasten. Bald, nach mehrmaligem Anlegen diesseits der Elbe, steuerte das Schiff geradewegs das gegenüberliegende Ufer an. Würde der Vater am Finkenwerder Steg stehen? Gott sei gedankt: nein.

Beschwingt reichte Corinna ihrem Liebsten die Hand.
»Führe mich ins Paradies«, forderte sie ihn auf und lächelte erwartungsvoll.
Gerhard strich ihr zärtlich übers Haar und wies mit einer Kopfbewegung die Richtung. Keine 500 Meter weiter wurde Corinna erneut von der Furcht beschlichen, den Eltern zu begegnen. Nicht weit voraus erschien der von Heckenrosen überwachsene Eingang zum vertrauten Schrebergartenverein. Corinna hielt die Luft an, drückte sich fest an den Freund, bemüht, sich zu verstecken vor den Blicken möglicher Gartennachbarn.

Trotz aller Neugierde drängte sie instinktiv weg von hier, über die Straße, wo zwischen vereinzelten Häusern ein staubiger, gepflasterter Weg zum Elbdeich lockte. Einerlei wohin, nur weit weg von der vertrauten Schreberwelt. Doch Gerhard hielt dagegen, mit der ganzen Kraft seiner 90 kg. Sie protestierte, wollte sich losreißen, drohte mit dem Ende der Beziehung. Sie wusste, Gerhard lenkte immer ein, wenn sie laut wurde. Sie wollte schreien. Doch ihre Stimme versagte, brachte nicht mehr als einen Pieps hervor. Das Schlimmste aber: Gerhard schien ihre Verzweiflung nicht einmal zu bemerken. Gut gelaunt schob und zog er die Widerstrebende geradewegs durchs Tor in die Kleingartenanlage. Glücklicherweise drängte er an der Abbiegung zum elterlichen Schrebergarten achtlos vorbei. Was käme als nächstes?

Zweihundert Meter noch, dann schien das Ziel erreicht zu sein: eine hölzerne Gartentür mit rostigen Beschlägen, die zu einer ungepflegten Gartenparzelle führte. Corinna konnte sich nicht erinnern, jemals so weit vorgedrungen zu sein bei der Erkundung der weitläufigen Anlage.

»Die Augen zu!«, verlangte Gerhard frohgemut.

Corinna folgte der Aufforderung. Einen Augenblick später hörte sie das knarrende Geräusch einer aufschwingenden Pforte. Er nahm sie an die Hand, führte sie wie ein Rock 'n' Roll-Tänzer rhythmisch und kreiselnd aufs Grundstück.

»Sieh dich um, dies ist von heute an unser Königreich. Und du wirst die Königin sein.«

Die soeben Geadelte war sprachlos. Wollte der Freund wirklich einen Schrebergarten erwerben? Wogegen eigentlich nichts einzuwenden wäre. Allein: Warum ausgerechnet in Finkenwerder, nur wenige hundert Meter von der familiären Parzelle entfernt? Kurz nur stand sie stumm wie eine bleiche Birke in der Landschaft. Einige nachdenkliche Sekunden später überlegte sie: Nun ja, unter bestimmten Umständen ließe sich das sogar aushalten.

Dann forderte sie barsch im Ton: »Das Gartenhäuschen benötigt Farbe. Die Beete sind verwildert. Die Befestigungen der Wege lassen zu wünschen übrig. Und die Hecke zu den Nachbarn treibt quere Zweige aus. Eine Astschere ist gefordert. Und noch vieles mehr.«
Bei all diesen kleinlich vorgetragenen Missständen zeigte Corinna ein feines Lächeln.

Gerhard antwortete: »Oh, da fällt mir ein Stein vom Herzen. Der Garten scheint dir zu gefallen und dich zu inspirieren.«
Corinna, wie elektrisiert, ließ sich umarmen und herzen.

Es dauerte, bis sie flüsterte: »Ja, die Parzelle hat ihren Reiz.« Doch verstohlen lächelnd fügte sie hinzu: »Ob das von Dauer ist, werden wir sehen.« Darauf löste sie ihre Hand aus seiner und fragte nach einer Sitzgelegenheit. Die wurde hinter der Gartenlaube gefunden: ein bequemer Stuhl aus blauem Kunststoff. Wenig später saß Gerhard zu ihren Füßen, wies mit den Händen auf morsche Terrassenbretter und merkte an, dass noch viel zu handwerkern sei in dem neuen Reich.

»Aber das«, so versicherte er, »kriegen wir hin.«
Corinna wurde hellhörig. Warum sprach ihr Freund eigentlich in der Mehrzahl? Ihre Augen verloren an Glanz.

Dann, mit einem spitzen Singsang in der Stimme und einem hintergründigen Lächeln stellte sie klar: »Ja, mein Liebster, das kriegst du hin, ganz bestimmt.«
Der verliebte Neuschreber reagierte mit einem wie erlöst zur Schau getragenen Glücklichsein.

Ein Empfindungserlebnis, an dem sich erkennbar nichts änderte, als Corinna erklärte: »Da gibt es übrigens etwas, das du unbedingt wissen solltest. Im Frühjahr, wenn die Wetterwende einsetzt, werde ich regelmäßig von einer fürchterlichen Migräne befallen und nicht selten sogar für Tage und Wochen ans Bett gefesselt sein. Ein Übel, gegen das kein Kraut gewachsen ist. Jedenfalls nicht in meiner Familie.«

Wer einem sinnlichen Einfluss folgt, sollte seinen Sinnen misstrauen.

Der schwarze Duft

Im Vorstand der Aufbau KG herrschte seit einiger Zeit dicke Luft. Eine Art Sauerstoffmangel, der so manchen Mitarbeiter der nachgeordneten Führungsebene veranlasste, die Flure der Geschäftsführung zu meiden. Das zur Unternehmenskultur gehörende optimistische Lächeln war zu einem zwanghaften Schauspiel geworden. Denn die Furcht war groß, dem schlecht gelaunten Boss in einem falschen Moment zu begegnen. So hielt es auch die 40-jährige Clarissa Stettenberg, die nach dem Betreten ihres Büros umgehend die Tür verschloss. Mit einem außen angebrachten Schild: „Zutritt verboten", verwies sie auf einen grippalen Infekt, vor dem sie ihre Kollegen bewahren wollte. Ausgerechnet Clarissa Stettenberg, die erst vor zwei Jahren mit ungewöhnlichen Vorschusslorbeeren in der Hamburger Filiale gestartet war. Damals, noch gar nicht richtig eingearbeitet als Chefsekretärin, war sie mit dem Betriebsleiter Ludewig Brauns eine Liaison eingegangen. Noch heute, genauer: bis vor wenigen Tagen, pflegte er geheimnisvoll zu grinsen, wenn ihr vertrautes Parfum seine Nase streichelte.

Und jetzt diese intimen Wutausbrüche. Kam es zu einer Begegnung ohne Zeugen, sah Clarissa sich auf der Stelle schwersten Beleidigungen ausgesetzt. Aber nicht der verflossenen Liebe wegen, nein, der Bo konnte nicht verwinden, dass sie der Konzernleitung in München ganz andere Zahlen hatte zukommen lassen als er selbst. Doch wie hätte sie anders handeln sollen? Schließlich war die gelernte Immobilienkauffrau recht schnell von der Chefsekretärin zur Chefin der Immo-Verwaltung aufgestiegen. Obwohl Ludewig sich für ihre Karriere stark gemacht hatte, ließ die Pflichtbewusste ihre Daten eine andere Sprache sprechen als der Betriebsleiter. Der wollte investieren, im großen Stil, forsch, kapitalintensiv und dabei volles Risiko gehen. Seine Taktik bestand in einer großzügigen Bewertung von Grundstücken und Gebäuden, wodurch sich die Habenseite erhöhen ließe, was neue Spielräume für Kredite schaffen würde. Doch Clarissa war nicht bereit, ihrem Ex-Geliebten Flankenschutz zu geben. Schließlich war sie von der Aufbau KG für die Aufbau KG angestellt worden und nicht von und für Herrn Ludewig Brauns persönlich.

Den nachgeordneten Mitarbeitern blieb die Schadenfreude. Obwohl so manchem Lästermaul beim Gedanken an die selbstbewusste Vorgesetzte die Sprache klemmte, wurde auf den Fluren über ein breitbeiniges Klettern auf der Karriereleiter geflüstert. Gleichwohl fühlte sich Clarissa auf ihrem Posten keineswegs sicher. Denn einen guten Halt boten allein nackte, schwarze Zahlen, also saubere, satte Gewinne. Rote Zahlen dagegen signalisierten Gefahr, da galten in der Aufbau KG dieselben Regeln wie in jedem anderen Unternehmen auch. Immerhin, die Zweigstelle in Hamburg arbeitete erfolgreich, besetzte im Unternehmensranking einen vorderen Platz. Die Umsätze wuchsen, konjunkturbedingt, für Fachkundige aber war nicht zu übersehen, dass die Dynamik seit einem Jahr in kleinen Schritten nachließ.

Geradezu unbemerkt zwischen Statistiken, der elektronischen Post und endlosen Telefonaten schlich die Mittagspause heran. Angestoßen von einem Signal des Smartphones, fiel die Angespanntheit von Clarissa ab. Sie zupfte ihr indigoblaues Kleid in Form und schlüpfte in ein passendes Jäckchen. Ihr Ex, der Gewohnheitsmensch Ludewig, würde zu dieser Zeit bei „seinem" Italiener über einem Teller Pasta sitzen; das hielt er immer so. Also konnte das Gebäude stressfrei durchquert und verlassen werden. Unwillkürlich schwenkte ihr Blick durch den Flur in Richtung von Ludewigs Büro. Die Pflanzen vor dem Fenster müssten mal wieder gegossen werden, stellte sie fest. Und wie verstaubt die Blätter des Gummibaums waren.

Die Mittagszeit verbrachte Clarissa am liebsten im nahen Eichtalpark, wo sie ihren berufsbedingten Stress beim Spaziergang durchlüftete, auf dass nur Unvermeidbares hängen bleiben sollte. Heute, im Licht der ersten warmen Sonnenstrahlen, drängten sich die Düfte des heranziehenden Sommers in die Wahrnehmung. Gab es eine angenehmere Weise, den Tagesablauf zu sortieren und Energien aufzufrischen? Nicht lange und die sanfte Strömung der Wandse lenkte Clarissa nach Norden. Eine Vielzahl von Parkbesuchern kreuzte ihren Weg: Jogger, Hundebesitzer, Rentner, hier und da verliebte Pärchen. Clarissa beobachtete die Menschen nur allzu gern, ließ sich ablenken, herausziehen aus den Zusammenhängen des schnöden Arbeitstags.

Bald nahm sie auf einer Bank Platz für eine Zigarette. Wenige Schritte entfernt stand ein ehrfürchtig anmutender Baum mit einem kreisrunden, bis auf die Erde reichenden Blätterdach. Eine biologische Kathedrale, in deren kühlem Innenleben ein modriger Geruch schwebte. Anders die Umgebung, wo eine Vielzahl von Blumen mit ihren Frühlingsfarben und feinen Düften die Sinne bezauberten. Darunter auch vereinzelte Pflanzen mit pechschwarzen Blüten, kaum zu bemerken zwischen dem angerotteten Laub vom letzten Herbst. Neugierig geworden heftete Clarissa ihre Augen an die dünnen Stängel, die keine Blätter besaßen. Dann passierte das Unerwartete: Kaum dass der laue Wind es schaffte, Duftmoleküle in die Höhe zu wirbeln, verspürte die Neugierige eine geradezu neckische Aufhellung ihrer Befindlichkeit. Oh, wie gut das tat, gerade in dieser von beruflichem Zwist und Misstrauen so sattsam durchsäuerten Zeit. Keine Minute nur und Clarissas Nerven verloren an Spannung, nicht anders als die Oberfläche einer Schüssel Wasser nach einem Spritzer Spülmittel. Pures Wohlbehagen hellte ihre Eindrücke, Gedanken und Urteile auf wie im Schein eines magischen Lichts. Leib und Seele füllten sich mit Heiterkeit, Optimismus und Selbstbejahung.

Auf einmal, grußlos und ohne zu fragen, setzte sich ein dickleibiger, beißend nach aufgewärmtem Schweiß riechender Mann zu ihr auf die Bank. Er atmete schwer, hustete und rülpste abwechselnd. Clarissa schätzte ihn auf nicht älter als 50 Jahre. Für einen Moment machte es Error in ihrer Befindlichkeit. Doch schon tat die aufgehellte Stimmung ihre Wirkung.

Wie beim Umlegen eines Schalters begann sie nach guten Seiten ihres Banknachbarn zu suchen. Und traf inmitten seiner ungehobelten Erscheinung auf ein weiches, zart konturiertes Gesicht. Und wie lustig seine fetten Schenkel über die Bretter der Parkbank flossen. Da, wieder rülpste und hustete er heftig. Daraufhin bot ihm Clarissa einen Pfefferminzbonbon an.

Der Ungepflegte griff zu. Und entschuldigte sich zu ihrer Überraschung für seine unvorteilhafte Erscheinung.

Plötzlich zeigte er große, treuherzige Augen und sagte zu Clarissa: »Sie sind ein guter Mensch, darum würde ich Ihnen gerne einen Euro schenken.«

Clarissa stutzte, irgendetwas stimmte gerade nicht.

Der eigenartige Mann fuhr fort: »Aber leider besitze ich keinen Euro. Ich bin nämlich arm wie ein Käfer.«

Damit waren die Rollen wieder im Lot.

Jetzt lächelte Clarissa.

»Das macht doch nichts«, entgegnete sie mit sanfter Stimme, »ich besitze eine ganze Handvoll Euros. Wie wäre es denn, wenn ich ihnen einen schenken würde? Dann«, so schlug sie beherzt vor, »wären Sie in der Lage, mir den Euro zurückzuschenken.« Prompt zückte sie ihr Portemonnaie, zupfte drei Münzen heraus, die sie dem Mann reichte.

Der bedankte sich mit einer eher gequälten Verbeugung. Die Euros aber schob er in seine Hosentasche, was Clarissa irritierte. Bevor er den Ort des Kennenlernens verließ, umquerte er die Parkbank, ging umständlich auf die Knie und pflückte einige von den kurzstieligen, schwarzen Blümchen.

»Bitte schön«, sagte er und reichte das Sträußlein der Euro-Spenderin. Dann wandte er sich nach links und verschwand flussaufwärts zwischen sonnenhungrigen Spaziergängern.

Ungläubig starrte Clarissa auf die unbekannten Blüten. Sie leuchteten schwarz, obwohl es kein wirkliches Leuchten war. Alles an der Blume war ungewöhnlich: vom Stiel bis zur Blüte. Ungewöhnlich, aber keineswegs abstoßend, sondern schön anzuschauen, irgendwie verlockend sogar. Was für eine Rarität, dachte Clarissa, wobei sie mit den Fingern über seitwärts austretende Triebe fuhr und stöhnte:»Oh, mein Gott, was für eine Laune der Natur.« Dann verließ auch sie die Bank, suchte kurz nach dem ungepflegten Banknachbarn, um den Namen der Blume zu erfragen. Doch der Mann schien vom Erdboden verschluckt worden zu sein.

Schon signalisierte die Zeit das Ende der Pause. Dennoch spazierte Clarissa nur gemächlich zurück zur Aufbau KG. Im Büro angekommen, steckte sie das zarte, schwarze Blümchen in eine weiße Vase, die auf der Fensterbank Platz fand. Aus der Tiefe des Raums betrachtet, glich der Schwarz-Weiß-Kontrast eher einer Porzellan-Skulptur denn etwas Lebendigem. Schön anzusehen, aber vor dem Licht des Fensters irgendwie kalt und seelenlos. Dennoch wurde Clarissa von einem anhaltenden, kitzelnden Frohsinn durchströmt.

Nicht lange und sie suchte in der oberen Schreibtischschublade nach einem Kalender. Dabei erregte ein Fotos ihre Aufmerksamkeit. Sie zog es hervor und blickte geradewegs in das Gesicht Ludewig Brauns. Ach, hauchte sie gefühlig, wie schade, dass man nach all den schönen Stunden der Zweisamkeit heutzutage miteinander umgeht wie Feinde. Dazu nickte sie mit dem Kopf und öffnete am Computer das E-Mail-Programm. Wie selbstverständlich verfasste sie eine Korrektur der kritischen Kennziffern zu den Investitionsplänen des Geschäftsführers. Einmal noch „Enter" gedrückt und schon befand sich das Schreiben auf dem Weg durch das Netz zur Unternehmenszentrale in München.

Eine Kopie, versehen mit einem lieben Gruß, schickte sie einige Büroräume weiter auf Ludewigs Rechner. Dessen Reaktion ließ nicht lange auf sich warten. Wütend kam er hereingestürmt in ihr Büro. Ob sie denn von allen guten Geistern verlassen wäre? Erst Hü, dann Hott, so gehe es überhaupt nicht. Die Unternehmensleitung müsse ja denken, die Hamburger wüssten nicht, was sie täten. Und auf wen würde das zurückfallen? Auf keinen andern als ihn: Ludewig Brauns.

Er schnappte nach Luft und jammerte: »Oh Gott, oh Gott, wohin soll das führen?« Dann, mit einem Ruck, drohte er: »Sollte es hart auf hart kommen, Clarissa, dann wirst du die erste sein, die ihren Schreibtisch räumt.« Da fiel sein Blick auf die schwarze Blume in der schneeweißen Vase. Auf der Stelle rastete sein heftiger Atem ein, seine Gesichtszüge verloren alle Unruhe.

»Oh – wie schön«, murmelte er, und: »dieser betörende Duft ...«

Clarissa kicherte.

Da schob er seine ehemalige Geliebte beiseite, nahm vor dem Monitor Platz und begann nun seinerseits eine E-Mail an die Konzernleitung zu schreiben. Darin entschuldigte er sich für seine unangemessenen Investitionspläne und lobte Clarissas gutes Urteil in den höchsten Tönen. Kaum hatten seine Finger die Tastatur verlassen, bat er um einen Ableger der Pflanze, die wie auf Befehl ausgerechnet in diesem Augenblick an einem neuen Trieb eine Blüte entfaltete. Mit diesem Geschenk verließ er glückstrahlend das Büro.

Keine 96 Stunden später stand in nahezu jedem Bürofenster des sechsgeschossigen Gebäudes eine kleine, aber stolze schwarze Blume. Ein Ableger folgte dem nächsten. Und sämtliche Streitigkeiten im Haus verschwanden wie das Wasser der Nordsee bei Ebbe vor St. Peter-Ording. Die Beschäftigten strahlten mit dem Himmel über Wandsbek um die Wette, herzten und gratulierten einander zu jedem nur erdenklichen Anlass – auch wenn er nur dem Wetter galt.

Mehrere Wochen sollte es dauern, bis zwei Vorstandsmitglieder aus der Münchner Zentrale eingeflogen kamen, um nach dem Rechten zu schauen. Denn sowohl telefonisch als auch auf den üblichen Kommunikationswegen war jeder sinnfällige, die Geschäfte befördernde Austausch zum Erliegen gekommen. Hinzu kam eine enorme Häufung von Beschwerden und Regress-Androhungen von teils bedeutenden Geschäftspartnern, die eigentlich immer dasselbe anmahnten: mangelnde Vertragserfüllung.

Trotz dieser alarmierenden Fakten sollte es keinen ganzen Nachmittag dauern, bis die Kontrolleure nach München meldeten, dass hier in Hamburg alles zum Besten bestellt sei. Die E-Mail unterzeichneten sie mit ihrem Namen und einem dreifachen „Ahoi!". Bevor sie am selben Abend mit der Lufthansa zurück nach München jetteten, klapperten sie sämtliche Büros ab, um den Mitarbeitern die Hände zu schütteln und eine Gehaltserhöhung zu versprechen. Tiefe Dankbarkeit zeigten die hohen Herren für die kleinen schwarzen Blümchen, die sie mit nach Bayern nehmen und hegen und pflegen wollten.

Zur Überraschung sämtlicher Analysten meldeten die Deutschen Wirtschaftsnachrichten noch vor Beginn des Weihnachtsgeschäfts den ebenso unerwarteten wie rätselhaften Konkurs der noch vor einem halben Jahr wirtschaftlich kerngesunden Firma namens Aufbruch KG. Die Konkursanwälte zeigten sich sehr verwundert über die Gebaren der Geschäftsführung. Nicht nur, dass Ludewig Brauns und Clarissa Stettenberg Hand in Hand und in bester Stimmung zum Gespräch erschienen, sondern auch, weil die Mitglieder der gesamten Unternehmensleitung mit kleinen Blumentöpfen in den Händen über die Flure wandelten wie auf einer Lichterprozession. Die angebotenen Ableger der schwarzen Pflanzen lehnten die Rechtsvertreter freilich ab. Es könnte als Vorteilsnahme gewertet werden. Obwohl, eigentlich – wo kein Kläger war ...

Auch Stolz muss man sich leisten können.

Wiedersehen

Das dichte Blattwerk gealterter Lindenbäume beschirmte die Menschen in Stadt und Land seit alters her. So auch an diesem Samstagvormittag. Über die akkurat geschnittene Hecke hinweg führte die Sicht hinunter auf die niedersächsische Seite der Harburger Berge. Den Augen bot sich ein Farbenspiel der Felder, als wären sie von kunstfertigen Bauern aufs Land gemalt worden.

Heinz Werners Augen verweilten nur kurz auf den Ausläufern der Nordheide, lieber streunten sie lustvoll durch die Buntheit des gepflegten Gartens. Gar nicht satt sehen mochte er sich an der blumigen Leuchtkraft zwischen dem blättrigen Grün um ihn herum. Das verwunschen aussehende Häuschen im Hintergrund mit den tragenden Holzbalken und den eher kleinen Fensterscheiben wirkte, als sollte es zwischen einem Mantel aus Efeu und rastlos wucherndem wilden Wein versteckt werden. Ach, wie schön Marianne hier lebt, dachte er.

Auf einem schmucklosen Porzellanteller lud nussig duftendes Buchweizengebäck zum Genießen ein. Heinz Werner hatte an einem kleinen, kunstvoll geschmiedeten Tisch Platz genommen. Zu einem verspäteten Frühstück gehörte ein kräftiger Kaffee. Er nahm die Trasse auf und führte sie zum Mund.

»Bestimmt biologisch.«

»Transfair-Kaffee!«, erklärte seine Gastgeberin mit gewichtigem Ton. Dabei beobachtete sie jede seiner Mienen und Regungen mit wacher Freundlichkeit. Wie es dem Gast hier in ihrem Wochenenddomizil gefalle, fragte sie. Ihr selbstbewusster Gesichtsausdruck schien die Antwort vorwegzunehmen. Und tatsächlich, Heinz Werner mischte nicht die Spur einer Übertreibung in seine Worte, als er versicherte, dass er den Garten wundervoll finde, dass er persönlich sich klein und leblos fühle inmitten dieser Pracht und Sinnlichkeit.

Marianne hat schon immer gewusst, was sie wollte, stellte er für sich fest und bestrich das fladenartige Gebäck mit Butter und Honig. Warum sie ihn wohl eingeladen hatte, grübelte er. Und warum ausgerechnet zum Frühstück, warum nicht am Nachmittag zu Kaffee und Kuchen, so wie sie es früher gehalten hatte? Und wo steckte eigentlich ihr Mann? Freunde hatten berichtet, dass der Wichtigtuer beruflich sehr erfolgreich und viel auf Reisen war. Ein Mann, für den sie ihn, Heinz Werner, vor mehr als 15 Jahren quasi über Nacht abserviert hatte. Ein Mann? Ein Arschgesicht! Heinz Werner kannte ihn von der gemeinsamen Zeit an der Universität Hamburg nur zu genau. Sie waren Mitglieder des Fachschaftsrats gewesen. Ein Mandat, das der Schleimscheißer bei jeder Gelegenheit hochgehalten hatte. Mehr war aber nicht los gewesen mit ihm, denn der Täuscher hatte sich nie wirklich eingesetzt für die studentischen Belange. Opferbereitschaft, persönliches Risiko? Null! Tatkräftiger Einsatz? Für zehn Minuten vielleicht, am Rand einer Demo bei einer Cola. Und immer einen flinken Ratschlag auf der Zunge.

Heinz Werner verzog abfällig die Lippen und geriet innerlich in Rage. Er fasste sich ans Herz. Und mit so einem Drecksack war Marianne damals Knall auf Fall davon. Wie von Sinnen hatte sie sich gebärdet, als wenn sie Gras geraucht oder zu viel von ihrem geliebten Gin getrunken hätte. Alle Bedenken waren an ihr abgeperlt wie klares Wasser an warmer Butter. „Den forme ich mir zu einem großen Revolutionär", hörte er ihre Worte vor der Tür zur AStA-Frauengruppe noch heute klingen. Ach, wäre der feige Angeber doch rechtzeitig an seiner Angeberei erstickt. Eine schlimme Zeit damals. Herztropfen hatte der Verlassene schlucken müssen, Tranquilizer, zwei quälende Jahre lang.

Marianne wies mit ausladender Handbewegung zum Gartentor hinaus auf Heinz Werners Mercedes mit einem unübersehbaren TAXI-Schild auf dem Dach.

Sie lächelte. »Ich habe in der Zeitung von deiner Auszeichnung gelesen. Taxometer-Mann des Jahres. Hut ab! Wie wird man so etwas?«

»Ich habe im letzten Jahr die meisten Kilometer auf der Uhr gehabt«, antwortete Heinz Werner und errötete unbemerkt im Schein der Sonne.

Mariannes Gesicht wuchs zu einer lustigen Kugel heran, die wie ein Pendel vor und zurück schwang.

»Du bist schon auf der UNI bei jeder Gelegenheit die Nummer eins gewesen«, sagte sie nicht ohne Bewunderung in der Stimme.

Doch ihr Ton, wie der Taxometer-Mann herauszuhören glaubte, war nicht wirklich frei von Häme. Er wusste, dass Marianne nach einem glänzenden Referendariat in den Schuldienst eingetreten war. Dass sie erfolgreich in der GEW agierte, dass sie es zur Schulleiterin gebracht hatte.

Allmählich begannen unfreundliche Empfindungen an seinen Nerven zu zerren. Wie weggeblasen war die Neugier auf die ehemalige Partnerin. Wurde er gerade veralbert? Der Philosoph mit einem marxistischen Schwerpunktfach, das in allen deutschen Personalbüros zu ungebremsten Zurückweisungsattacken geführt hatte. Hellwach wie ein bedrohtes Tier suchten seine Augen an ihrer Erscheinung nach Hinweisen von Hinterhältigkeit. Was wollte sie? Was wollte sie wirklich?

So viel war sicher: Marianne zeigte sich entspannt und freigebig. Während Heinz Werner nach ihrem Mann fragte, rutschte sie aus ihrem hippen, grün gemusterten, fließend geschneiderten Kleidchen.

Dann sagte sie: »Horst, der Mann, den du kennst und den ich damals geheiratet habe, ist vor einem Jahr zu meinem Ehemaligen geworden.« Sie hob die Achseln, ließ sie zur Untermauerung ihrer Worte demonstrativ fallen. »Ich bin geschieden«, erklärte sie und spreizte lasziv die Beine.

Heinz Werner Blicke strich über die Fülle ihrer vom Höschen straff überspannten Scham. Immer noch die Alte, dachte er und wünschte sich augenblicklich die Herz- und Kreislauftropfen herbei – und die Tranquilizer.

Die offensichtlich Lüsterne war fülliger geworden, doch schien alles Gute an seinem Platz. Die ersten Liebesnächte mit Marianne kamen ihm in den Sinn, ihre Hingabe, ihr zähes Fordern, das ihn so manches Mal an den Rand seiner Möglichkeiten gebracht hatte. Der erste gemeinsame Urlaub: Als wäre der Golfstrom mitten durch ihn hindurchgeströmt, so viel Leben, so viel Licht und Wärme, so viel Glück und Herzempfinden. Instinktiv sah er auf. Und blickte geradewegs hinein in einen vertraut fordernden, auch herausfordernden Gestus.

»Huch«, schreckte sie gespielt auf und schob ein paar Härchen unter das Gummi ihres Bikini-Höschens. »Die Friseure sind auch nicht mehr das, was sie mal gewesen sind.«

Heinz Werner holte tief Luft, sammelte sich, sprang auf und erklärte: »Ich muss jetzt los. Danke für den tollen Transfair-Kaffee.«

Da sprang auch Marianne hoch.

»Ich wusste nicht, dass du heute arbeiten musst. Es ist doch Sonnabend!«, presste sie hervor.

Heinz Werner erkannte in ihren Augen jenen Zorn, der schon früher stets dann hinter ihrer Stirn entstanden war, sobald die Weltenläufte eine andere Richtung eingeschlagen hatten als die von ihr bevorzugte. Den Handschlag, den sie anbot, nahm er an, doch ließ er den Versuch einer Umarmung an sich abprallen.

Sie fuhr auf. »Was ist mit dem heutigen Abend? Lass mir bitte die Telefonnummer der TAXI-Zentrale hier.«

Doch der Fliehende war bereits durchs Tor geeilt. Er riss die Fahrertür auf, sprang in den Wagen, drehte den Zündschlüssel und drückte aufs Gaspedal. Nicht auch das noch, dachte er und beeilte sich, in die stickige Luft des Großstadtsommers zu entkommen. Hier und heute war wahrlich alles anders, ganz anders als ehemals in der verliebten Zweisamkeit. Die ganze

Welt hatten sie verbessern und ein großes Haus bauen wollen, keinen Palast, aber eines mit einem bunten Garten. Immerhin: Sie besaß diesen Garten. Genau so gestaltet, wie von beiden einst in gemeinsamen Träumen ersonnen. Sollte er neidisch sein?

Er steigerte die Geschwindigkeit, überquerte die Elbbrücken, passierte das Berliner Tor, streifte die Außenalster. Seine Empfindungen sprangen wie ein Tischtennisball zwischen Backstein, Beton und Asphalt umher. Zwei, drei Häuserschluchten weiter stand der schmucklose Klinkerbau, in dessen dritter Etage er wohnte, mit Blick in einen weitläufigen, begrünten Hinterhof. Er liebte diese Idylle. Er sehnte sich nach der wuchtigen Kastanie, die mit ihren oberen Ästen stets ein freundlicher Gast war auf seinem Balkon. Der Baum kannte keine Müdigkeit, wenn man von den Höhen und Tiefen des Lebens erzählte. Von Anfang an hatte das schaukelndes Geäst es verstanden, Kummer und Not an sich zu nehmen und mit sanften Bewegungen und dem Rauschen seines Blätterdaches dem Wind zu übergeben.

Heinz Werner wollte mit der Kastanie reden, so wie damals, nachdem er von Marianne fortgeschickt worden war wie ein Pizzabote nach einer Reklamation. Heute teilte er dem Baum mit, dass er die Pizza gar nicht erst ausliefern werde.

Wenn Träume keine Schäume mehr bleiben sollen.

Keuschheitszipfel

Das Licht der praktischen Deckenlampe war von Norbert Hagen perfekt ausgerichtet worden. Der Tisch stand so hell beleuchtet in der Küche wie der Arbeitsplatz eines technischen Zeichners im Büro. Sein bevorzugter Platz zum Zeitungslesen. Nicht so für seine Frau Roswitha. Die zuckte jedes Mal zurück, wenn die drei klassischen 100-Watt-Birnen eingeschaltet wurden. Sie liebte das grelle Licht nicht. Unwirsch riss sie die Verpackungen des gerade eben eingekauften Käses auf, ihn bis zum Abend in ein Tuch zu wickeln. Weichkäse muss atmen, wusste sie.

Kaum war der Kühlschrank wieder verschlossen, spürte sie eine grabschende, kreisende Handfläche auf ihrem Po. Norbert. Schon wiiieder! Gott sei Dank versuchten seine Finger nicht hineinzufahren in den Hosenbund der Jeans. Roswitha hielt die Luft an, konzentrierte sich ganz auf die Atmung ihres Liebsten. Kein Pfeifen, kein Hecheln, kein geiles Knurren. Da umarmte sie ihn und hauchte: »Ich liebe dich.«

Nicht viel später, bei einem viel zu frühen Gläschen Wein, besprach das Paar den Verlauf des bevorstehenden Abends, der ein ganz besonderer werden sollte. Heute war Hochzeitstag. Nach fünf Jahren Ehe sollte Bilanz gezogen werden. Mehr noch: In die Zukunft wollte das Paar schauen, Pläne machen, vielleicht sogar die Wohnung wechseln, hinausziehen in die Vorstadt, in ein eigenes Heim.

Geplant war, mit einem gemeinsamen Essen zu beginnen. Keine Hausmannskost. Filetsteaks von argentinischen Rindern lagen im Kühlschrank bereit, dazu Salat. Schmackhaftes Vanilleeis, wenn gewünscht. Und für den Rest des Abends standen Käse und Baguette auf dem Programm, mit einem gesunden Rotwein, bestem Rotwein, einem Grand Cru, der Jahrgang ihrer ersten Begegnung. Damals, am Strand auf Teneriffa. Roswitha seufzte.

Schließlich, für die fortgeschrittene Stunde, hatten sie Außergewöhnliches geplant, einen ganz besonderen Kitzel. Eine Stunde der Wahrheit sollte es werden, eine Wünsch-dir-was-Offenbarung. Ein verborgener erotischer Wunsch sollte frei ausgesprochen werden. Roswitha wagte kaum daran zu denken. Weil noch in dieser Nacht zur Tat geschritten werden sollte. Selbstverständlich mit passendem Ambiente. Bereits seit gestern Abend verzierte eine bunte Lichterkette die Front des Schlafzimmerschranks. Duftkerzen standen bereit, auch die bläulichen mit dem Namenszusatz „maritim".

Die Fünfjahresbraut geriet ins Grübeln. Was mochte Norbert für einen Wunsch haben? Doch wohl hoffentlich etwas Besseres als den immer wieder eingeforderten Stellungswechsel beim nächtlichen Dingsbums. Oder würde er einfach nur meckern über die Schamhaare in der Badewanne oder über abgeschnittene Fußnägel auf dem Toilettendeckel. Sie hoffte so sehr, dass er aus sich herauskäme, sie mitzunehmen in unbekannte Erlebniswelten der Lust. Allerdings: Mit Sexpraktiken wie in Pornofilmen, die er sich heimlich am Computer reinzog, dürfte er nicht ankommen. Das gehörte zum Repertoire der verbotenen Art, das wäre – Schweinkram. Plötzlich erschrak die Nachdenkliche. Herr im Himmel, er wollte doch wohl nicht ihrem ganz persönlichen Tabu zu Leibe rücken? Das Unaussprechliche besaß einen Namen: Zipfel, von Norbert stets abfällig als Keuschheitszipfel beschmäht. Plötzlich überzog eine kalkige Blässe ihre Gesichtshaut wie der Novembernebel die Felder hinter der heimeligen Siedlung. Hektisch füllte sie ein Glas mit einem doppelten Martini.

Roswitha selbst wünschte sich eigentlich nichts anderes als immerwährende umschlungene Zärtlichkeit: drücken, streicheln, küssen überall; Sinnlichkeit an allen Enden ihrer Nervenbahnen. Nicht mechanisch oder pervers, nein, romantisch sollte es zugehen. Ihre Wünsche galten den Anfängen ihrer Beziehung, den ersten Berührungen, dem ersten Sex. Leider war es ihr bislang nicht möglich gewesen, Norbert auch nur annähernd für einen Trip in die Vergangenheit zu begeistern. Als kindisch und Jungmädchenzauber hatte er die Idee abgetan.

Mit Beginn der Dämmerung schaltete Roswitha die Deckenbeleuchtung aus und die Leuchtstoffröhre über dem Herd ein. Unübersehbar bekamen die Steaks in der beschichteten Pfanne eine appetitliche Farbe. Währenddessen saß Norbert im

Schlafzimmer am Computer und pflegte seine E-Mails. So gelang es ihm zu entspannen, denn: Wann immer sich das Paar an diesem Abend in der Wohnung begegnete, war die Anspannung groß. Ein Kuss mit spitzen Lippen, ein Knuff in die Hüfte, ein Klaps auf den Po – unverkennbar fehlte die Leichtigkeit.

Der Bordeaux Crand Cru war längst entkorkt, die Steaks warteten auf weißen Tellern auf Messer und Gabeln, als Roswitha an den geschmückten Wohnzimmertisch bat. Flackerndes Kerzenlicht, dezente Musik, Gerüche von Vanille und salzigem Meer vermischten sich mit den Röstaromen des zarten Fleisches zu einer sinnlichen Melange, was die Stimmung befördern sollte. Das verkniffene Gesicht Norberts verriet indessen, dass er wohl eher Sodbrennen erwartete.

Ein Aperitif, abermals ein Martini, war rasch verinnerlicht. Roswitha senkte den Kopf, fragte über die Augenbrauen hinweg, ob ihr Liebster nachgeschenkt wünsche? Norbert nickte auffordernd. Der zweite Wein verweilte etwas länger in den Gläsern. Heißhungrig begann das Paar, die saftigen Fleischbrocken zu verputzen.

Anschließend hielt Norbert das Glas mit dem Wein ins Kerzenlicht. »So zauberhaft funkelnd hat sie begonnen, unsere Liebe.«

Roswitha seufzte auf. »Ja, deine verträumten Augen damals, der Mond, als wäre das Licht neu erfunden worden. Eine heilige Stunde.«

»Heilig?« Norbert kicherte und belehrte: »Die Liebe hat nichts Heiliges an sich. Sie ist in erster Linie ein chemischer

Vorgang – Hormone und so.«

»Ach, du mit deiner blöden Chemie«, fuhr Roswitha dazwischen, hielt ihm den Wein vor die Nase. »Lass es doch einfach geschehen.«

»Ich meine doch nur«, beschwichtigte Norbert, »dass wir an dem Abend unserer ersten Begegnung Rotwein getrunken haben.«

»Sicher«, sagte Roswitha, »aber keinen so teuren wie diesen hier.«

»Das stimmt«, pflichtete Norbert bei. Nicht verkneifen wollte er sich allerdings die Bemerkung, dass der damalige Wein selbst bei fachlichster Lagerung heute vielleicht zu Essig vergoren wäre.

»Das wird ja immer schöner«, fuhr Roswitha auf, »willst du unsere Ehe mit Essig vergleichen?« Erbost legte sie nach: »Womöglich noch mit der Aldi-Essenz zum Putzen und Entkalken.«

Ohne seine Gesichtsmuskeln zu bewegen, erwiderte Norbert: »Es kommt immer auf die Dosis an. Denn Säure kann auch anders, nämlich gesund sein.« Er überlegte kurz. »Sind wir nicht gerade dabei, unsere Ehe zu putzen und zu entkalken?«

Prompt blies Roswitha die „Backen" auf. Sie rang nach Luft. Davon unbeeindruckt schnappten Norberts Lippen nach einem zarten, lecker umrösteten Stück Fleisch, den feinen Bissen mit seinen schönen, gleichmäßig gewachsenen Zähnen zu zerkleinern.

Schließlich sagte er: »Nun lass es mal gut sein. Alles ist im Lot. Ich werde mir heute Abend ganz bestimmt nicht wünschen, mit dir in Essig zu baden.«

Nicht lange und Roswitha sah auf ihre Armbanduhr. Dann ließ sie ein Räuspern hören.

»Noch ist es nicht so weit«, sagte sie, »aber ich bin neugierig.« Dann bat sie ihren Liebsten um einen klitzekleinen Hinweis auf sein Wunschgeheimnis. Norbert wiederum versicherte, nicht eine Sekunde zu zögern, sobald sie, Roswitha, den Anfang gemacht habe.

Daraufhin antwortete sie geradewegs: »Ich weiß etwas, was du nicht weißt, und das beginnt mit einem S.«
Norbert, der Kopfmensch, zeigte alle Merkmale, die einen lautstarken Protest erwarten ließen. Nicht nur einmal hatte Roswitha erfahren müssen, wie seine Laune auf den Nullpunkt gefallen war beim Spiel.

Umso erfreuter war sie, dass er einstieg ins Buchstabenrätsel und sagte: »Ein S wie ein Sofa.«

»Falsch geraten!«, rief Roswitha vergnügt und forderte: »Jetzt bist du dran mit einem Buchstaben.« Mit lauernden Blicken und einem verstohlenen Kichern beobachte sie ihren Mann beim Nachdenken. Offenbar suchte er nach einem Knüller.

Schließlich holte Norbert Luft. »Eu und Ei sind ganz sicher dabei.«
Roswitha frohlockte. Vier Buchstaben. Das war nicht wenig. Jetzt war sie es, die grübelte. Meinte er vielleicht Frühstückseier? Sie stutzte. Oder etwas die eigenen Eier? Oh, das wäre säuisch. Eine ungute Idee. Rasch wechselte sie zum Eu. Hin und her wankte ihr Kopf. Doch wollte ihr auch hierzu nichts einfallen. Außer: Euter. Ein verbotenes Wort. Es sei denn, es galt als Umschreibung eines Wiederkäuers auf einer

Weide. Hm, hatte Norbert an einen Bauernhof gedacht? Immerhin, da lebten Hühner, die würden zu Eiern passen. Bingo, er meinte wohl tatsächlich das platte Land. Sex im Freien, das wäre ein Wunsch, an dem Roswitha Gefallen finden könnte.

»Die freie Natur!«, rief sie triumphierend aus.

Norbert grinste überheblich und antwortete: »‚Freie Natur' stimmt nicht, aber ‚frei' wäre durchaus passend.«
Auf einmal fühlte Roswitha einen giftigen Stachel in ihrer Brust.

Dennoch ergriff sie das Wort: »Ich will zwei weitere Buchstaben verraten: ein H und ein C tun niemandem weh.«
Norbert wurde unruhig.

»Jetzt mach aber mal einen Punkt«, verlangte er. Und: »Vier Buchstaben habe ich preisgegeben. Das muss genügen. Du aber willst immer weitermachen und immer mehr Hinweise. Irgendwann muss einfach Schluss sein. Du weißt doch, wie ungern ich spiele.« Mit verschränkten Armen untermauerte der Zornige seine Abneigung.

»Spielverderber!«, schimpfte Roswitha.
Davon unberührt griff er zur Flasche, verteilte den darin verbliebenen Wein zu gleichen Teilen auf die Gläser. Mürrisch stieß Roswitha mit ihm an.

»Komm schon«, schlug er vor, »lass uns nicht länger streiten. Schreiben wir unsere Wünsche doch einfach auf einen Zettel.«,
»Gute Idee«, lenkte Roswitha ein.

Wenig später saßen sie einander gegenüber wie zwei Pokerspieler und brachten ihre sexuellen Sehnsuchtswünsche aufs

Papier. Roswitha spürte einen wonnigen Hauch, als sie ihren Zettel auf Vollständigkeit und Eindeutigkeit prüfte. Ihr Wunschtraum: Endlich mal wieder zu zweit in einem Schlafsack liegen, so wie in gemeinsamen Urlaubsnächten in einem Zelt mit dem gleichmäßigen Rauschen der See im Ohr. Schlafsäcke und Luftmatratzen warteten seit Längerem unter dem Bettgestell des Schlafzimmers.

Noch verdeckte sie ihre Zeilen mit der Hand und schielte über den Tisch zu Norbert hinüber. Der legte den Kugelschreiber beiseite, stützte sich mit flachen Händen von der Tischkante ab. Inmitten eines vom Wein geröteten Gesichts blickten stahlblaue Augen auf die Angetraute. Roswitha hielt dagegen. Von Wohlsein konnte inzwischen keine Rede mehr sein.

Norbert ließ ein Räuspern hören.

»Du zuerst«, forderte er.

Nachdem Roswitha bei der Raterunde den Anfang gemacht hatte, wäre jetzt eigentlich er dran. Doch fürchtete sie einen weiteren Streit. Darum wäre es, so überlegte sie, vielleicht ratsam, das eigene Anliegen schon einmal kundzutun. Langsam, mit beiden Händen, schob sie ihren Zettel über den Tisch. Norbert vermied es, das Schriftstück zu berühren. Er las in regungsloser Haltung.

Tief atmete er durch, kratzte sich am Kopf, so wie er es für gewöhnlich tat, wenn er etwas zu bemängeln hatte. »Du weißt«, reagierte er, »dass ich seit Langem unter Klaustrophobie leide. Zu zweit in einem Schlafsack? Das hält nicht einmal ein gesunder Mensch aus.«

Roswitha hatte eine so ungefähre Antwort befürchtet.

Dennoch war sie enttäuscht und wandte ein: »Wo war denn deine Klaustrophobie in den Nächten unseres Kennenlernens? Damals konntest du gar nicht schnell genug in meinen Schlafsack kriechen.«

Norbert ließ den Einwand vorüberstreichen, zeigte eine listige Miene. »Vielleicht wäre es für den Fortgang dieses Abends gut, wenn du meinen Zettel lesen würdest.«

Roswitha nahm das Blatt entgegen, setzte die Lesebrille auf. Nur wenige Augenblicke später riss sie den Kopf hoch, verankerte ihren Blick an der Zimmerdecke. Der Lustmolch wagte es tatsächlich, er verlangte den Zipfel. Das Undenkbare.

»Auf keinen Fall!«

Norbert blieb emotionslos: »Dann werden wir in diesem Leben niemals mehr in demselben Schlafsack liegen.«
Das war also seine Absicht. Der gemeine Kerl benutzte ihr fünfjähriges Liebesjubiläum für eine Erpressung, um perverse Gelüste einzufordern.

Da hörte sie, wie er sagte: »Ich wäre sogar bereit, dir und deinem innigsten Wunsch den Vortritt zu lassen.« Dann lockte er: »Wir könnten schon heute Nacht gemeinsam im Schlafsack liegen.« Er lächelte diabolisch. »Und zwar in dem, den du heimlich unter unserem Bett versteckt hast.«

Roswitha zuckte zusammen. Woher wusste er von dem Geheimnis? Zugleich aber spürte sie einen süßen Nebel durch ihr Bewusstsein wabern.

Hin und her gerissen entgegnete sie: »Und wenn ich auf den Zipfel im Schlafsack verzichte?«

»Willst du mich verscheißern«, reagierte Norbert scharf,

»was soll der Trick mit dem Zipfel im Schlafsack? Der Keuschheitszipfel wird mit einem Ruck entfernt, ohne Schlafsack. Basta!«

Auf einmal stand es wieder im Raum, das schlimme Wort. Der Perverse wollte tatsächlich, dass sie bei Licht ihre ganze Nacktheit vorführt. Niemals! So etwas tut man nicht. Läge er bäuchlings über ihr, dann ja, dann wären seine Augen gefangen in ihrer Umarmung, sich aber nackt ausbreiten, womöglich noch mit gespreizten Beinen und ohne einen der Bettzipfel oder wenigstens eine Serviette über der Scham? Die Vorstellung von gierigen Blicken peinigte ihre Sittsamkeit.

Roswitha flüchtete in Sturheit. »Du kennst meine Antwort.«

Norbert antwortete: »Schade, ich habe für dich gehofft, dass deine Sehnsucht mit der Vereinigung im Schlafsack wahr würde und du Dankbarkeit zeigtest.«

Er verschränkte die Arme vor der Brust und entgegnete: »Ich kann warten.«

Daraufhin reagierte die Erboste mit bebender Stimme: »Warten? Fragt sich nur, wie lange? Du wirst schon sehen, was du davon hast. Eines Tages werde ich einen weniger verbohrten Mann als dich zu mir in den Schlafsack bitten.« Das hatte gesessen. Erstmals an diesem Abend bemerkte sie eine nervöse Regung im Gesicht ihres Mannes. Auch schien er die Lippen aufeinander zu pressen. Was selten vorkam. Offenbar hatte sie ihn dort getroffen, wo es wehtat. Was für eine Freude, die sich in ihr regte. Er liebte sie also noch.

»Wie lange wirst du dir Zeit lassen mit dem Fremdgehen in deinem eigenen Schlafsack?«, wollte Norbert wissen.

»Jedenfalls nicht noch einmal fünf Jahre«, antwortete Roswitha.

Da lächelte Norbert. »Bildest du dir wirklich ein, dass ein anderer Mann so lange wie ich warten wird auf die Entfernung des verdammten Zipfels von deinem Unterleib? Zugegeben, heute bist du schlank und schön. Aber wie wirst du später aussehen? Was wird in fünf Jahren sein? Wie alt und schrumpelig wird der hässliche Kerl sein, mit dem du deinen romantischen Traum erfüllen willst?«

Roswitha spürte, wie eine gemeine Hilflosigkeit von ihr Besitz ergriff. Ihre Gedanken und Empfindungen tanzten von Westen nach Osten, von Norden nach Süden wie ein steuerloses Schiff im Sturm. Es dauerte, bis sie wieder den festen Boden eines Ufers zu spüren glaubte.

Verunsichert glotzte sie auf ihren Mann ein. Der schien es wirklich ernst zu meinen. Sie fürchtete um den schönen Abend.

Mit schwerem Atem sagte sie: »Ich werde unter zwei Bedingungen auf den Zipfel verzichten: Erstens, du hörst auf mit dem Gerede von der Klaustrophobie und zwängst dich ohne Umschweife zu mir in den Schlafsack. Und zweitens erwarte ich dein Einverständnis, dass nicht mehr als eine einzige Kerze den Raum beleuchtet, wenn ich den Zipfel entferne.«

Für einen kurzen Zeitraum schien es, als wäre Norbert besiegt. Ein Kopfmensch jedoch ist eben ein Kopfmensch, auch wenn seine Gehirnmechanik in verzwickten Situationen länger zu arbeiten hatte als an einem Geistesblitz der zeitlosen Art.

Mehrmals begannen seine Lippen, eine Antwort zu formen. Endlich verlangte er mit fester Stimme: »Fünf!«.

Roswithas Augen dunkelten augenblicklich ein. Widerstand war zu befürchten. Dem zu begegnen, wiederholte Norbert: »Fünf romantische, versöhnende Kerzen müssen leuchten.« Und mit erhobenem Glas begründete er: »Immerhin sind wir seit genau fünf Jahren verheiratet.« Er lehnte sich zurück, taxierte aufmerksam die Mimik seiner Frau. Da die nicht gleich einwilligte, drohte er: »Bedenke, für jedes zusätzliche Jahr mit dem Keuschheitszipfel werde ich bei der nächsten Gelegenheit eine zusätzliche Kerze verlangen.«
Roswitha schluckte.

Ganz so einfach wollte sie nicht nachgeben. »Okay, ich stimme zu, aber nur, wenn du als Kerze ein Teelicht akzeptierst. Auch müssen die Lichter mindestens 50 Zentimeter Abstand zum Bett haben.«
Daraufhin öffnete Norbert eine weitere Flasche köstlichen Rotwein und schenkte ein. Wie es aussah, kehrte die Harmonie zurück. Sie prosteten einander zu, bevor er im Schlafzimmer verschwand. Von dort war das Ratschen eines Reißverschlusses zu hören. Der Schlafsack, erkannte Roswitha. Voller Erwartung folgte sie ihrem Norbert hinter den Reißverschluss ihrer Träume.

Die nächsten fünf Ehejahre sollten beginnen.

Für manche lebensfrohe Seele ist die Seligkeit
nicht weiter entfernt als einen Schrecken weit.

Schweinerei

Gerade mal eine Stunde war es her, dass ich die frühlingsgrüne Weide unseres beliebten Besucher-Bauernhofs mit meiner kräftigen Rüsselschnauze hatte aufreißen dürfen, um nach Käfern und Larven zu suchen. Jetzt, müde geworden, legte ich mich in den Schatten einer Buche, um ein wenig auszuruhen. Bald geriet ich in einen Halbschlaf und träumte von riesigen Futtertrögen, so groß wie die Fischteiche in östlicher Richtung. Auf einmal wurde ich aus meinen Träumen gerissen von einem philosophischen Gespräch. Ganz in meiner Nähe stritten Urlaubsgäste über den tieferen Sinn des Lebens. In einem ausufernden Disput wurde die Behauptung aufgestellt, die Seele der Primaten befinde sich in ihrem Kopf. Nein, sie sitze in der Brust, erwiderte ein anderer. Ein dritter, so ein Schlaumeier von der Sorte, die es sich mit niemandem verderben will, vertrat die Ansicht, die Seele befinde sich nicht einfach nur im Herzen oder im Kopf, sondern in beiden Körperteilen.

Ich für meinen Teil konnte über so viel Naivität schon damals nur herzhaft lachen. Warum nur war es niemandem in den Sinn gekommen, dass die Seele auch woanders sitzen könnte? Wäre nicht jeder x-beliebige Körperteil geeignet als nähere Behausung für den flüchtigen Ichgeist? Warum konnte sich niemand vorstellen, dass die Seele auch andernorts im Organismus sein Zuhause haben könnte, schon allein zur Tarnung und Ablenkung? Als Trick der Evolution sozusagen, um die Seelen vor dem Aussterben zu bewahren. Genau genommen als Schutz vor Fressfeinden, aber auch gegen Krankheiten. Noch genauer: vor Schweinefressern, die es wie einst die Menschenfresser auf ganz bestimmte Leckerbissen abgesehen hatten. Denn Gourmets hatte es wohl schon immer gegeben. Manche mochten ganz verrückt nach angeröstetem Wadenbraten gewesen sein, für andere hatte das Leben nichts Besseres zu bieten als ein lecker abgeschmecktes Gehirnragout, schon allein, um die eigene Denkleistung zu befördern. Ja, das Gehirn und seine Fähigkeiten waren sehr begehrt gewesen, vor allem von denen, die bereits über hinreichenden Verstand verfügt hatten. Gleich und gleich gesellte sich eben gern, auch beim Fressen, wie man wusste. Bei ihrer Lust auf Gesinnungsmeierei verhielten sich die Verstandesmenschen übrigens nicht anders als die Unwissenden und Bekloppten in ihrem nie endenden Verlangen nach kollektiver Leere.

Pah, sollten sie doch machen, wie es ihnen beliebte. Was mich, das zarte Hausschwein, schon immer beleidigt hatte, war die Abwesenheit von Tierseelen im Denken der Menschen. Verfügte tatsächlich nur der Homo Sapiens über einen Zugang zu Gott? Warum sollten Tiere zur Selenlosigkeit verdammt sein?

Dieses Rätsel schien unlösbar. Jedenfalls bis in die Tagesfrühe des nächsten Tags, in der die lustige Schweinegemeinschaft, zu der ich gehörte, mit gekringelten Schwänzchen fröhlich und neugierig an den Futterstellen stand und sich leckere Rüben schmecken ließ. Nichts deutete darauf hin, dass dieser Tag für mich und meine Artgenossen zu einer Tortur werden könnte.

Ein mäßiger, für die Jahreszeit viel zu kalter Wind klang gerade ab und die aufkommende Frühjahrssonne befreite die Felder und Höfe von der klammen Feuchtigkeit der Nacht. Die pralle Natur atmete auf. Das Essen in unseren Trögen war zwar eintönig wie fast immer, aber reichlich vorhanden. Anschließend, mit einer lauschigen Brise zwischen den Borsten, verbrachten ich und eine unübersichtliche Zahl von Schweinen die Zeit auf einer fetten, etwas abseits gelegenen Wiese. In Sichtweite: ein für den nächsten Herbst viel versprechender Eichenwald. Von der Nachbarwiese war ein verspätetes Krähen und aufgeregt-fröhliches Gackern zu hören. Wir erfreuten uns am Gesang der Vögel, versuchten in einem lustigen Quiz die schwirrenden Insekten am Flügelschlag zu erkennen.

Irgendwann trug der Wind störende Motorgeräusche heran. Sie gehörten zu einem größeren Fahrzeug, eines, wie ich es noch nie gesehen hatte. Größer noch als die Heuwagen, die im Herbst von Treckern übers Land gezogen wurden. Etwas Bedrohliches ging von dem riesigen Fahrzeug aus. Ich spürte die Unruhe, die plötzlich die schöne Wiese beherrschte. Nicht lange und unser lieber Bauer erschien am Zaun. Er war nicht allein. Zur Linken wie zur Rechten schritten zwei unbekannte Männer. Sie steckten in derber Kleidung und gaben uns Zeichen. Wie es schien, luden sie uns ein, den Lastwagen anzuschauen. Gefällig wie ich war, lenkte ich die Aufmerksamkeit meiner Brüder und Schwestern auf das Geschehen am Wegesrand. Ein kurzes Zögern, dann folgten die Schweine der Aufforderung und setzten sich in Bewegung.

Schon immer gehörte es zu meinen Wesenszügen, das Weltgeschehen positiv einzufärben. Und weil ich schlauer war als meine Brüder und Schwestern, ging mir sogleich ein Licht auf: Wie es aussah, hielt der Bauern eine leckere Überraschung für uns bereit. Vielleicht die Kuchenreste vom Altenheim, erklärte ich den Neugierigen. Hoffnungsvoll nahmen wir Witterung auf. Doch so sehr wir auch schnüffelten und grunzten, die Luft blieb frei von den Düften eines leckeren Streuselkuchens, der uns beim letzten Mal so sehr gemundet oder besser gemault hatte. Klar, dass die Enttäuschung groß war. Stattdessen mussten wir mitansehen, wie sich am Lkw eine Laderampe zu Boden senkte. So ein Pech aber auch, die Kuchenreste waren heute wohl woanders abgeladen worden.

Ich nahm das Fahrzeug genauer in Augenschein. Ein Doppeldecker, keine Frage. Dann, wie aus dem Nichts, schlug meine Intuition an: Ein Ausflug. Eine Gruppenreise. O la la, wie geil war das denn? Ich jubilierte im Stillen und berichtete den Brüdern und Schwestern auf der Stelle von meiner Vermutung. Die Begeisterung war schier grenzenlos.

So tippelte ich mit gutem Beispiel voran, den Anweisungen der Reiseleiter zu folgen. Kaum waren die beiden übereinander angeordneten Ladeflächen des Transporters belegt, wurde auch schon der Motor angeworfen und ab ging die luftig-frische Reise. Erst jetzt wurde mir die Enge auf den beiden Decks bewusst. Da meckerten auch schon einige Fahrtgenossen mächtig los. Als die ersten Tiere infolge der Überfüllung in

Ohnmacht fielen, drängelte ich nach vorn und trat mit beiden Hufen gegen die Fahrerkabine. Doch die Reiseleitung reagierte auf die dröhnenden Schläge nicht, sodass der Eindruck entstand, die Männer wollten uns gar nicht hören. Die fehlende soziale Kompetenz in der Kabine steigerte die Verunsicherung auf den Ladeflächen. So nahm ich mir vor, gleich nach unserer Rückkehr dem Bauern irgendwie Meldung zu machen.

Bald herrschten Furcht und Unruhe. Sie steigerten sich von Kilometer zu Kilometer. Ich versuchte meine Brüder und Schwestern zu beruhigen mit den Worten, dass ein Transporter an Gebühren und Zeiten gebunden sei, die unbedingt eingehalten werden müssten. Immerhin, räumte ich ein, hätte Fressen und Trinken bereit bestellt werden können. So tröstete ich die Verängstigten mit meiner eigenen Erwartung auf ein gutes Hotel mit Vollpension. Schließlich hatten wir uns bislang immer verlassen können auf unseren geliebten Bauern, der zu den hoch angesehenen Biobauern gehörte. Und die waren immer für eine Überraschung gut. Ehrlich, hinsichtlich des Reiseziels hatte ich auf einen Vergnügungsdampfer oder ein üppiges Kohlfeld in saftigen Elbauen gehofft. Mir lief das Wasser im Maul zusammen.

Endlich, wir schienen uns dem Ziel zu nähern. Denn der Doppeldecker bog von der Fernstraße ab. Es folgten mehrere Kurven; dann passierten wir die Einfahrt zu einem gewaltigen Gebäudekomplex. Na bitte, ein Hotel, schoss es mir in den Kopf. Ich hätte unseren lieben Bauern auf der Stelle verliebt umhufeln können, doch leider wurde er daheim auf dem Hof benötigt. Was mich irritierte, war die Hektik, mit der wir über ein frisch gespültes Kopfsteinpflaster getrieben wurden. Einen schönen Kurpark hatte ich mir anders vorgestellt.

Vor einem hohen, grauen Tor geriet unser Marsch ins Stocken. Wir sahen uns um: links ein Zaun, rechts ein Zaun und hinter uns installierten gerade zwei Arbeiter in roten und gelben Gummischürzen einen weiteren Zaun. Na ja, Ordnung muss sein, dachte ich. Gelangweilt harrten wir der vergnüglichen Ereignisse, die auf uns zukommen mochten. Ich sah an den Wänden der Hotelanlage hinauf und wunderte mich über die schmucklosen Fenster. Auch besaß das Gebäude keine Balkone. Wo man solche doch gerade heute bei diesem schönen Wetter hätte nutzen können für erholsame Stunden.

Schon wurden die ersten von uns eingelassen. Leider versäumte ich es, vor dem Rolltor in Stellung zu gehen, um einen Blick aufs Foyer oder auf die Rezeption zu werfen. Auf einmal entstand Unruhe, so wie vorhin auf dem Lkw. Doch ängstigte uns diesmal kein fürchterliches Gedränge, sondern ein beißender, abstoßender Gestank, der dem Hotel entwich. Eine tiefere Ahnung sagte mir, dass es vielleicht doch kein Ausflugshotel war, zu dem wir gebracht worden waren, eher ein Krankenhaus. Ich überlegte: Sollten wir uns vielleicht gar nicht vergnügen? Sollten wir womöglich einfach nur geimpft werden? Komisch. Der Tierarzt war doch bislang immer mit einem Koffer und einer Spritze zu uns auf den Hof gekommen. Da, in diesem Augenblick wurde das Rolltor erneut geöffnet. So wie die Gerüchteküche kochte, war kein Schwein mehr bereit, das Tor zu durchtippeln. Wer es schaffte, stahl sich weg von dem Eingang, drängte nach hinten, in die äußerste Ecke der Umzäunung.

Wie von Geisterhand stand ich plötzlich fast allein unter dem Vordach und wurde prompt hereingebeten. Nur Sekunden später gelangte ich ins Foyer. Fliesen, Blech und Mauerwerk um uns herum. Und dann dieser eigentümliche Gestank. Schlimm auch die Unfreundlichkeit der Ärzte und Pfleger. Ganz ehrlich: Wohl war mir diesmal ganz und gar nicht. Der Reihe nach wurden wir vorgelassen und tippelten entlang eines schmalen Ganges, an dessen Ende sich keine Rezeption, sondern eine Art Warteraum befand. Dieses Mal schauten wir in die kalten Augen zweier Weißkittel. In der Hand hielten sie eine Art Spritze, die viel zu groß geraten war und mich ängstigte. Also doch Krankenhaus und eine Power-Impfung, dachte ich. Schon holte die Hand aus, schien aber zu zögern. Das letzte, was ich wahrnehmen konnte, war kein Piks, sondern der Aufschlag eines Bruders, der offenbar in Ohnmacht gefallen war. Ich ahnte: Das hatte nichts Gutes zu bedeuten.

Was jetzt geschah, erfolgte außerhalb meiner gewohnten Wahrnehmung. Dennoch, oh Wunder, sollte irgendetwas in mir wach und empfindsam bleiben. Komisch nur, dass ich trotz eines Komas Gedanken denken konnte. Auf einmal meldete sich meine bescheidene, mir kaum bekannte Seele.

Unverblümt versicherte sie: »Du bist tot.«
Ich erschrak. Wie? Was? Ich konnte doch noch denken, also war ich doch noch in dieser Welt. Was für ein böser Schabernack, der mit uns gespielt wurde. Denn niemals würde es mein Bauer zulassen, dass mir ein Leid geschähe.

Aber das Geschehen hier in der Halle sprach eine andere Sprache. Langsam, wie in Zeitlupe, löste ich mich von meinem

Leib. Nackt wie der Mond schwebte ich zwischen Raum und Zeit. Nein, mehr im Raum und mehr in einer bestimmten Zeit, nämlich in der Jetztzeit. Da bemerkte ich weitere Tierseelen, die nicht weniger irritiert als ich auf die ebenso geschäftige wie mechanisierte Welt hinunterschauten. Was wir erblickten, waren entborstete Leiber, die an kräftigen Haken an einer Wand entlang schwebten. Unter ihnen dampfte warmes Blut in hässlichen Bottichen. Instinktiv wollte ich weg von hier, mich in Sicherheit bringen. Ich wünschte mich zurück in das Idyll unseres schönen Bauernhofs. Doch die Wirklichkeit vertrieb die Bilder von dem schönen irdischen Leben.

Nicht lange und meine Neugierde, die mich nicht verlassen hatte, trieb mich an, zu erkunden, was genau mit mir geschah. Ich suchte den Weg zurück in den Gebäudeteil, den ich für eine Rezeption gehalten hatte. Doch irgendetwas hielt mich gefangen wie die Schwerkraft die Materie. Diese Kraftquelle war in Bewegung. Somit war auch ich in Bewegung, wie gezogen an einem Gummiband. Der Abstand zu den dahinschwebenden Leibern betrug etwa 10 Meter. Sollte für immer verbunden bleiben, was zusammengehörte?

Schrecklich, miterleben zu müssen, wie ausgeblutete Tierkörper ausgeweidet wurden: Köpfe ab, Gedärme raus; Schultern, Hufe, Bauch und Rücken, alles wurde zerlegt, zerhackt, zersägt, püriert und sortiert. Ein Anblick, der mir im wahrsten Sinn des Wortes in der Seele weh tat. Da flimmerten die Gespräche der Hobbyphilosophen vom Bauernhof durch mein Bewusstsein. Ihre Gespräche hatten der Frage nach dem Zuhause der Seele gegolten. Ich erkannte, dass ich der Antwort auf diese Frage, erzwungener Maßen, auf der Spur war. Denn die Einzelteile meiner Körperlichkeit zerstreuten sich gerade durch die Abteilungen des Hauses. Ich schaute mich um. In welche Richtung wurde ich gezogen? Schon spürte ich einen unentrinnbaren Sog, der von einem nahen Laufband ausging. Es transportierte tellergroße, dickliche Stücke mit abgeschnittenen Blutgefäßen. Eine ebenso wie ich im Raum schwebende Seele musste meine unausgesprochene Frage erahnt haben. Wir Seelen befänden uns ganz in der Nähe jenes Organs, in dem wir im biologischen Leben zu Hause gewesen seien, verriet sie und wies auf das summende Laufband mit den dunklen Fleischteilen. Ich stutzte. Wollte sie mich verkackeiern? Unwirsch fragte ich, um was es sich bei den gruseligen Fleischstücken handele.

»Es ist die Leber. Deine Leber«, sagte sie und zeigte auf ein Stück, das einen gesunden, gut genährten Eindruck machte.
Ich war baff und wunderte mich auf einmal über die Coolness, die ganz allmählich von mir Besitz ergriff.

Erstmals seit Beginn unseres Ausflugs empfand ich so etwas wie Amüsement. Meine Leber, so überlegte ich, sah eigentlich passabel aus, nicht zu klein, nicht zu groß. Nun, bei den Menschen hieß es, dass Dummheit frisst und Intelligenz säuft. Auch galt es als bewiesen, dass die Leber eines Säufers anschwellen würde. Meine Leber aber zeigte keine Anzeichen einer Schwellung, obwohl ich außerordentlich intelligent war und demzufolge hätte saufen müssen wie ein Kutscher. Ich habe aber nichts gesoffen, außer das leckere Wasser aus dem Teich. Wie passte das zusammen? Ich dachte an meinen lieben und klugen Biobauern. Der hätte mir das alles ganz sicher erklären können. - Oder vielleicht doch nicht? Alles konnte auch er nicht wissen. Sonst hätte er es gewiss nicht zugelassen, dass seine kerngesunden, glücklichen Schweine so brutal getötet wurden.

In diesem Moment erreichte meine Leber das Ende des Laufbands und plumpste in einen metallenen Bottich, worin sie von kreisenden Messern zerhackt wurde. Arbeiter, die den Vorgang überwachten, sprachen irgendetwas von einer Pfälzer Leberwurst. Auf einmal spürte ich ein Nachlassen der Bindekraft, die mich am Ort des Geschehens hielt. Warum? Wieder schien die in der Nähe schwebende Seele meine Ratlosigkeit zu bemerken.

»Denken macht dumm«, behauptete sie und kicherte.
Erst jetzt bemerkte ich, dass es eine weibliche Seele war. Sie suchte ganz offensichtlich meine Nähe.

Gemeinsam durchflogen wir den Spalt zwischen Raum und Zeit. Ein wunderbares Erlebnis, so als gäbe es nichts anderes mehr als Glück, Lust und erhabene Erkenntnis. Und alles wäre sooo schön, wenn da nicht die Erinnerung an diesen wundervollen Bauernhof wäre, mit seinen saftigen Wiesen, den Düften der Wälder und dem Tanz der Schmetterlinge – und von mir aus auch mit den gemeinen, lästigen Menschen dabei.

Das Herz bleibt rein im Selbstverein.

Solidarität

Zum letzten Mal an diesem Sonntag verließ Hubert Bosse den komfortablen Wohnwagen. Er verschloss die Tür, umarmte die reife Taille seiner Frau Margitta, geleitete die Blondierte hinaus auf die kleine Terrasse. Sorgfältig zog er den Reißverschluss am Vorzelt zu. Wie immer am Ende eines Camping-Wochenendes umrundete er prüfend den Wohnwagen, öffnete das Schränkchen mit der Propangasflasche, vergewisserte sich, dass die Armatur den Nullpunkt anzeigte. Schließlich, mit geübtem Blick, prüfte er die Ecken und Kanten des quadratischen, von einer Hecke umfangenen Platzes.

Anschließend, aneinander geschmiegt, genoss das Paar die spätsommerlichen Farben und den würzig-frischen Duft der umliegenden Felder und Wiesen. Vom nahen Glucksen der Aller begleitet, drangen fröhliche Kinderstimmen herüber. Margitta lächelte. Lange war es her, dass auch Andrea, ihre Tochter, noch Spaß daran hatte, am Ufer des verwirbelten Flusses zu spielen. Plötzlich, wie bestellt, klang eine Kinderstimme an. Sie drang durch die Hecke und gehörte zu Max. Schon kam der zehnjährige Junge über einen sandigen Weg gelaufen, nass vom Baden in der Aller und zitternd vor Unterkühlung. Die

Erwachsenen folgten dem Spätgeborenen des befreundeten Paares Rudi und Lilly Winterda, die mehr waren als Freunde, nämlich Arbeitskollegen und Campingnachbarn. Gegenseitig hatten die Frauen Patenschaften für die Kinder übernommen.

Die Eltern des frierenden Jungen lagen in der Nachmittagssonne auf bequemen Liegestühlen in der Nachbarparzelle inmitten einer farbenfrohen Welle aus Geranien. Zwischen ihnen der Campingtisch mit einem Stövchen und einer Kaffeekanne aus weißem Porzellan. Wie sie es liebten, hatten Lilly und Rudi die Kaffeebecher neben ihren Liegestühlen auf den Rasen gestellt. Bäuchlings ruhend plauderten sie mit einander zugewandten Gesichtern. Erst als der Junge heran war und seine pudelnassen Haare über den entblößten Leibern der Eltern schüttelte, schauten diese verschreckt auf.

Da bemerkten sie Hubert und Margitta.

Mit wachen Augen prüfte Lilly die Kleidung des befreundeten Paares. »Nanu, wollt ihr aufbrechen? Jetzt schon, nach der Mittagsruhe?«

»Ja, leider«, antwortete Margitta, wobei sie eine Geste der Resignation machte. »Was hat man für eine Wahl, wenn die Tochter ihren neuen Verehrer ansagt?«

Lilly schmunzelte verstehend. Ihr Mann richtete sich auf, reichte dem Freund und Kollegen die Hand. Der schlug ein, fest, kumpelhaft, wie es seit der gemeinsamen Berufsausbildung die Regel war.

»Na, dann bis morgen! Wir sehen uns auf der Betriebsversammlung?«

»Klar!«

Minuten später saßen Hubert und Margitta Bosse in ihrem VW Sharan und bogen auf den Zubringer zur Autobahn nach Hamburg ein. Sie schwiegen. Das Paar gehörte nicht zur Gattung der Plaudertaschen, aber seit einiger Zeit blieben ihnen selbst die ohnehin spärlichen Worte immer häufiger im Hals stecken. Besonders dann, wenn die berufliche Zukunft anklang.

Doch daran dachte das Ehepaar Bosse gerade nicht. Ihr ganzes Interesse galt ihrer Tochter Andrea, ganz besonders aber ihrem Freund, den die 17-Jährige nach langem Drängeln und verhaltenen Vorwürfen ihren Eltern endlich vorstellen wollte. Dass es diesmal wirklich ernst, dass er der Richtige sei, hatte die Tochter versichert, na ja, genau genommen: eher beiläufig hingeworfen, aber immerhin oft genug, um die Eltern zu alarmieren. Passte es zu einem 17-jährigen Mädchen, einer Verliebtheit den Rang einer großen Liebe einzuräumen? Mitnichten, da waren die Eltern eines Sinnes.

Die Autobahn war für einen Sonntagnachmittag ausnahmsweise wenig befahren und so bogen die Heimkehrer eine gute halbe Stunde früher als geplant in die heimische Wohnstraße eines Hamburger Vororts ein. Hubert bugsierte das Auto auf den Parkplatz, an dessen Bordstein ein Schild mit seinem Kfz-Kennzeichen in der Erde steckte, einem abgesteckten Claim nicht unähnlich. Margitta Bosse schob den Kopf zur Fahrzeugtür hinaus, äugte an einer weiß getünchten Hauswand hinauf.

»Ja, spinn ich denn?«

Noch bevor Hubert Bosse ausgestiegen war, suchten auch seine Augen nach den Fenstern in der zweiten Etage. Die Flügel des Wohnzimmerfensters standen sperrangelweit offen. Doch nicht nur die waren geöffnet, sondern auch das Küchenfenster.

»Ich fürchte«, sagte Hubert, »unser Kind hat eine Giftschleuder zu Besuch.« Ein Unding für das stramme Nichtraucher-Ehepaar Bosse.

»Wehe, wenn es stinkt in der Wohnung«, drohte die Mutter und versprach: »Dann wird das Kind aber etwas erleben!«

Doch Andrea war nicht zu Hause. Und der Gestank von kaltem Zigarettenrauch war erst in unmittelbarer Nähe des Mülleimers zu erschnuppern. Dies beruhigte die Eltern freilich nicht. Denn es schwebte ein anderer Duft in den Räumen, einer von eigentümlicher Süße. War es ein Parfum, ein Rasierwasser – oder waren es die Blüten einer verbotenen Pflanze? Na ja, so ganz unbekannt war den Bosses der Geruch nicht. Er ruhte in ihrer Erinnerung, allerdings weit genug weg, um ihn heute wie aus der Distanz eines Lichtjahres wahrzunehmen. In homöopathischen Spuren. Unwillkürlich durchreisten Hubert und Margitta Bosse ihre Vergangenheit, fanden sich wieder in den berauschten Stunden des Aufbegehrens aus den Anfangsjahren ihrer Zweisamkeit. Haschisch! Sie nickten einander zu. Doch lächelten sie dabei nicht. Schließlich waren es andere Zeiten gewesen, damals, in den späten Siebzigern, als das Leben in Deutschland mit dem Oberlauf eines wilden, schäumenden Flusses verglichen werden konnte. Wie es schien, hatte das verliebte Töchterchen den neuen Freund bereits am Vorabend, in Abwesenheit der Eltern, empfangen. Unerhört! Dennoch begannen die Eltern mit den Vorbereitungen für den Besuch des Unbekannten. Aufwändig knetete Margitta einen Hefeteig für Andreas Lieblingsspeise: Pizza. Am besten dick mit

Käse berieselt. Dazu sollte es guten Rotwein geben, keinesfalls billigen Fusel, wie er bei Familienfesten aufgetischt wurde.

Als Hubert den Wein bereitstellte, knurrte er: »Was für eine Verschwendung. Als wenn ein junger Kerl einen guten Bordeaux von einem billigen Tafelwein unterscheiden könnte. Mir scheint, dass dem kleinen, geilen Arschloch mit einem gut gefüllten Joint besser geholfen wäre.«

»Aber bitte mit Juckpulver darin«, forderte Margitta Bosse. Dann, während sie das Besteck um die Teller platzierte, fragte sie spöttisch: »Wer sagt denn, dass es sich bei dem Freund von Andrea um einen jungen Kerl handelt?«

Hubert presste die Lippen aufeinander und zischte: »Einen älteren werfe ich eigenhändig aus der Wohnung.«

Da huschte erstmals seit der Rückkehr vom Campingplatz ein Lächeln über Margittas Gesicht, ein fein-böses, ein neckisches Lächeln. »Und wenn Andreas Freund zwei Köpfe größer wäre als du und doppelt so breit?«

Ein kurzes Aufzucken von Huberts Gesichtsmuskulatur verriet den Treffer. Mehr hatte Margitta als Antwort nicht erwartet, denn auf unpassende Fragen pflegte der 1,72 m große Hubert seit ihres Kennenlernens mit stoischem Schweigen zu antworten.

Margitta betrachtete den hergerichteten Tisch. Hatte die weiße Tischdecke Falten gezogen? Stimmte die Anordnung des Bestecks? Trotz des wandhohen Fensters schaltete sie die Stehlampe ein. Das warme Licht passte vorzüglich. Eine Weile noch ruhte das Paar still auf den gepolsterten Stühlen der Speiseecke. Mehr und mehr hatte der Raum über die Jahre den

Charakter einer Andenken-Kammer bekommen, in der die Ideale ihres 50-jährigen Lebens konserviert wurden: An der Wand zur Rechten des Fensters hingen Ansammlungen von Familienfotos, gestaltet zu überschaubaren Inseln, die familiäre Verbundenheit demonstrierten. So wie auch Flugblätter und Plakate aus den Jahren des Aufbegehrens, aus der Zeit des sozialen Engagements in allerlei alternativen und gewerkschaftlichen Initiativen und Bewegungen. An der gegenüberliegenden Wand ermunterten gewichtige Zitate von Berthold Brecht gegen das Profitsystem oder solche der eher moralischen Art von Kurt Tucholsky zum Aufbegehren. Über allem thronten eindrucksvolle Drucke der Konterfeis von Che Guevara und Mao Tse-tung, die zum linken Zeitgeist gehört hatten wie die Maggi-Würze in die Kartoffelsuppe der Kleinbürger. Nicht zu vergessen der überdimensionierte, expressionistisch anmutende Druck eines feurig rot durchkreuzten Atomkraftwerks. Darunter in fetten Lettern: „Solidarität ist die Zärtlichkeit der Völker." Was für eine wilde Zeit, als Hubert und Margitta an den Händen ihrer Eltern und 300 000 Menschen im Bonner Hofgarten gegen Mittelstreckenraketen demonstriert oder den Hausbesetzern in der Hamburger Hafenstraße Getränke gebracht hatten. Das alles noch ohne auch nur einen Gedanken an die mittelständische Metallbaufirma, in der eines Tages Margitta zur Bürokraft und Hubert zum Schlosser ausgebildet werden sollten.

Und heute? Seit Langem wurde gemunkelt, dass die Schlosserei zum Verkauf stand. Weil Wintergärten und andere Metallbauten viel günstiger im Ausland gefertigt werden könnten, wie es hieß. Allein die Endmontage vor Ort sollte noch eigenständig organisiert werden. Was übrigens kein Wunder wäre, schließlich lohnte es nicht, für die Montage einer Überdachung und Verglasung eines Balkons Monteure aus China einfliegen zu lassen. Das wusste auch Hubert und sparte nicht mit Sarkasmus, wenn nach seiner Meinung gefragt wurde. Eine Entwicklung, die auf eine wahrhaftige Katastrophe hinlief, denn nach wie vor arbeitete er in der Schlosserei und Margitta als Teilzeitkraft für die Abrechnung der Abteilung. Beide ständen dick und fett auf einer Überflüssigen-Liste, wurde gemunkelt. Und wieder einmal raste die Furcht vor der Zukunft wie ein voll beladener Güterzug durch Huberts Empfindungen. Andererseits, das beruhigte ihn durchaus, bezweifelte er die Leistungsfähigkeit der Billiglohn-Konkurrenz. Niemals, so konterte er aufwallende Ängste, würden im Ausland die hiesigen Standards realisiert werden können.

Margitta schien die Gedanken ihres Mannes zu lesen.

Wie zu sich selbst sagte sie: »Ich darf gar nicht an die morgige Betriebsversammlung denken.«

Hubert umarmte seine Frau. »Warte mal ab, wir haben immer noch einen Betriebsrat.«

Daraufhin entspannte sich Martins Miene nur leidlich.

»So ungefähr hat das auch Rudi ausgedrückt«, antwortete sie, »aber der mischt ja selbst im Betriebsrat mit.«

Hubert antwortete mit seinem Lieblingsspruch über den Freund und Kollegen: »In der Not greift Rudi an und zeigt den Bossen, was er kann.«

»Ach du jemine, was kann denn ein Einzelner schon gegen eine ganze Firma ausrichten?«, reagierte Margitta, und: »Anstatt sich gerade zu machen, spielen die Betriebsratsmitglieder mit der Geschäftsleitung Blinde Kuh.«

Hubert hob den Kopf, presste die Lippen zu einem blutleeren Strich aufeinander. Er wusste nur allzu gut, dass Margitta recht hatte. Allein Rudi hatte im vergangenen Jahr Tacheles geredet und auf den Tisch gehauen. Die anderen waren damit beschäftigt gewesen, zeternd und polternd die Kampfkraft der Gewerkschaft zu beschwören, ohne selbst kämpfen zu wollen. Am Ende haben 30 Kollegen vor der Tür gestanden. So wie auch Margittas Schwester, die bis heute ohne neue Arbeit geblieben war. So wie auch die Köhlers nebenan. Aber kein Betriebsratsmitglied hatte gehen müssen.

Schweigend saßen Hubert und Margitta eine ganze Weile am gedeckten Tisch. Auf einmal drang von draußen das Fahrgeräusch einer Limousine durchs geöffnete Fenster herein. Interessiert, so wie die meisten Männer eben an Autos interessiert sind, beobachtete Hubert einen für diese Wohngegend ungewöhnlich exklusiven Mercedes. Ungeschickt parkte der Fahrer die metallic lackierte Nobelkarosse ein. Hubert wollte sich gerade abwenden, als die Beifahrertür geöffnet wurde und eine junge, stark geschminkte Frau ausstieg. Sie wirkte vertraut auf Hubert Bosse. Andrea!

»Ich glaube, unsere Tochter kommt gerade nach Hause«, rief er vom Balkon in die Wohnung, »und wenn mich nicht alles täuscht, hat unsere Kleine ihren Freund dabei.«

Mit einem Satz war Margitta heran.

Wie festgeklebt, so hafteten ihre Augen an dem Fahrzeug. »Ist das nicht der Dienstwagen der Geschäftsleitung?«

»Geschäftsleitung? Was hat denn unsere Tochter mit den feinen Herren zu tun?« Hubert Bosse begann von einem Bein aufs andere zu treten. Endlich schwang auch die Fahrertür des Sechzigtausend-Euro-Fahrzeugs auf und heraus stieg ein junger Mann, bekleidet mit einem weißen, offen getragenen Hemd über einer schlabberigen Jeans. Bereitwillig folgte er Andrea zum Hauseingang. Margitta und Hubert sahen einander an. Ja, es handelte sich tatsächlich um den Neffen des Geschäftsführers.

Nur Sekunden später klingelte es an der Wohnungstür. Margitta Bosse betätigte den Summer, öffnete und nahm an Huberts Seite Aufstellung vor der Garderobe. So wie das junge Paar dem Blickfeld vor der Haustür entschwunden war, so erschien es jetzt an der Tür: Hand in Hand. Geradlinig, wie selbstverständlich, so traten sie ein. Die Eltern seiner Freundin zu begrüßen, reichte der Junge Mann erst Margitta, dann Hubert die Hand. Eine dürre, kraftlose Hand.

Nachdenklich, dabei den Freund der Tochter mit den Augen fixierend, sagte Margitta: »Ich habe gedacht, Sie wären für zwei Jahre nach Amerika gereist?«

Der junge Gast lachte selbstsicher. »Ein Jahr hat mir genügt.«

Die Bosses kannten den Sohn des Geschäftsführer nur flüchtig, über die räumliche Distanz eines Schulhofs hinweg und aus den Erzählungen ihrer Tochter, die mit ihm das Gymnasium besucht hatte. Gesprochen freilich hatte man öfter über ihn, der zwar stets gute Zeugnisse bekommen und ein passables Abitur hingelegt hatte, der aber bei den Mitschülern wegen seiner Schnöseligkeit und Selbstherrlichkeit alles andere als beliebt war.

Wie zufällig trat Hubert einen Schritt vor und schnupperte unmerklich an der Kleidung des Besuchers. War er es, der hier in der Wohnung mit Andrea Haschisch geraucht hatte? Doch außer dem Duft eines blassen Eau de Toilette vermochte seine Nase nichts zu identifizieren. Hubert stutzte. Sollte Andrea gestern mit einem anderen Verehrer ...?

Margitta war in die Küche an den eingedeckten Tisch getreten, von wo sie zum Aperitif bat. Der Gast nahm Cola pur, Andrea bevorzugte Orangensaft. Die Eltern tranken einen Porto. Nicht lange und die kleine Gesellschaft befand sich inmitten eines Gesprächs über die gemeinsame Schulzeit der jungen Leute. Über Lieblingsfächer, Lieblingslehrer und Leistungsnoten. Ein schulisches Ereignisfenster nach dem anderen wurde geöffnet. Dabei strotzte der Junior nur so vor Selbstvertrauen in seinen Urteilen, er zelebrierte Gewandtheit und Selbstsicherheit. Für die Pizza fand der junge Gast nur anerkennende Worte. Den von Andrea eingeschenkten Rotwein genoss er mit geschlossenen Augen. Bei Speise und Trank verging die Zeit fast unbemerkt. Hubert und Margitta Bosse waren es gewohnt, am Vorabend von Werktagen zeitig zu Bett zu gehen. So erfreute es sie, als die Tochter und ihr neuer Freund kurz nach der fruchtigen Zitronencreme den Tisch verließen.

Was die Eltern freilich nicht erfreute, war die Örtlichkeit, welche die jungen Leute ansteuerten. Nämlich das Zimmer ihrer Tochter, von wo klickend und schleifend die Verriegelung des Türschlosses zu hören war. Während Hubert wie angewurzelt auf seinem Stuhl saß, bewies Margitta Fassung und machte sich lächelnd ans Einräumen der Spülmaschine. Auch als die Eltern schon geputzt und müde im Ehebett lagen, war noch immer nichts von einem Aufbruch des Gastes zu bemerken. Eine geraume Weile lagen Hubert und Margitta Bosse in der Dunkelheit nebeneinander, ohne hörbaren Atem, ohne Worte, aber mit weit geöffneten Ohren. Unwillkürlich fanden ihre Hände zueinander, fanden sich auf dem Mittelspalt des Ehebettes. Plötzlich, die Stille zerreißend wie ein Leinentuch, sagte sie:

»Vielleicht ist uns der Junior vom Himmel geschickt worden.«

»Wie meinst du das?«

Margitta knuffte ihren Mann in die Seite.

»Ach so«, reagierte der, »du denkst an den Verkauf der Schlosserei und an unsere Arbeitsplätze.«

»Woran denn sonst?«, erwiderte sie. Die Hand ihres Mannes hielt sie fest wie ein Schraubstock, als sie hinzufügte: »Welcher Onkel würde die Eltern seines zukünftigen Erben in die Arbeitslosigkeit schicken?«

Hubert Bosse riss den Kopf in die Höhe. »Glaubst du, wir würden wegen der Liebelei der Kinder unserer Kündigung entgehen?« Als Margitta schwieg, fügte er hinzu: »Ich habe kein gutes Gefühl bei solchen Überlegungen. Eine Tochter als Arbeitsplatzversicherung. Wohin soll das führen?«

»Wenn es aber so wäre?«

»Spare dir die Worte!«, entgegnete Hubert gereizt.

Daraufhin löste Margitta ihre Hand von der seinen, drehte ihrem Mann den Rücken zu und ätzte: »Was glaubst du wohl, was unsere Andrea dort drüben auf der anderen Seite des Flurs gerade treibt mit ihrem Schatz?«

Huberts Antwort gewann an Lautstärke: »Halte endlich deine Klappe, ich will davon nichts wissen.« Sich ebenfalls wegdrehend, fügte er hinzu: »Nicht der Neffe und sein verdammter Onkel, sondern der Betriebsrat und die Gewerkschaft sind unsere Sicherheit.«

Der Montag begann, wie die Werktage bei den Bosses stets begannen: Um 5:30 Uhr klingelte der Wecker. Doch heute suchte Hubert nicht zuerst das Badezimmer auf, sondern ging schnurstracks zum Wohnzimmerfenster. Sollte der Neffe noch immer ...? Tatsächlich, der dicke Mercedes stand unbewegt auf der Straße. Angesichts dieser Sachlage beschleunigten Hubert und Margitta das Frühstück und den Aufbruch zur Arbeit, freilich nicht ohne die Kinder mit einem dezenten Klopfen gegen die Tür zu wecken.

Schon in den Umkleideräumen der Schlosserei gab es nur ein Thema: das drohende Ende der Abteilung. Huberts Freund, Campingkollege und Betriebsrat Rudi Winterda, war vorzeitig erschienen. Er saß im frisch gewaschenen und gebügelten Blaumann am Tisch und diskutierte mit den eintrudelnden Kollegen. Dass man zusammenhalten müsse, dass eine Gewerkschaft nur so stark sein könne, wie die Belegschaft kampfbereit sei.

»Wozu benötigen wir da eine Gewerkschaft?«, wollte ein Kollege wissen. Und: »Wir zahlen doch Mitgliederbeiträge für ihre Unterstützung.«

Rudi antwortete unaufgeregt: »Irgendjemand muss die Fäden

in der Hand halten, wenn wir uns zusammenschließen und unsere Kampfkraft ins Feld führen.«

Der Kollege antwortete wie aus der Pistole geschossen: »Wäre es nicht besser, wir wählten uns selbst einen Wortführer, anstatt den Funktionären zu vertrauen?«

Da griff Hubert Bosse ein. »Die Gewerkschaft hat Mittel, die wir nicht haben: Geld, Juristen, Erfahrung, Verbindungen zu anderen Betrieben und Arbeitskämpfen.«
Ein jüngerer Kollege wehrte ab: »Dass uns von Kollegen aus anderen Betrieben geholfen wird, darauf können wir lange warten, die haben doch selbst Angst um ihre Arbeitsplätze.«

»Leute!«, übertönte da Betriebsrat Rudi Winterda den aufkeimenden Disput, »lasst uns die Betriebsversammlung abwarten, dann sehen wir weiter. Ich hoffe doch, dass die Bude heute mal wieder richtig voll sein wird.«

Als läge eine geheimnisvolle Energie in der Luft, so wurde an allen Maschinen in der großzügig bemessenen Werkstatt gearbeitet; nämlich volle Pulle, wie man so sagte. Die riesigen Jalousien an der großen Fensterfront der Werkstatt summten leise, als ihre Lamellen die hereinflutende Sonne abzuwehren begannen. Plötzlich, ungewöhnlich für die frühe Stunde, erschien der Abteilungsleiter. Sein Blick suchte und fand Hubert Bosse. Der spürte in Gegenwart seines Vorgesetzten wie stets ein Unbehagen, das sich sogleich noch steigern sollte. Denn er, Hubert Bosse, so wurde ihm mitgeteilt, werde vom allgewaltigen Geschäftsführer erwartet.

Der Abteilungsleiter warf einen Blick auf die große Wanduhr und sagte zu Hubert: »Mach einfach später Frühstück.«

Zum Geschäftsführer gerufen zu werden, war eine Seltenheit und weckte im Allgemeinen eher Unwohlsein denn Frohsinn. Gleichwohl war nicht bekannt, dass es den wenigen Berufenen jemals geschadet hätte. Hubert empfand mit jedem Schritt, den er die Treppe des Verwaltungsgebäudes hinaufstieg, eine zu-nehmende Beklemmung. Hatte er Fehler gemacht? Oder bekam er diese Vorladung womöglich wegen der Liaison seiner Tochter mit dem Junior? Es sollte keine Zeit bleiben für eine Antwort. Schon stand er im Sekretariat des Chefs vor dessen gepolsterter Tür, die sich wenige Sekunden später öffnete. Der Alte, wie er von den Kollegen auch genannt wurde, saß an seinem Schreibtisch und machte ein griesgrämiges Gesicht. Hubert atmete auf. Alles normal. Eine Normalität, die freilich nicht lange währen sollte. Denn kaum hatte der Geschäftsführer den Besucher wahrgenommen, setzte er einen freundlichen, einladenden Gesichtsausdruck auf. Hubert war überrascht, als der Allgewaltige seinen herrschaftlichen Platz hinter dem Schreibtisch verließ. Nach einem unerwarteten Händedruck gab 's einen nicht erwarteten Klaps an die Schulter. Schließlich wurde Hubert an den Besuchertisch gebeten.

»Schön, dass wir uns persönlich kennenlernen«, sagte der Geschäftsführer.

»Ganz meinerseits«, antwortete Hubert Bosse mit schüchterner Stimme, oder besser: hörte er die eigene Stimme schüchtern antworten.

Ein wenig Smalltalk, dann sagte der Seniorchef das Ungeheuerliche: »Sie wissen ja, Herr Bosse, dass es schlecht steht um die Firma.« Seine Miene verfinsterte sich, als er hinzufügte: »Wir können der internationalen Konkurrenz nicht mehr standhalten. Es muss etwas geschehen, sonst trocknet die Pflanze aus, die uns allesamt über die vielen Jahre genährt hat, und verliert mehr als nur ein paar welk gewordene Blätter, dann geht die Palme ein wie eine Primel.« Der Alte hob den Kopf, nickte gewichtig. »Wir werden uns also verkleinern und neu aufstellen müssen.«

Hubert Bosse vergaß das Atmen, als die trüben, gleichwohl merkwürdig erregten Augen des Geschäftsführers auf ihm hafften blieben. Es dauerte, bis der Chef sich regte.

»Keine Bange«, so suchte er wohl Hubert Bosse zu beruhigen, »ich möchte weiterhin auf Ihre Fähigkeiten setzen.«

Wie Blitze schossen die Gedanken durch Huberts Gehirn. Was für eine Oper sollte hier aufgeführt werden? Dem Geschäftsführer wurde Geradlinigkeit nachgesagt. Eine Eigenschaft, die sogleich fortgesetzt werden sollte. Der Alte lockerte seine Körperhaltung und begann zu gestikulieren, als er den langjährigen Mitarbeiter noch einmal seine Wertschätzung versicherte. Allerdings gebe es für dessen Weiterbeschäftigung ein nicht zu unterschätzendes Problem, nämlich die Gesetzeslage. Die er nicht einfach bloß geachtet, sondern zum Wohle des Hauses genutzt wissen wolle. Nicht mehr als daran mitzuwirken, erwarte er von einem leitenden Angestellten. Hubert Bosse blieb die Spucke weg. Hatte der Geschäftsführer tatsächlich gerade von einem leitenden Angestellten gesprochen und ihm, Hubert Bosse, dabei auffordernd zugenickt? Gespannt lauschte er dem Redefluss seines Chefs. Es gehe, so versicherte der, um nichts weiter als um jenes Maß an Loyalität, das er von seinen Führungskräften erwarten müsse. Dazu gehöre nicht zuletzt, dass Verfehlungen von Mitarbeitern, zu denen auch Betriebsräte gehörten, unverzüglich zu melden seien. Und zwar ausnahmslos jede Verfehlung, gleichgültig, aus welchem Anlass sie begangen würde.

Das Bühnenbild bekam erste Konturen. Dumpf ahnte Hubert den Titel der Oper. Den Namen des Schurken sollte er sofort erfahren: Betriebsrat Rudi Winterda. Der Part des Guten in diesem Stück sollte von Hubert gespielt werden. Seine Aufgabe: den Schurken zur Strecke zu bringen. Damit waren die Protagonisten benannt. Das Ganze inszeniert von einem Regisseur, der im Hauptberuf Geschäftsführer war. Wo hatte man so etwas schon einmal geboten bekommen? Mit kitzelnder, aber auch beißender Abscheu konzentrierte sich Hubert Bosse auf seinen Förderer.

»Wäre es nicht denkbar«, sagte der, »dass der Herr Winterda unseren Betrieb bestohlen hat? Ich könnte mir vorstellen, dass er seinen Wohnwagen-Stellplatz mit Diebesgut aus unserem Unternehmen verschönert hat – oder dass er damit vielleicht den Wintergarten am Haus seiner Schwiegereltern gebaut hat.« Er schloss die Unterhaltung geradezu freundschaftlich: »Ich weiß, dass man hierüber erst einmal scharf nachdenken muss. Ich bin mir aber sicher, dass Ihnen, Herr Bosse, etwas einfällt. Ein gutes Gedächtnis, das werde ich ja wohl von einem zukünftigen Abteilungsleiter erwarten können.« Dann, mit einem Ruck, wandte er sich ab, hob den Arm, schaute auf seine Armbanduhr, eine Breitling. »In einer halben Stunde beginnt die Betriebsversammlung«, sagte er schließlich und reichte Hubert die Hand. »Na dann, auf Wiedersehen.«

Als die Versammlung begann, saß Hubert Bosse inmitten seiner Kollegen und hielt Augenkontakt zu seiner Frau, die im Kreis der Verwaltungsangestellten den einleitenden Worten des Betriebsratsvorsitzenden lauschte. Der kam umgehend zur Sache. Geradewegs verlangte er von der Geschäftsleitung ein klärendes Wort zu den Entlassungsgerüchten. Daraufhin trat der Geschäftsführer höchstpersönlich hinters Rednerpult. In knappen, gequälten, nahezu leidend dargebrachten Sätzen verkündete er die unvermeidbare Auslagerung und die Notwendigkeit eines Verkaufs der Fertigungsschlosserei. Die Mitteilung, dass ein Sozialplan in Vorbereitung war, erinnerte im Ton an die Verkündung eines Tombola-Gewinns. Schließlich, als wollte er die aufkommende Unruhe beschwören, hob der Geschäftsführer theatralisch die Arme.

Mit lockender, darreichender Handbewegung versicherte er: »Meine Damen und Herren, wie der neue Eigentümer der Fertigungsschlosserei zugesagt hat, soll ein Großteil der Belegschaft übernommen werden. Also haltet euch ran, es ist noch lange nicht aller Tage Abend.«

Eine schier unendlich dauernde Sekunde des Schweigens lag wie eine temporäre Lähmung über der Versammlung.

Da meldete sich Rudi Winterda zu Wort. Unbeherrscht und frei redend geißelte er das kapitalistische Gebaren der Geschäftsführung.

»Es ist so wie immer«, schimpfte er, »haben die Herrschaften das Schiff auf die Klippen gesteuert, wird Ballast abgeworfen. Und der besteht heutzutage zuallererst aus der Mannschaft.«

Hubert Bosse, der mit Hilfe unmissverständlicher Gesten sein Einverständnis mit dem Klartext-Redner und Freund Rudi

Winterda demonstrierte, beschlich ein ebenso heimliches wie ungutes Gefühl, als er bemerkte, dass er vom Geschäftsführer beobachtet wurde. Der saß mit demonstrativ gleichgültiger Haltung im Kreis seiner Abteilungsleiter und trank unentwegt Wasser. Doch in seinen Augen signalisierte ein trübes Leuchten, dass er mit jedem Molekül seines eher schmächtigen Leibes präsent war.

Erst später, die Betriebsversammlung war beendet und die Arbeit längst wieder aufgenommen, schlug so etwas wie Kampfbereitschaft unter den Kollegen Funken. Bei häufiger werdenden Ansammlungen zwischen den Maschinen, auf Fluren und in Sozialräumen versicherte man sich im Fall eines Streiks gegenseitige Solidarität. Was freilich irritierend wirkte, war die ungewöhnliche Geschäftigkeit im Vorzimmer der Abteilungsleitung, war die große Anzahl von Kollegen, die dort die Türklinken tauschten. Was machten die da eigentlich? Grob griff eine böse Ahnung nach Huberts Gemüt, von irgendetwas Überlebenswichtigem ausgeschlossen zu werden.

Von Schlaglöchern geschüttelt, verließ das Ehepaar Bosse am späten Nachmittag den Firmenparkplatz. Margitta atmete schwer, schweigend wie auch Hubert, der am Steuer saß.

Irgendwann, so nach halber Strecke, sagte sie: »Das wäre es dann wohl. Was bleibt, sind Arbeitslosigkeit oder die Übernahme durch den neuen Eigentümer der Fertigung.«

»Der aber«, merkte Hubert an, »wird mit Sicherheit nicht bereit sein, unsere übertariflichen Löhne zu bezahlen.«

Margittas Gesichtszüge düsterten weiter ein, so als würde alles Tageslicht einen Bogen um sie herum machen.

»Oh Gott«, stöhnte sie, »wohin soll das alles führen? Was soll aus unserem Wohnwagen werden?«

Hubert steuerte durch eine lange Kurve, dann verriet er: »Es gibt eine Option. Die würde es uns ermöglichen, in der Firma zu bleiben. Wie es ausschaut, liegt es allein bei uns.«

»Wie? Was? Meinst du das wirklich?« Margitta kannte ihren Hubert. Er meinte es ernst, mit so etwas machte er normalerweise keine Scherze.

Hubert berichtete von dem Gespräch mit dem Betriebsleiter, von der indirekten Aufforderung, Rudi Winterda zu denunzieren.

Für einen Augenblick herrschte Schweigen.

Dann begann Margitta zu fluchen: »So eine Sauerei! Den besten Freund ins Unglück stürzen. Wer kann sich denn so etwas ausdenken? Doch nur ein Perverser.« Bis auf den Parkplatz vor der Haustür überzog sie ihren Chef und die Firma mit Schimpfwörtern.

Zu Hause in der gemütlichen Sitzecke schenkte die Empörte Kaffee und Schnaps ein. Noch vor dem Austrinken forderte Hubert eine zweite Füllung des Glases. Auf einem Korn könne man nicht stehen. Und heute schon gar nicht. Eine Volksweisheit, die Margitta auf der Stelle befolgte. Dazu sagte sie: »Immerhin werden wir bald Steherqualitäten benötigen.«

Im Anschluss an den hochprozentigen Nervenpfleger trank das Paar unter den Augen Che Guevaras und Mao Tse-tungs eine ganze Flasche Rotwein aus. Da klingelte das Telefon. Rudi Winterda war dran. Ohne großes Drumherum lud er mit seiner typischen Entschlossenheit zu einer Versammlung für den nächsten Tag ein. Es sollten Widerstandsaktionen besprochen werden, er denke dabei an Streiks oder Betriebsblockaden.

»Ihr kommt doch?«

»Versteht sich von selbst«, antwortete Hubert und hielt dabei die Augen stramm auf das Plakat gerichtet, auf dem zu lesen stand: „Solidarität ist die Zärtlichkeit der Völker."
Bald darauf griff Margitta zur Einkaufstasche.

In der Tür stehend, sagte sie nachdenklich: »Ohne Arbeitsplatz werden wir uns an schmalere Kost gewöhnen müssen. Ein täglicher Braten wäre dann nicht mehr drin.«

Eher scherzend antwortete Hubert: »Brate, was du willst, aber verschone mich mit vergilbten Salatblättern.«

Margitta reagierte darauf nicht, sondern sagte: »Mal ernsthaft, auch die wöchentliche Fahrt zum Wohnwagen könnten wir uns ohne unsere Jobs nicht mehr leisten.«

Hubert brummte: »Wir werden sehen.«

Wie an fast jedem Tag lief bei den Bosses nach Feierabend der Fernseher. Heute diente das Programm der Ablenkung. Dennoch stolperten sie immer wieder über die Ungewissheit ihrer Zukunft. Als Hubert auf die von Rudi Winterda einberufene Versammlung zu sprechen kam, erinnerte Margitta an den Nähkurs der Volkshochschule, der für den heutigen Abend stattfinden sollte. Sie würde später als an anderen Tagen nach Hause kommen. Klar, dass sie unter diesen Umständen nicht bereitstünde für eine halbnächtliche Protestveranstaltung vor Arbeitsbeginn. Ein Hauch von Dankbarkeit huschte über ihr Gesicht, als Hubert nicht widersprach.

Vor dem Zubettgehen schlich sie ins Zimmer der Tochter, wo

sie die Decke aufschlug und fand, wonach sie suchte.

»Ich glaube, unsere Andrea liebt den Neffen unseres Betriebsleiters wirklich«, rief sie zur Tür hinaus.

Woraufhin Hubert antwortete: »Wenn du meinst …«
An diesem Abend konnte Margitta nicht in den Schlaf finden. Fest kuschelte sie sich an Huberts Rücken. Anschmiegend und mit sanftem Ton fragte sie: »Willst du wirklich auf unsere Zukunft verzichten und mangels Moneten den Wohnwagen aufgeben?«
Hubert fühlte, wie der atmosphärische Druck seine Brust einschnürte und das Herz bedrängte.

»Ich will gar nichts«, presste er heraus.

»Wovon willst du den Campingplatz bezahlen, geschweige denn die Benzinkosten für die 200 km an jedem Wochenende?«, setzte sie in weichem Tonfall nach.

Hubert drückte seine zentnerschwere Brust in die Senkrechte und stöhnte: »Das hört sich an, als wolltest du unseren Freund Rudi in die Pfanne hauen.«

Da fuhr Margittas rechte Hand unter sein T-Shirt und strich zärtlich über seine Brusthaare. »Entweder verlieren Rudi und wir oder es verliert nur Rudi. Was wäre besser?« Für den Fall, dass Rudi arbeitslos würde, wusste Margittas soziale Seele durchaus Hilfe: »Wir könnten Rudi und Lilly regelmäßig einladen in unseren Wohnwagen. Und für einen schönen Urlaub könnten wir ihnen unseren Stellplatz überlassen, vier Wochen am Stück, kostenlos sogar. Du wirst sehen, wie Lilly sich freuen würde, auch für ihren Sohn.«
Hubert war sprachlos.

In einem geradezu staatsanwaltlichen Tonfall fügte Margitta

hinzu: »Ganz schuldlos wäre er an seinem Schicksal nicht, immerhin hat Rudi auf dem Wohnwagenplatz mit Werkzeug aus der Firma gearbeitet.«

»Jetzt mach aber mal einen Punkt. Das tut doch jeder. Das Werkzeug hat er an jedem Montag pünktlich zurückgebracht«, wiegelte Hubert auf eine Weise ab, die keine weitere Entgegnung zuließ.

Anderntags herrschte unter den Kollegen großer Gesprächsbedarf. Immer neue, aussichtslosere Informationen machten die Runde. Dass der neue Schlosserei-Inhaber gar nicht daran denke, die Belegschaft zu übernehmen, dass auf Weihnachts- und Urlaubsgeld verzichtet werden solle, dass die Löhne halbiert werden müssten. Niemand vermochte mehr zu sagen, was wahr war oder was angstgesteuerte Gespenster waren. Mittendrin stand Betriebsrat Rudi Winterda, er wetterte, beschwor, forderte. Hubert beneidete den Freund und Campingnachbarn, der wie losgelöst von Zukunftsängsten agierte.

Kurz vor der Mittagspause erschien Margitta in der Schlosserei. Vor lauter Hämmern, Sägen und Quietschen hielt sie die Hände auf ihre Ohren gepresst. Ganz dicht trat sie an Hubert heran, informierte ihn über ein Gespräch mit dem Neffen des Chefs, das sie soeben geführt habe. Dabei habe der ihr verraten, dass die Schlosserei schon in der nächsten Woche den Besitzer wechseln solle. Kurz nur ruhten die Augen des Paares aufeinander. Während Margitta zurück an ihren Arbeitsplatz eilte, schaltete Hubert die Maschine ab. Er rückte den Blaumann zurecht, klopfte den Staub von den Hosenbeinen und begab sich hinaus auf den Hof. Beobachtet wurde er dabei von

Margitta, die am Fenster des Bürotraktes stand. Mit einem hörbaren Aufatmen verging alle Anspannung.

»Dem Himmel sei Dank«, entfuhr es ihren Lippen, als sie beobachtete, wie die Tür zur Chefetage hinter Hubert ins Schloss fiel. Nie zuvor hatte Margitta mehr Solidarität und Herzenswärme für ihren Mann empfunden.

<u>Was eine Seherin sieht,
kann eine Hörende noch lange nicht hören.</u>

Die Seherin

Keine halbe Stunde war es her, dass der frühherbstliche Abendhimmel begonnen hatte, seine Farben auf die Straßen und Plätze der Stadt zu gießen. Zwar leuchteten die Wolken noch immer flach über den Dächern, doch dieses warme Farbenspiel am Abendhimmel erreichte Birgit Schöne nicht. Sie spürte eine aufsteigende Kälte, die sich wie eisige Bandagen um ihre Waden wickelte.

Verstört bemerkte sie ein Zittern an Leib und Seele. Zu viel Arbeit, zu viel Stress? Als sie das Büro verließ, kreisten ihre Gedanken um eine Wahrsagerin, deren Voraussagen sie als Belastung empfand. Hätte sie doch bloß einen großen Bogen um diese verdammte Frau gemacht. Aber nein, nur weil die Arbeitskolleginnen seit Wochen von nichts anderem mehr schwatzten, hatte sie geglaubt, es ihnen nachtun zu müssen. Heraus kam, dass eine wichtige Person in ihr Leben träte, gekleidet in helles, unschuldiges Linnen. Vielleicht ein Mann, der einen weißen Anzug trägt. So hatten es die Karten angedeutet. Das Ganze in einem hell ausgeleuchteten Saal mit konzentriert arbeitenden Menschen. Ein Bahnhof? Ein Flughafen? Stand eine Reise bevor? Doch was bedeutete das trockene Klicken, von dem die Seherin gesprochen hatte? Birgit vermutete darin ein Synonym für das Ticken einer Uhr. Vergehende Zeit, oder? Unwillkürlich hielt Birgit ihre Hände vors Gesicht, als suchte sie Schutz. Da flogen innere Bilder heran. Sie zeigten metallene Chirurgie-Werkzeuge.

Hin und her wogten ihre Überlegungen. Es dauerte eine Weile, bis sie glaubte, die Voraussagen der Kartenlegerin enträtselt zu haben: ein OP-Raum, ein Chirurg bei der Arbeit. Was denn sonst? Oh Gott, sollte ihr der Bauch aufgeschnitten werden? Am kommenden Donnerstag wartete ein Termin beim Internisten auf sie. Untersuchungsergebnisse sollten besprochen werden: Blut, Gewebeproben, CT.

Von einer Sekunde zur nächsten, wie so oft in den letzten Monaten, wurde ihr Kopf von stechenden Schmerzen durchpulst. Brachial rissen sie die Gequälte heraus aus der Klarheit ihrer Überlegungen. Birgits Wahrnehmung verengte sich, verformte die Umgebung, verwandelte die Welt in eine felsige, schroffe, leblose Landschaft. Das Gute an diesem Zustand: Die furchtbaren Schmerzen hielten jede Form von Angst vor dem Arztbesuch in Schach. Kein Wunder also, dass sie das heftige Pochen im Kopf irgendwie auch als berechenbaren Gefährten erlebte. Dennoch: Die Quälerei erschöpfte sie, rief nach Entspannung, einer Auszeit, die sie im Wohnzimmer auf dem Sofa nahm. Den kalten Schweiß wischte sie mit einem Leinentuch aus den Augen.

Die folgende Nacht verging in dämpfender Dunkelheit und

Schlaflosigkeit. Zerknittert wie ein frisch gewaschenes Wäschestück saß sie gegen 7:00 Uhr an ihren weiß lackierten Küchentisch. Mühsam führte sie einen Marmeladentoast an den Mund. Mit Grauen dachte sie an den Arbeitstag in der Agentur, der bis 19 Uhr andauern würde. Dem Himmel sei Dank, dass sie vorgearbeitet hatte und die Entwürfe so gut wie fertig in der Mustermappe steckten. Weniger gut: Kollegen, die sie wegen ihrer schwachen Stellung im Betrieb leider nicht ignorieren durfte, hatten ihre letzten Vorlagen als viel zu detailversessen beurteilt. Da sprang ihr ein geringschätziges Lächeln ins gequälte Gesicht. Diese Besserwisser, diese blasierten Wichtigtuer, warum nur wurde ausgerechnet sie, Birgit, immer wieder genötigt, sich mit diesem intellektuellen Treibgut auseinanderzusetzen? Sie selbst stünde lieber auf der Brücke einer schnittigen Hochseeyacht mit klarem Kurs und klarem Ziel.

So war es kein Wunder, dass der Arbeitstag fahrig und unstrukturiert dahindümpelte. Aber immerhin: Es ging voran. Ein wenig Abwechslung brachte am Nachmittag das unvermeidbare Zusammentreffen von Kollegen und Kolleginnen in der Pantry. Und während Birgit eine Kaffeetasse unter den brummenden Automaten stellte, steuerte das Interesse der Kolleginnen geradewegs auf die Wahrsagerin und ihre Voraussagen zu.

»Ich soll eines Tages in einem großen, weißen Schloss residieren«, kicherte eine Mitarbeiterin.

»Ach, was für ein billiger Einfall, du lebst ja bereits in einem großen Haus.«

»Es gehört ihr nur nicht«, wurde von hinten gelästert.

Mal ernsthaft, mal fröhlich schilderten die Frauen ihre Erlebnisse mit der Seherin. Birgit, den Weibsbildern zugewandt, schwieg beharrlich, verfolgte die frotzelnden Sprüche mit distanzierter Höflichkeit.

»Und was ist mit dir?«
Birgit zuckte zusammen. War sie gemeint?
»Hi, Birgit, hast du nicht auch zur Wahrsagerin gehen wollen?«
Sie war gemeint.
»Ja«, lautete die wahrheitsgemäße Antwort, »ich bin gestern bei Madame Final gewesen.«
»Und? Was hat sie gesagt? Dass du es in deinem Leben zu einer Zwei-Zimmer-Wohnung schaffen wirst?«
Alle kicherten, wussten sie doch um Birgits einfache Wohnverhältnisse.
»Auf mich wartet ein Haus am Meer«, log sie ausweichend, »und zwar mit einer riesigen Terrakotta-Terrasse und einem Außenkamin zum Grillen.«
»Ohh!«
»Whow!«
»Das hat was!«
»Joi, joi, joi, das Leben beginnt!«
»Vielleicht heiratest du einen reichen Mann«, sagte eine junge Kollegin spitz. »Wer weiß, vielleicht sogar den Juniorchef«, setzte sie bissig nach.
Plötzlich wurde es still in der Pantry. Jeder wusste von Birgits verunglückter Liaison mit dem Juniorchef. Typisch, dachte sie über die lästernde Meute, erst eine große Klappe, dann, sobald es kribbelig wird, ziehen sie den Unterkiefer hoch wie die Zugbrücke einer Trutzburg. Abrupt machte Birgit kehrt, ließ

die Kolleginnen hinter sich, versank in der Arbeit, entwarf, gestaltete, zeichnete, bisweilen hochschreckend wegen reißender Schmerzen hinter den Schläfen.

Diesem Verhaltensmuster folgten zwei Tage, in denen der Herbst rasch abkühlte und die Blätter vom Wind durch die Straßen getrieben wurden. Getrieben fühlte sich auch Birgit. Rastlos durchstreifte sie in dieser Zeit die City, ziellos, wütend, einfach nur auf Ablenkung bedacht. Spät abends, in fortgeschrittener Nacht, wucherten Bilder zahlloser OP-Räume mit weit ins Land verzweigten Rinnsalen von Blut und purer Angst durch die Synapsen ihres Gehirns. Schreckte sie hoch aus dem Schlaf, war ihr allein die Gewissheit ein Trost, nur noch einen Tag durchhalten zu müssen. Nichts wünschte sie inzwischen mehr herbei als den Arzttermin, endlich zu wissen, woran sie mit den entsetzlichen Kopfschmerzen war, endlich, endlich.

Den heutigen Arbeitstag empfand sie wie ein Durchhalteprogramm. Da war es gut, dass sich der Schmerz erstmals seit Tagen in Grenzen hielt. Pausenlos erschienen Fotos und Textspalten auf dem Monitor des Rechners auf ihren Schreibtisch. Plötzlich war ein Textfenster zu sehen, das von der Ankunft einer wichtigen Information kündete. Ein Klick mit der Maus, schon war die Botschaft zu lesen. Birgit stutzte. Wie kam sie denn zu dieser Ehre? Eine Anweisung der Geschäftsleitung, den Konferenzraum aufzusuchen. Sie sollte Protokoll führen, was so viel hieß wie: auf Anweisung gestalten und dialogisch umsetzen. Eine Aufgabe, die gewöhnlich besonders vertrauenswürdigen Kollegen und Kolleginnen vorbehalten blieb.

Birgit hatte hierfür nie zur Disposition gestanden. Da, quasi von einer Sekunde zur nächsten, begannen wieder die Kopfschmerzen zu wüten wie wilde, kalte, beißende Böen über der winterlichen Nordsee. Am liebsten hätte sie ein leerstehendes Büro aufgesucht, sich darin zu verstecken. Eine diabolische Situation. Denn so klar wie Kloßbrühe war, dass ihr eine berufliche Chance geboten wurde. Rasch trank sie ein Glas Wasser. Es half nicht, ihr blieb nichts anderes übrig, als das Beste daraus zu machen. Ausgerechnet heute, stöhnte sie und warf zwei Aspirin-Tabletten ein. Hastig zupfte sie ihre Löckchen zurecht, rieb etwas O de Toilette um die Ohrläppchen, dann suchte sie den Fahrstuhl auf. Die Reinemachefrauen waren bereits bei der Arbeit, wischten das Linoleum. Mit kurzen Schritten huschte Birgit vorbei. Vor dem Fahrstuhl wartete eine leicht schaumige Wasserlache auf die Endbearbeitung. Keinesfalls aber auf die glatten Ledersohlen einer Marketingassistentin. Verflucht! Sie geriet ins Rutschen, stürzte der Länge nach hin. Nur mühsam kam sie wieder auf die Beine. Auf der schier endlosen Fahrt hinauf in die 24. Etage verdrängte sie einen aufkommenden Schwindel.

Kurz darauf betrat Birgit den Konferenzraum. Schlagartig wurden ihr die Knie weich. In dem Saal, groß und hell ausgeleuchtet, saßen drei Hochkarätige: der Geschäftsführer, der Kreativdirektor, die Personalchefin. An der Wand hinter ihnen: kostbare Bilder auf Teakholz; feines, glänzendes Mobiliar. Irgendwo im Hintergrund begann ein vorsintflutlicher Fernschreiber zu ticken.

Birgit verscheuchte die Wahrsagerin aus ihrem Denken. Abwarten war jetzt angesagt. Kopf hoch, freundliches Lächeln, klare Haltung. Auch richtete sie eine Mahnung an sich selbst, einer ausweichenden Flucht ins Jungmädchenhafte, wo jede Verantwortung ihre Farbe verlor, zu widerstehen. Sie hasste diesen für sie typischen Reflex der Zurschaustellung von Unschuld und Demut. Tapfer, aufrecht hielt sie die Stellung, während am Tisch palavert wurde und keiner der wichtigen Leute Anstalten machte, sie überhaupt wahrzunehmen.

Auf einmal bemerke sie, dass der Kopfschmerz fort war. An seiner Stelle umfing sie ein kreiselnder Schwindel, der wohl vom Sturz vor der Fahrstuhltür herrührte. Erneut war sie bemüht, sich abzulenken. Getuschel kam auf an den gut ausgestatteten Schreibtischen, an denen zumeist junge Frauen saßen, die eben noch nachdenklich oder gelangweilt verharrt oder ganz einfach gearbeitet hatten.

»Guten Tag«, hörte sie plötzlich eine männliche Stimme. »Stimmt etwas nicht?«
Sie erkannte die Stimme. Es war der Juniorchef, ihr Ex oder der, den sie dafür gehalten hatte. Birgit erschrak. Der Junior steckte in einem schneeweißen Anzug. Das Jackett in Leinenoptik, außergewöhnlich lang geschnitten, figurbetont. Die breite, ebenfalls helle, nur von einer hauchdünnen roten Maserung durchwirkte Krawatte über dem weißen Hemd nahm Birgit schon gar nicht mehr wahr. Der Schwindel gewann die Oberhand und ließ sie in einer Ohnmacht versinken.

Als sie erwachte, blickte sie wieder in die Augen des Juniorchefs. Da wurde ihr schummerig. Aber die Schmerzen hielten sich fern. Unwillkürlich fuhr sie mit der Hand über ihre Stirn. Und erschrak. Was sie fühlte, war unnatürlich feucht und warm; was sie erblickte, war ein verschmiertes Rot an ihren Fingern. Verwirrung, Erschrecken. Der Sturz schien Folgen zu haben. Allein die Stimme des Juniorchefs verscheuchte den Nebel, der ihr Bewusstsein trübte. Er kniete neben ihr, stützte mit einer Hand ihren Kopf, hielt mit der anderen ihre Hand. Sein Jackett, seine Ärmel, überall unförmige rote Flecken.

»Oh, mein Gott«, entfuhr es ihr kraftlos.

Da hörte sie den Besorgten sagen. »Du hast dir beim Fallen den Kopf gestoßen. Nur ruhig, der Rettungswagen wird gleich eintreffen und dich in die Klinik bringen.« Sanft streichelte er die unverletzte Seite ihres Haupts. Birgits letzter Gedanke vor einer erneut hereinbrechenden Ohnmacht galt der Seherin: Geht es beim nächstes Mal nicht ein bisschen präziser?

<u>Was ist ein sichtbares Kleid in einem Schauspiel
gegen ein unsichtbares Schauspiel unter einem Kleid?</u>

Das Kleid

Ute Mischke stand aufrecht auf einem mächtigen Eichentisch. Ihr Kopf steckte in einer Schlinge, die zu einem Strick gehörte, der von einem unsichtbaren Balken herabhing. Sie klagte nicht. Aus dem Hintergrund näherte sich Karl-Heinz Weißmann, ihr Bühnenpartner. Der Laienschauspieler machte zwei, drei Schritte, hechtete auf den Tisch und umklammerte die Beine der vermeintlich Todgeweihten. Dabei folgte Karl-Heinz der Regieanweisung akribisch, ganz wie es seiner Natur entsprach.

Dann, so lebensecht wie möglich, rief er: »Ute, was tust du?« Dabei verschwand der Kopf des eifernden Lebensretters unter Ute Mischkes Kleid. „Halte ein, ich befreie dich!", waren die Worte, die er der Lebensmüden jetzt zurufen sollte. Doch nicht mehr als ein Haspeln und Murmeln wollte seinem Mund entspringen.

Eine geschlagene Minute lang war Karl-Heinz Weißmann redlich bemüht um diesen Part. Bis ins Parkett waren sein stoßender, pfeifender Atem und so allerlei andere nicht zuzuordnende Laute zu hören. Kopfschütteln bei den Mitgliedern des Ensembles über diesen Patzer, der ganz und gar nicht zur all-

seits geschätzten Zuverlässigkeit Weißmanns passen wollte. Zumindest, so nörgelten die Anwesenden, hätte er jetzt aufspringen müssen, das Taschenmesser zücken, wie es das Drehbuch vorsah, um die Leidende abzuschneiden vom schicksalhaften Strang.
Da schritt der Regisseur ein.
»Das muss geübt werden«, forderte er in einem trockenen, zupackenden Tonfall.
Karl-Heinz Weißmann, beflissen wie er war, versprach eine Extraschicht.
Ute Mischke lächelte.
»Wenn es denn unbedingt sein muss«, schnalzte sie.
Mit gesenktem Kopf verließ Weißmann im Schlepptau seiner Bühnenpartnerin das Scheinwerferlicht.

Währenddessen saß Karl-Heinz Weißmanns Partnerin aus dem wirklichen Leben, seine Ehefrau Doris, in der dritten Reihe des Parketts und empfand drückendes Unbehagen. Was mochte ihren Mann aus der Fassung gebracht haben? Ausgerechnet ihn, die Zuverlässigkeit schlechthin, die er hier im Theater so gewissenhaft verkörperte wie zu Hause. Ob beim Zubereiten des Frühstücks oder beim Saubermachen, Abwasch oder Pudding kochen, ja selbst bei der Gartenarbeit, stets hatte ihr Mann den rundum funktionierenden Tausendsassa gegeben, durch und durch perfekt, einem Industrieroboter mit menschlichem Antlitz nicht unähnlich. Und dann passierte dieses Missgeschick. Wie konnte er nur? Doris Weißmann mochte es einfach nicht glauben. Oder wurde der Hilfreiche allmählich alt? Er wird doch wohl nicht vor aller Welt zu einem Versager werden, fürchtete sie.

Am liebsten hätte sie ihren Karl-Heinz auf der Stelle zur Rede gestellt. Doch der Augenblick war ungünstig, denn neben ihr in der dritten Reihe saß der stets fein gewandete Hermann Liebich, den alle nur Bommerlunder riefen, weil er stets ein Miniaturfläschchen davon mit sich führte. Manchmal auch zwei oder drei. Dann pflegte er eines abzugeben, mit Vorliebe an Doris Weißmann, die im Übrigen nie nein gesagt hatte. Stattdessen lieber „Prost" – und sogar noch andere Worte, die aber nicht für die Öffentlichkeit bestimmt waren.

Hermann Liebich fasste in die rechte Tasche seines Jacketts, zog zwei kleine Bommerlunder heraus, drehte die Deckel ab und stieß mit Doris an: »Auf uns!«

Etwas fahrig, zur Kulissentür schielend, bestätigte sie: »Auf dich und auf mich!«

Da betrat der Regisseur die Bühne, beschrieb mit seinen Armen einen Halbkreis und erklärte mit klarer Stimme, dass noch etwas Zeit sei und dass er die Selbstmordszene noch einmal sehen wolle.

Blitzschnell zog Herrman Liebich abermals zwei Bommerlunder hervor, diesmal aus der anderen Tasche seines karierten Jacketts. »Komm, so lange die Deppen üben, könnten wir doch noch einmal in die Umkleide.«

»Ich weiß nicht recht«, antwortete Doris, »du weißt, dass auch ich gern möchte, aber der Karl-Heinz kommt mir heute sehr merkwürdig vor. Das beunruhigt mich. Kannst du das verstehen?«

Es war anzunehmen, dass Hermann Liebich das nicht verstehen konnte oder wollte. Gleichwohl signalisierte er Verständnis. Wenn auch zähneknirschend. Um den Bommerlunder nicht ganz umsonst rausgerückt zu haben, ließ er seine Hände in der Verschwiegenheit des Parketts über Doris' Schenkel gleiten.

Oben auf der Bühne hatte Ute Mischke inzwischen die Schlinge um ihren straffen Hals gezogen. Zwei Meter entfernt wartete der Regisseur auf Karl-Heinz Weißmanns Einsatz. Der nahm gehörig Fahrt auf und sprang mit einem Hechtsprung auf den Tisch.

Der Regisseur ballte die Fäuste, lobte: »Bravo!«

Weißmann umklammerte die Beine der Lebensmüden und rief: »Ute, was tust du?«

Wieder lobte der Regisseur: »Jawohl, geht doch! Weiter so!« Schon verschluckte Doris' weites, wollenes Kleid den Kopf des Lebensretters. Die Anspannung ließ keinen der Anwesenden mehr atmen. Wo blieb das geforderte „Halte ein, ich befreie dich!" – Groß war die Enttäuschung. Denn nichts weiter als ein speicheliges Murmeln, atemloses Stöhnen und ein geradezu ersterbendes Seufzen zerriss die Anspannung der Anwesenden. Es war der Regisseur, der auf die Bühne stürmte und Karl-Heinz an den Beinen hervorzog aus der Umwallung des erdfarbenen Kleids.

Als der Verstörte auf den Beinen stand und für einen Moment vom gleißenden Licht der Scheinwerfer getroffen wurde, entstand Bewegung im Parkett. Ehefrau Doris sprang auf, drückte Leib und Kopf über die vordere Stuhlreihe. Gleich einem Raubtier in konzentrierter Lauerstarre schien sie Kontakt aufnehmen zu wollen mit ihrem Gatten, von dessen Gesicht sie

Ungeheuerliches ablas. Während sie die fummelnde, schwitzige Hand ihres Sitznachbarn und Bommerlunder-Spenders zwischen ihren Oberschenkeln hervorriss, arbeitete ihr Gehirn auf Hochtouren. Dieses blöde, inmitten der Verwirrung kaum merkliche Grinsen im Gesicht ihres langjährigen Ehepartners, diese lüsterne Verklemmung …« Teufel, den Ausdruck kannte sie, so hatte Karl-Heinz über viele Monate lang ausgesehen, damals, als sie, Doris, ihn kennengelernt hatte. Blitzartig warf sie einen Blick zur Seite auf ihren beleidigten Bommerlunder-Liebhaber. Prompt legte der seine Hand auf ihren Po. Das fehlt noch, dachte sie und wischte die Aufdringlichkeit weg. Gar nicht auszudenken, wenn ihr Ehemann Karl-Heinz von der geheimen Liaison mit Bommerlunder Wind bekäme.

Auf der Bühne erloschen die Scheinwerfer. Der Regisseur machte einen ratlosen Eindruck. Doris Weißmann heftete ihren Blick auf Ute Mischke und ihr wallendes, üppiges Kleid. Wie im Zeitraffer reifte der Apfel der Erkenntnis. Oder sollte die Misstrauische besser von einem Apfel der Sünde sprechen? Eines jedenfalls stand fest: Karl-Heinz' Versagen hatte seine Ursache unter diesem Kleid. Ein betäubendes Parfum? Raffinierte Strapse? Beulen an den Beinen? Pickel? Ob Geilheit oder irgendein Entsetzen, was machte es schon, wodurch man die Contenance verlor?

Doris Weißmann hatte nach der Realschule den Beruf einer Chemisch technischen Assistentin erlernt. Sie wusste genau um die Funktion von Weichmachern. Dass der Veränderung eines Materials stets ein Prozess des Aufweichens, der Auflösung starrer molekularer Strukturen vorausgeht. Ein Gesetz, von dem sie zu wissen glaubte, dass es auch auf Menschen anwendbar war. Nachhaltige, schmerzhafte Erinnerungen, überbordende Emotionen, Angst zuvorderst, Liebe, Herzschmerz, Begierde, Erschrecken, sogar eine tiefgehende, gelungene Überraschung käme als Katalysator in Frage.

Misstrauisch, aber mit gebotener Nüchternheit sondierte Doris Weißmann die Gegebenheiten: Das, was sie soeben an ihrem Mann hatte miterleben müssen, war ganz und gar nicht mehr der liebenswerte, funktionale, perfekte Karl-Heinz. Sie wagte kaum, es in Worte zu fassen: da musste eine Chemie im Spiel sein, die ihn veränderte. Sollte ihr Mann zu einem Wechselbalg mutieren? Das hätte gerade noch gefehlt, dass diese treue Seele eines Tages den Abwasch verweigerte oder – schlimmer noch – unangenehme Fragen stellte.

Den Bommerlunder-Spender im Parkett zurücklassend, rauschte sie zu den Umkleideräumen. Wuchtig stieß sie die Tür auf. Allein Ute Mischke saß entspannt in einem Sessel und nippte an einem Gläschen Sekt. Um ihren Hals wand sich noch immer die Schlinge; der dazugehörige Strang schlängelte sich zwischen ihren Brüsten hinunter über die Knie auf den Boden. Doris Weißmanns Interesse galt dem Kleid, das den Sessel zu bebrüten schien. Ihr Puls geriet ins Stolpern bei dem Gedanken, dass Karl-Heinz darunter stecken könnte. Ihr Karl-Heinz. Blitzschnell vermaß ihr Vorstellungsvermögen den Sessel unter dem Hintern der vermeintlichen Konkurrentin. Dann klangen ihre Befürchtungen ab. So mickerig, um unters Kleid zu passen, war Karl-Heinz nicht. Niemals könnte er zwischen dem Sitz und dem Kleid Unterschlupf finden.

Innerlich beruhigt, gleichmütig im Ton sagte die eben noch Aufgebrachte: »Hallo, wie geht es?«

»Wenn man davon absieht, dass die letzte Szene misslungen ist, geht es mir gut.« Mit Blick auf Doris gab sie die Frage zurück: »Was ist mit dir, geht es auch dir gut?« Lächelnd leuchteten wohlgeformte, zur Schau gestellte Zähne.

Das dreiste Biest hat auch noch gute Laune, empörte sich Doris Weißmann im Stillen.

Bemüht freundlich, mit unterdrücktem Interesse heuchelte sie: »Ein schönes Kleid, das du trägst. Ist es nicht ein wenig zu prunkvoll geraten für eine Frau mit Suizid-Absichten?«

»Ganz und gar nicht«, antwortete Ute Mischke, »immerhin leidet die Selbstmörderin wegen des Mannes ihres Herzens, ihres heiß Geliebten, der sie noch einmal in ihrer ganzen Schönheit erleben soll.« Bei dem Wort „Geliebten" aus dem Mund der Selbstmörderin setzte bei Doris Weißmann die Atmung aus.

Ute Mischte fuhr fort: »Allerdings hofft die unglückliche Frau, dass sie gerettet wird.«

»Trotzdem, so schön wie das Kleid auch ist, ich finde es unpassend«, sagte Doris Weißmann spitz, dabei jeden Quadratzentimeter des Faltenwurfs vermessend. Wie gern hätte sie den Saum angehoben, einen Blick unter den schweren Stoff geworfen, doch wollte ihr kein glaubwürdiger Vorwand in den Sinn kommen. So beschloss sie, die nächsten Proben abzuwarten oder Mister Bommerlunder zu schicken, die geheime Wirkung des Kleides zu lüften.

Auf dem Weg nach Hause sprachen Doris und Karl-Heinz Weißmann über dies und das. Irgendwie schwebte plötzlich der Name Ute Mischke in der trüblichternen Luft eines Hamburger U-Bahn-Waggons.

»Was die Mischke da aber auch für ein Kleid getragen hat, also sowas«, sagte Doris mit echauffiertem Unterton.

Karl-Heinz' Gesichtszüge erstarrten für einen Moment.

Eine Regung, die Doris nicht verborgen blieb.

»Wie fandest du ihr Kleid?«, fragte sie. Daraufhin versteifte sich Karl-Heinz' Erscheinung. Dieses temporäre Ende aller seiner Regungen wurde von ihr aufmerksam beobachtet. Und schlagartig begann es, in ihr zu schäumen. Da ist etwas, schoss es Doris durch den Kopf.

Endlich öffnete Karl-Heinz seine Lippen: »Ein schönes Kleid. Aus einem ziemlich dicken Stoff«, brachte er monoton hervor.

»Und?«, lockte Doris, »gibt es unter dem Kleid vielleicht etwas anzuschauen? Oder stinkt es darunter, ich meine, wenn das Kleid aus einem extrem dicken Stoff besteht, da wäre es doch nicht verwunderlich, wenn die Mischke schwitzen würde.«

Karl-Heinz Weißmann mied den Blickkontakt zu seiner Frau.

»Nein, nein«, wiegelte er ab, »es ist nichts von all dem. Ich habe einfach den Verstand verloren, genau genommen meinen Text, wenn du verstehst, was ich meine.«

Doris Weißmann verstand ihren Mann zum ersten Mal in ihrer zwanzigjährigen Ehe nicht. Karl-Heinz hatte noch nie etwas vergessen, keinen Geburtstag, keinen Hochzeitstag und seine Sprechtexte für das Laienschauspiel sowieso nicht. Andererseits verfügte sie über keine Erinnerung, der zufolge der brave Blödmann sie jemals belogen hätte. Sie beschloss, die ganze Angelegenheit vorerst auf sich beruhen zu lassen und noch einmal gründlich zu überdenken. Ein Vorsatz, der allerdings nicht länger als bis kurz vor dem Zubettgehen Bestand haben sollte.

So wie stets in dieser funktionierenden Ehe servierte Karl-Heinz seiner Frau einen Gute-Nacht-Drink. Während Doris den unverzichtbaren Absacker in kleinen genüsslichen Schlucken verinnerlichte, veräußerlichte sie ihre Vorstellung vom Verlauf des nächsten Tages. Dass sie am Nachmittag den Friseur aufsuchen wolle, anschließend den Wochenmarkt und danach eine Tupperparty, um eine neue Frühstücksdose für ihn, ihren Karl-Heinz, zu erstehen. Mit der Aufforderung: »Warte nicht auf mich, lege dich zeitig ins Bett, es wird spät werden heute Abend«, schloss sie.

Karl-Heinz reagierte auf die Mitteilung wie seit vielen Jahren: gleichmütig, einverstanden, nachschenkend. Doch anstatt fürs Putzen der Zähne, öffnete er seinen Mund zum Sprechen.

Wie selbstverständlich sagte er: »Wenn du zur Tupperparty gehst, werde ich nach Norderstedt zu Ute Mischke fahren, die Selbstmordszene üben.«

Mit einem eigenständigen Anliegen ihres Mannes hatte Doris Weißmann nicht gerechnet.

»Ja, äh, wenn das so ist, dann, äh, dann, dann, dann mach mal«, antwortete sie verwirrt.

Daraufhin versank Karl-Heinz gleich einem müden, zufriedenen Kind in der Dunkelheit des gemeinsamen Schlafzimmers. Anders die ihm Angetraute. Schwer lag sie in den Federn, hielt geweitete Augen gegen die Zimmerdecke gerichtet. Das war eine Sachlage, von der sie überrascht wurde und die ihr überhaupt nicht behagte. Doch was sollte sie machen? Die Tupperparty a deux absagen, also ihr vierzehntägiges Rendezvous mit Bommerlunder? Niemals! Es musste ihr etwas einfallen und zwar rasch. Denn Karl-Heinz' privater Übungsabend unter dem Kleid der Mischke war oberfaul, gar keine Frage. Hatte das Luder womöglich ein Auge auf ihn geworfen? Vielleicht wollte sie Karl-Heinz für sich erobern, den Gutmütigen als Versorger anheuern, sich bedienen und hofieren lassen bis ins hohe Alter.

Doch so schlau wie die Mischke wollte Doris schon lange sein. Schon machte sie sich am Kleiderschrank zu schaffen und verschwand in der Wohnstube.

Kurz darauf kam sie zurück, schaltete sämtliche Lichter an und rief:

»He, Karl-Heinz, schlaf nicht ein!«

»Was gibt es denn?« Mit den Fingern rieb er sich die Augen. Was er zu sehen bekam, war ein wallendes rotes Kleid, in dem seine Frau steckte. Um ihren Hals herum das Verlängerungskabel der Wohnzimmerleuchte.

»Komm, lass uns üben«, forderte sie, und: »Die Selbstmordszene kannst du auch mit mir einstudieren, dafür brauchst du nicht nach Norderstedt zu der blöden Mischke zu fahren.«

Als Karl-Heinz dieser Idee nicht augenblicklich zustimmte, schlug Doris vor, dass er morgen Abend einen schönen Pudding kochen könnte.

»A-aber …«, wandte er ein.

»Kein Aber, geh zur Tür und nimm Aufstellung!« Doris postierte sich breitbeinig auf dem Ehebett. Karl-Heinz tat, was er immer getan hatte in seinem gewiss nicht unzufriedenen Leben. Er war gefällig. Sekunden später nahm er Anlauf und hechtete aufs Ehebett.

Noch im Flug rief er: »Ute, was tust du?«

»Verdammt!, schimpfte Doris, »der Satz ist doch erst fällig, wenn du meine Beine umklammerst.« Wütend trat sie ihrem Karl-Heinz in die Rippen.

»Ich soll deine Beine umklammern? Ja, darf ich das denn?«

»Wenn ich es sage, dann wird es wohl so sein.«

Karl-Heinz nahm abermals Aufstellung. Auf einen Fingerschnippser hin nahm er Anlauf. Sogleich fassten seine Hände nach den Beinen seiner Frau, ganz vorsichtig, den Druck wie fragend nur allmählich verstärkend. Dem Drehbuch folgend verdrehte er den Kopf, geriet unter das Kleid.

Dumpf drangen seine Worte durch das Gewebe: »Halte ein, ich befreie dich!« Wühlig, ungeschickt zog er den Kopf unter der Verhüllung hervor, griff nach dem Stecker am Ende des Kabels, riss und zog an Doris' Hals, dass ihr zum ersten Mal im Leben richtig angst und bange wurde. Schließlich ließ Karl-Heinz ab, flitzte in die Küche. Doch bevor der Eifrige zurückgekehrt war, die Selbstmörderin abzuschneiden vom Strang, entfernte Doris selbst die Verlängerung. Nicht nur, um der eigenen Sicherheit willen, sondern auch in Sorge um das nützliche Elektrokabel. Mit demonstrativem Applaus und der Aufforderung, einen Belohnungswein einzuschenken, ging sie ihrem Karl-Heinz zwei Schritte entgegen. Der tauschte das Küchenmesser gegen zwei gut gefüllte Gläser.

»Du warst weltklasse«, lobte sie den Gehorsamen, »jedes Wort klang an der richtige Stelle an, da gibt es nichts zu meckern.« Doch dann kräuselte sie die Stirn. »Da frage ich mich, warum es dir unter dem Mischke-Kleid jedes Mal die Sprache verschlägt?« Mit einem warmen, gewogenen Lächeln blickte sie seiner Antwort entgegen.

Dass Karl-Heinz sich Zeit ließ und an Worten sparte, war nichts Neues für Doris. Neu war, dass er gar nichts sagte und als er doch etwas sagte, dass er stotterte. Demnach bekomme er keine Luft unter dem Bühnen-Kleid und sein Gehirn erlösche geradezu zwischen den verwunschenen Fasern des dicken Theaterstoffes. Er lügt, dachte Doris mit der Schläue einer Ehedirigentin. Instinktiv erfasste sie aber auch die Chance, die in der Antwort mitschwang.

»Sollte dir tatsächlich die Luft wegbleiben«, beschied sie, »dann wäre es unverantwortlich, wenn du deinen Hals auch nur noch eine Sekunde unter den Kleidersaum der Mischke steckst.« Mit erhobenem Zeigefinger verlangte Doris von ihrem Karl-Heinz, dass seine private Übungsstunde in Norderstedt aus gesundheitlichen Gründen ausfallen müsse. Stattdessen solle er den Hausarzt aufsuchen, Hals und Lunge untersuchen lassen und einen brauchbaren Rat einholen.

»Aber ...«, stieß Karl-Heinz verzweifelt hervor.

»Nichts aber!«

Allein aus blanker Fürsorge, wie Doris Weißmann versicherte, griff sie am nächsten Vormittag zum Telefon und sagte die Übungsstunde bei Ute Mischke für ihren Karl-Heinz ab. Außerdem begleitete die Weitsichtige ihren Mann am späten Nachmittag zum Arzt. Nicht ohne zu vergessen, ihn mehr als eindringlich an ein Attest zu erinnern, das er verlangen sollte. Dann erst brach sie zur Tupperparty in Bommerlunders Reihenhaus auf. Von dort telefonierte sie mit dem Regisseur. Dass es Karl-Heinz wegen einer Kleiderallergie sehr, sehr schlecht gehe, erklärte sie und dass er seine Rolle im aktuellen Theaterstück nur nachkommen könne, wenn die Selbstmörderin fürderhin ohne das dicke, muffige Kleid aufträte. Ein diesbezügliches Attest, so Doris Weißmann, sei bereits auf dem Weg.

Der Regisseur willigte ein, wohl auch in Anbetracht der in Sichtweite befindlichen Uraufführung. Doris Weißmann fiel ein Stein vom Herzen. Und die Leichtigkeit, die sie umfing, ließ ihre private Tupperparty mit Bommerlunder in einem nie dagewesenen Rausch enden.

Dagegen war die Suizid-Darstellerin auf der folgenden Theaterprobe alles andere als amüsiert. Ihre Enttäuschung darüber, in einem schmucklosen Kleid aus einfachem Leinen auftreten zu müssen, sollte bis hinein in die ersten Aufführungen des Theaterstücks sichtbar bleiben. Böse Zungen behaupteten, dass hintergründige Empfindungen der wahre Grund für den spontanen Applaus seien, der ihre Auftritte begleitete. Karl-Heinz Weißmann fand zu alter Präzision zurück. Zügig und präzise folgte sein Sprechtext den Vorgaben des Drehbuchs. Und ruck, zuck hatte er den Strick um Utes Mischkes Hals durchtrennt.

»Wie im richtigen Leben«, lobte der Regisseur.

Ein Getränk für alle Fälle.

Cuba Libre

Der Wasserkocher zischte und dampfte. Gisela, die Tresenbedienung, sicherte ihren Haarzopf, den sie über die Schulter warf, und wartete auf das automatische Abschalten des Geräts. Dann öffnete die 54-Jährige den Klappdeckel und begann mit der nächtlichen Drei-Uhr-Feierabendroutine. Zuerst desinfizierte sie die Zapfanlage, was gewöhnlich nicht länger als vier Minuten dauerte. Dazu hob sie den Wasserkocher dreimal an, sodass die Hähne der drei Biersorten nacheinander eintauchten ins noch siedende Wasser. Eine Prozedur, die jedem Keim den Garaus machte.

Mit einem Mal klopfte es an der Gaststättentür. Ein eher teilnahmsloses, weder zaghaftes noch forderndes Klopfen. Gisela hob den Kopf. Merkwürdig, dass sich an den Fenstern links wie rechts der Tür kein Schatten abgezeichnet hatte. Der um Einlass begehrende Besucher musste also über die Straße gekommen sein. Dies war ungewöhnlich, denn die spät nachts gelegentlich Einlass Begehrenden kamen allesamt von links, also vom Hauptbahnhof. Allerdings waren hier zu so später Stunde nur wenige Nachtschwärmer unterwegs. Huren zumeist, manchmal Mädchen darunter. Sie hofften auf ein

Schwätzchen, ein wenig Vertrautheit, suchten eine Art Tankstelle für die Seele, um durchzuhalten in ihren Scheißjobs. Dazu nahmen sie einen Drink, den einzigen, den Gisela nach der Reinigung des Tresens bereit war auszuschenken: Cuba Libre. Übrigens die Spezialität des Hauses, wie auf einer abgenutzten, mit roter Kreide beschriebenen Schiefertafel zu lesen war. Immerhin arbeitete sie in einer kubanischen Bar, der Havanna-Bar, wovon auch die zahlreichen Fotos und Bilder an den Wänden zeugten.

Wieder erklang dieses unrhythmische Klopfen. Misstrauisch, mit kurzen, zögernden Schritten verließ Gisela den Tresen. Ihre Wangen unter den blondierten Haaren verloren an Farbe bei dem Gedanken an die nächtlichen Überfälle, die das Viertel zuletzt heimgesucht hatten. Oder sollte vielleicht ...? Wie aufgescheucht aus der Umfriedung eines nicht mehr jungen Lebens begann ihr Herz zu rasen. Hinter dem üppigen, noch immer festen Busen spürte sie ein schmerzhaftes Pochen. Sollte tatsächlich Fernando? Oh Gott! Fernando war kein gewöhnlicher Mann. Gisela nannte ihn den Todesengel ihrer besten Jahre. Unerwartet war er damals in ihr Leben getreten, wie aus heiterem Himmel, die inneren und äußeren Seiten ihrer Fraulichkeit im Sturm erobernd. Viele Jahre hatte das athletische Kraftpaket dieses bio-psychische Terrain besetzt gehalten und alles, was Giselas Leben bis dahin ausgemacht hat, wie ein Bulldozer zerstört. Seit Tagen vergiftete eine Besuchsankündigung des schönen Fernando ihr eher karges, aber durchaus zufriedenes Leben.

Das wiederholte Klopfen ließ die Eingangstür beben. Gisela

zupfte ihre grüne, einfache Bluse zurecht, sodass der Stoff auf dem Speck der Wechseljahre weniger spannte. Ihre Augen visierten die Tür an, über der sie für eine Zehntelsekunde Halt fanden an einem Bild, das den morbiden Charme einer vom Kolonialstil geprägten Altstadt zeigte: Fernandos Heimat. Gisela öffnete die Tür nur einen Spaltbreit. Es war nicht Fernando, es war Eve. Das dumme Kind saß zusammengesunken auf der Stufe zur Tür. Es wirkte apathisch, leblos fast. Wieder einmal schien es, als wollte eine verängstigte Seele einem ausgemergelten Körper entfliehen. Gisela fasste die Gefallene bei den Achseln, zog sie herein in die Gaststube, bettete sie auf eine alte Hundedecke.

Während sie daran dachte, den Notarzt zu rufen, flehte Eve um einen Drink. »Bitte, bitte, nur einen Cuba Libre.«
»Was ist passiert?«, fragte Gisela, »zu viel Heroin?«
»Nein!«
Gisela ahnte etwas: »Zu viel von – Volker?«
»Ja«, bestätigte das verzweifelte Mädchen, »er hat mir ins Genick geschlagen.« Dann: »Neuerdings verlangt er mehr Geld denn je – für sich allein. Aber ich schaffe es einfach nicht.« Eve begann hemmungslos zu schluchzen.
Gisela wandte sich ab, um den Drink zu bereiten.

Vom Tresen aus beobachtete sie, wie Eve sich mühsam aufrichtete, der Hundedecke zu entfliehen. Kein Wunder, das Textil, halb so dick wie ein Schaffell, war filzig und stank zum Gotterbarmen. Dass die Kleine daran in ihrem Zustand noch Anstoß nahm ... Auch Gisela hatte einst auf dieser Decke gelegen, als der kuschelige Bodenbelag vor über 30 Jahren angeschafft worden war, mit nacktem Hintern und Fernando über sich. Eine Erinnerung, die heute widersprüchliche Empfindungen auslöste.

Damals war Fernando, der mit vollständigem Namen Fernando Meier hieß, nach Hamburg gekommen. Untergebracht war er ganz in der Nähe, wo er sich mit einem zweiten Kuba-Flüchtling ein bescheidenes Zimmer hatte teilen müssen. Gisela war damals gerade eingestellt worden als Tresenbedienung in der Havanna-Bar, stundenweise. Eine forsche, begabte Studentin mit dem Ziel, Archäologin zu werden. Glücklich war sie zu jener Zeit aber mit einem anderen gewesen, einem langjährigen Freund, einem lieben, fleißigen Menschen. Umso schrecklicher für ihn, dass er völlig unerwartet aus der gemeinsamen Wohnung vertrieben worden war, von Fernando, mit einer durchgeknallten Gisela an seiner Seite.

Seitdem waren viele Jahre vergangen und Gisela hatte längst eine Festanstellung bekommen. Erleichtert beobachtete sie, dass Eve die wenigen Meter zum Tisch aus eigener Kraft schaffte, schwankend zwar, aber aufrecht. Dankbar nippte die geschundene Seele einer früh gereiften Frau in einem Mädchenkörper an ihrem Glas. Dann seufzte sie irgendwie erleichtert. Etwas Schweres fiel von ihr ab. Und mit jedem Schluck gewann die Stimme der Gefallenen an Kraft.

Schon gefasster plapperte sie: »Was wohl die Reichen so trinken?« Ihre Stimme hellte sich auf: »Vorhin bin ich zu einem Münchner Geschäftsmann in einen großen dunklen Wagen gestiegen. Er hat mich für seinen nächsten Besuch in Hamburg zum Essen eingeladen – in ein teures Restaurant.«

Sie sagte es nicht ohne Stolz.

Gisela grinste. »Ein Münchner? Woher weißt du das?«

»Sein Nummernschild beginnt mit einem M.«

»Ach so!« Gisela winkte ab. »Das bedeutet gar nichts. Könnte auch ein Leihwagen sein. Ein Perverser vielleicht, der es unerkannt auf die Schnelle besorgt haben will.«

»Nein«, widersprach Eve, »pervers ist der nicht.«

»Das ganze Leben ist pervers, jedenfalls für unsereinen«, murmelte Gisela.
Eve taute allmählich auf und freute sich über ein nachgefülltes Glas Cuba Libre. Währenddessen fuhr Gisela fort mit den Feierabendverrichtungen.

Während sie darüber nachsann, wie sie Fernando bei dessen Rückkehr begegnen sollte, hörte sie Eve fragen: »Soll ich fortgehen, wenn mein Volker brutaler wird?«

Gisela, auf der Treppe zum Keller, rief herauf: »Ja, Kind, mach dich weg von d e i n e m Volker. Noch besser wäre es allerdings, du gingest gleich auf Entzug.«

»Ach wo, was soll ich denn auf Entzug? Ich bin jung und habe das Leben vor mir.« Sie lachte spitz. Dann ergänzte sie: »Irgendwann wird der Tag kommen, an dem mir nichts anderes übrig bleibt, als deinem Rat zu folgen. Danach werde ich dich besuchen und ein Gläschen mit dir trinken auf ein neues, schöneres Leben.«
Gisela kehrte aus dem Keller zurück.

Nachdenklich sagte sie: »Wenn man etwas wirklich will oder nicht will, dann darf man keine halben Sachen machen.«

Eve zuckte mit den Achseln, kicherte: »Was soll das heißen? Willst du, dass ich mich totsaufe, vielleicht hier, mit deinem

Cuba Libre?« Sie lachte glucksend.

Inzwischen stand Gisela wieder hinter dem Tresen. Entgegen der eigenen Regeln nahm sie selbst einen zweiten Drink. Anschließend füllte sie Eves Glas auf.

»Geht aufs Haus.« Dann prostete sie der nächtlichen Besucherin zu und erklärte: »Du hast mich gerade sehr bestärkt in einem wichtigen Entschluss.«
Eve hob den Kopf, kniff die Augen zusammen.

»Ja«, erklärte Gisela, »auch ich bin mal von einem Menschen abhängig gewesen. Und glaube mir, freiwillig werde ich diesen Kerl ganz bestimmt nicht wiedersehen.«

Nicht lange und Eve begann entspannt zu gähnen. Ein guter Grund, ihr für heute Lebewohl zu sagen, befand Gisela. Auch ihr war inzwischen nach Schlafen zumute. Am nächsten Tag wurde sie vom Schrillen des Telefons aus dem Schlaf gerissen. War das Gonzo, ihr Chef? Zu ihrer Tätigkeit in der Havanna-Bar gehörte es seit geraumer Zeit, dem Dicken das Essen zu bereiten. Gonzo wünschte täglich um 17 Uhr zu speisen. Gisela warf einen Blick auf den Wecker, der auf ihrem Nachttisch stand. Der zeigte erst 11 Uhr an. Sie erschrak. Fernando!? Alles in ihr weigerte sich, den Anruf anzunehmen. Zwei Ruftöne später schwieg das Telefon. Gisela atmete durch. Doch nur 60 Sekunden später schrillte es erneut. Zögernd griff sie zum Hörer.

»Wurde aber auch Zeit«, fuhr die schneidende Stimme Gonzos in ihr Ohr.

Die Schläfrige setzte sich aufrecht. »Weißt du, wie spät es ist?«

»Selbstverständlich«, schnarrte der Chef. Dann fügte er hinzu, dass er am morgigen Tag Gäste erwarte. Aus diesem Grund müsse sie heute eher als sonst in der Havanna-Bar erscheinen, um mit den Vorbereitungen zu beginnen. Als sie nicht gleich antwortete, fügte er murrend hinzu: »Ich bitte dich darum!« Da wusste Gisela, dass es wichtig war für Gonzo.

Wenn für den kränkelnden Barbesitzer etwas von Bedeutung war, dann seine Freunde. Exilkubaner zumeist, von denen einige in den Vereinigten Staaten lebten. Früher war Gonzo öfter mal nach Miami gereist, auch wegen der Geschäfte. Es war lange her, dass Freunde nach Hamburg gekommen waren. Zu denen übrigens gelegentlich auch der junge Fernando gehört hatte, als Vertreter seines kranken Vaters. Der junge Heißsporn, der zu dieser Zeit für einige Jahre in Hamburg heimisch geworden war, hatte die Treffen gelegentlich geschwänzt, um mit Gisela auszugehen.

Abfällig hatte er immer wieder angemerkt: »Lass die alten Männer von alten Zeiten träumen, ich denke lieber an die Zukunft, die flüstert mir zu, dass Fidel Castro in 10 Jahren ohnehin nach Moskau geflüchtet sein wird.« Und mit düsterem Unterton: »Dafür werden wir schon sorgen.«
Fernandos Deutsch war selbst für einen Deutschstämmigen außergewöhnlich akzentfrei. Im Gegensatz zum Kauderwelsch Gonzos, der sich in Hamburg lange Zeit nur mühsam hatte verständigen können.

Gisela sprang unter die Dusche, schlüpfte in ein dunkles, weiches, wollenes Kleid, legte das Make-up einen Tick sorgfältiger auf als sonst. Zügig, genau wissend, was sie wollte, suchte sie in der Langen Reihe, einer schmalen, quirlig bunten Einkaufsstraße, verschiedene Läden auf. Gonzo wünschte ein Steak zu essen, am liebsten mit grünen Bohnen. Der Hungrige lag wie so oft in den letzten Jahren im Bett. Das Herz. Immerhin: Er hatte die Siebzig überschritten. Wie alt er genau war, wusste Gisela nicht. Das wollte sie auch gar nicht wissen. Ihr gefiel es so, wie es war. Denn in dem Maße, wie seine Altersbeschwerden aufkamen, verlor er an Strenge.

Gonzo saß aufrecht im Bett und aß mit ungewöhnlichem Appetit. Er wirkte entspannter als sonst, seinem Atem fehlte das angestrengte Pfeifen.
»Wir bekommen Besuch«, sagte er schmatzend, beiläufig.
Gisela nahm am Bettende Platz, dem Kranken etwas Gesellschaft zu leisten, als es plötzlich schien, als würde sein Atem aussetzen. Sie erschrak. Doch Gonzo war quicklebendig, er drehte die Gabel, auf der ein Stück Fleisch steckte, um ihre Achse.
Nach einem tiefen, ausgleichenden Atemzug sagte er: »Auch Fernando wird einfliegen.«
Giselas Augen weiteten sich, wild begann ihr Herz zu pochen. Gonzo steckte die Gabel in den Mund und schmatzte genussvoll. Dabei beobachtete er seine Tresenbedienung aus den Augenwinkeln.
»Freust du dich auf Fernando?«
Die Frage hatte etwas Lauerndes. Gisela wusste, dass ihr Chef eifersüchtig werden konnte, zumindest seit sie vor Jahren begonnen hatte, gelegentlich das Bett mit ihm zu teilen. Sie beantwortete die Frage nicht.

Stattdessen redete Gonzo: »Er hat sich verändert, dein Fernando. Aber nicht zu seinem Besten. Also erschrick nicht, wenn er vor dir steht.«

Wenn es etwas gab, worauf Gisela weiß Gott würde verzichten können, dann aufs Erschrecken, erst recht bei der Begegnung mit einem Todesengel.

Seiner Gewohnheit bei besonderen Ereignissen folgend, überließ Gonzo nichts dem Zufall. Ganz oben auf der Liste stand das Entstauben und Geraderücken der Bilder an den Wänden der Gaststube. Zuerst kamen die eingerahmten Fotos mit prachtvollen Häusern aus der kubanischen Gründerzeit dran: Gonzos Lieblingswandschmuck. Nicht nur einmal hatte Gisela den derben Menschen weinend erlebt beim Betrachten der prunkvollen Gebäude hinter den entspiegelten Gläsern. Sie wischte über die Scheiben, dann über die Rahmen. Nach und nach brachte die Prozedur hinter den klebrigen Ablagerungen aus fettigem Zigarrenrauch eine von Licht überflutete, atemberaubend schöne karibische Lebenswelt hervor. Als sie die in Öl gemalten Festungen El Morro und La Cabana reinigte, wurde auch sie zum hundertsten Mal von Fernweh gepackt. Hinzu kam, dass die mächtigen Mauern einen sonderbaren Reiz auf sie ausübten. Ja, hinter solchen Mauern wäre sie unantastbar und ganz sicher auf ihrer angestammten Lebensbahn geblieben. Doch die dicken Wälle waren fern. So wie Kuba, Havanna, weiße Strände, rauschende Nächte. Nie war sie dort gewesen, obwohl der größte Teil ihres Lebens mit der Zuckerrohrinsel verknüpft war. Und zum wiederholten Mal beschäftigte sie die Frage, wie wohl der Cuba Libre auf Kuba schmeckte? Gisela seufzte. Fernando wusste es und Gonzo wusste es auch. Überhaupt wussten es so viele.

Nach der abendlichen Schicht schloss sie die Bar überpünktlich. Keine Besucherin, die noch hereingelassen wurde. Der frühe Feierabend indes sollte ohne wirklichen Nutzen bleiben, denn in dieser Nacht verweigerte ihre Seele den Schlaf. Ein Ärgernis, wusste Gisela doch nur allzu gut, wie ein Gesicht infolge durchwachter Nächte grau und fleckig wurde. Aber leer und grau wollte sie an diesem Tag nicht aussehen. Also blieb ihr nichts anderes übrig, als besondere Sorgfalt zu üben beim Schminken. Bis dahin galt es, all die feinen und exotischen Leckereien einzukaufen, mit denen Gonzo seine Gäste verwöhnen wollte. Sogar die türkischen Gemüsehändler am Steindamm klapperte sie ab. Der dicke, kranke Patron registrierte den Fleiß seiner Angestellten mit sichtbarer Zufriedenheit.

Bald darauf begann Gisela, Gemüse zu putzen, Kartoffeln zu schälen, Fleisch zu marinieren. Kein Problem, wenn da nicht der Besuch wäre. Dieser eine ganz bestimmte Besuch. Gisela sah auf die edelhölzerne, in die Breite gearbeitete Uhr am Ende der Bar, ein Modell aus den fünfziger Jahren. 14:35 Uhr. Wann sollten die Gäste einfliegen? Am Nachmittag? War jetzt schon Nachmittag oder erst „nach Mittag"? Vorsichtiger als sonst hantierte sie mit den Messern und sonstigen scharfschneidigen Küchengeräten. Zu nervös war sie geworden, zu verunsichert von dem, was auf sie zukommen sollte. Ihre Bewegungen wurden fahrig, fahrlässig geradezu gegen sich selbst, sobald die Konzentration nachließ.

Irgendwann, Gisela machte gerade eine Pause am Fußende

von Gonzos Bett, schellte das Telefon. Mit einer Kopfbewegung wies der Alte seine Tresenkraft an, das Gespräch anzunehmen.

»Havanna-Bar, Gisela hier, ja bitte?«
Schweigen. Langes Schweigen.
»Bist du es, Giesel?« Die Stimme gehörte zu Fernando. Ganz fest presste sie den Hörer aufs Ohr, wagte kaum zu atmen.

»Ich bin es«, sagte der Todesengel, »du kannst Gonzo informieren, dass wir gelandet sind.«

Eine Stunde später bogen drei Taxis in die Altbauschluchten St. Georgs ein. Nur wenige hundert Meter und sie hielten vor der Havanna-Bar. Ein wenig matt aussehend, aber munter schwätzend entstiegen den cremefarbenen Fahrzeugen sieben gealterte, gut gelaunte Männer. Ihre Kleidung war angeknittert, nicht weniger waren es ihre Gesichter. Gisela stand hinter einem Fenster und beobachtete die Ankunft. Ihr Herz begann zu flimmern, als ein weniger alter Mann dem Beifahrersitz des vorderen Wagens entstieg. Merkwürdig: Nur mit Verzögerung setzte Fernando seine Füße auf den Gehweg. Seine Unsicherheit vermochte Gisela nur kurz abzulenken. Dann wurde sie von einem über Jahre aufgestauten Zorn überwältigt. Verfluchter Hund!, schimpfte sie aus der Tiefe ihrer Empfindungen.

Leider blieb ihr keine Wahl. Sie musste die Tür öffnen und die Gäste – sämtliche Gäste! – eintreten lassen. Was für eine Begrüßung. Die Herren in den teuren, eleganten Anzügen erkannten die langjährige Angestellte ihres Kumpels Gonzo sofort. Umarmungen, warme Händedrücke, Ausrufe des Entzückens. Zum Schluss betrat Fernando die Gaststube. Augenblicklich riss das Gelärm ab. Man hatte plötzlich mit dem Koffer, dem Taschentuch, dem Betrachten der Einrichtung zu tun. Die wahre Aufmerksamkeit jedoch, die galt Gisela. Was würde geschehen? Wie würde die einst Gedemütigte den schönen Fernando empfangen?

Gisela vergaß die unzähligen Wachträume, in denen sie Rache geübt hatte an dem ehemaligen Geliebten bei einer Begegnung. Stattdessen erschrak sie über seinen linken Jackenärmel, der schlaff und leer herabhing. Fernando schien die Reaktion der einstigen Freundin und Gefährtin zu amüsieren. Er grinste, fasste mit der Rechten nach seinem leeren Ärmel, schüttelte ihn demonstrativ.

»Sprengstoff«, sagte er lakonisch.

Seine Begleiter begannen zu lachen.

»Unser Fernando, ein Teufelskerl«, brummte einer.

Andere ballten die Fäuste.

Gisela führte die Gäste zu Gonzo ans Bett. Der war übers Warten schläfrig geworden und eingenickt. Sie ließ die Männer allein, suchte die Küche auf und fuhr mit der Zubereitung des Essens fort. Irgendwann erschien Fernando in der Küche. Umduftet von einem exotisch herben Parfum, würzig, frisch, anziehend. Er sprach kein Wort, steckte seinen Zeigefinger in die Schüsseln und Töpfe, probierte hier und da.

»Was würden deine Freunde sagen«, mahnte Gisela, »wenn sie erführen, dass du deinen Finger in ihr Essen steckst?«

Fernando legte einen verächtlichen Ausdruck aufs Gesicht, wobei er mit einer raschen Kopfbewegung zur Tür hinaus auf die fröhlich schwatzende Gesellschaft wies. Dann verließ er die Küche, wortlos, so wie er hereingekommen war.

Mag er auch noch so verändert aussehen, er scheint doch der gleiche geblieben zu sein, dachte Gisela. Aber der verdammte Kerl besaß trotz seiner Behinderung nicht weniger Selbstvertrauen als damals. Er wird wohl Karriere gemacht haben in dem Unternehmen seines Mentors, eines Schiffbauers. Kräftig atmete Gisela durch. Wird er versuchen, mit ihr anzubändeln? Oder wird der Schweinehund nach drogensüchtigen Mädchen Ausschau halten? So wie früher. Eines jedenfalls stand für Gisela außer Frage: Würde er sich an einer der Gestrauchelten vergreifen, die nächtlich auf einen Cuba Libre vorbeikamen, sie würde Fernando ein Messer in die Brust rammen. Diese feste Absicht ließ sie entspannen, nachhaltig sogar.

Allmählich gelang es ihr, sich wieder ausschließlich auf die Küchenarbeit zu konzentrieren. Hilfreich war dabei, dass Gonzo die Bar für heute geschlossen hielt. Erstaunlich, wie sicher und gelöst der fettleibige und herzkranke Patron hinter den Zapfhähnen stand und seine Gäste bediente. Gegen 18 Uhr wurden Hummer angeliefert. Gisela verzog das Gesicht. Der Vorstellung, die Viecher lebendig ins kochende Wasser zu tauchen, entsprang ein quälender Widerwille.

Ein Konflikt, der ihr jedoch erspart bleiben sollte. Denn kaum dass die Menü-Vorbereitungen abgeschlossen waren, erschien Gonzo und entließ die Fleißige zu ihrer Verblüffung in den Feierabend. Was die Männer Geheimnisvolles zu besprechen hatten, war für sie in der Vergangenheit ohne Belang gewesen, ebenso wenig scherte sie heute deren Getue. Sie wies den Patron in den Stand der Vorbereitungen für das Essen ein und verließ die Bar durch den Nebeneingang übers Treppenhaus.

Ganz für sich jetzt, bar aller Pflichten, fiel es ihr schwer, aufkommenden Reminiszenzen an Fernando zu widerstehen. Es waren wunderbare Jahre, Monate und Wochen gewesen, die sie mit ihm hatte erleben dürfen. Empfindungen und Sehnsüchte, so auffliegend, so schön, intensiv und anhaltend wie nie zuvor und nie danach. Eine erregende Elektrizität, die von ihm zu ihr übergesprungen war, ein Strom, von dem sie geglaubt hatte, er würde endlos fließen. Doch nicht lange und Fernando hatte seine andere Seite zeigen sollen: Gewalt, 1000-Volt-Aussetzer ohne Vorankündigung. Mit einer fürchterlichen Ohrfeige hatte es begonnen, mit der flachen Hand. Eine einmalige Entgleisung, wie sie geglaubt hatte, daher verzeihlich. Verzeihlich? Ja, weil Fernando eben auch ein Opfer war, ein Vertriebener und zwar mit seiner Familie, davongejagt von Haus und Hof. Von einem eigenen Hof. Große Ländereien, Zuckerplantagen haben es gewesen sein sollen. Einfach weggenommen. Von Fidel Castro, den Fernando am liebsten in der Karibik versenkt sähe. Doch der alte stupide Revolutionär war immer noch da gewesen. Und wie man im Fernsehen hatte verfolgen können, hat er sich ganz offensichtlich pudelwohl gefühlt auf seinem sozialistischen Kuba. Konnte es einen Vertriebenen geben, der dabei nicht verrückt würde im Kopf?

Gisela, die nicht weit entfernt vom Hansaplatz in einem viergeschossigen Gebäude wohnte, stand endlich vor der Haustür. Während sie den Türschlüssel in das Schloss fummelte, weilten ihre Gedanken bei der Frage, wo und wie Fernando heute residieren würde. Wieder so herrschaftlich wie einst auf Kuba?

Ach, Kuba ... Da war sie wieder, die eigentümliche Sehnsucht nach dieser berühmten Insel, die vielleicht alles erklären könnte. Dafür hatte sie gespart. Das Geld für die Reise lag seit Längerem bereit.

Mitternacht sollte es werden, bis sie endlich zu gähnen begann. Ein sicheres Zeichen für die Schlafbereitschaft, die sie herbeisehnte, um der Realität zu entfliehen. Doch schon bald klingelte es an der Wohnungstür. Verabredet war sie nicht, so wenig wie an den letzten tausend Abenden zuvor. Gerechnet aber hatte sie schon mit einem, mit Fernando. Und es erfüllte sie mit Genugtuung, dass er sie tatsächlich aufsuchte, eine der billigsten Flittchen in St. Georg, wie er sie gern beschimpft hatte.

Sie gab sich einen Ruck, schlüpfte in eine graue Bluse und stieg in eine bereit liegende Jeans. Dann öffnete sie die Tür. Mit dem Betreten der Wohnung küsste der Besucher der Erstarrenden die Stirn. Ganz so wie früher zog er sofort das Jackett aus, warf es auf den erstbesten Sessel. Nur die Hemdsärmel, die konnte er nicht aufkrempeln wie einst.

»Wieder zu Hause«, sprach er wie zu sich selbst. Und während er in der Wohnung herumschaute, nickte er mit dem Kopf, als gälte es, einen Tagesordnungspunkt nach dem anderen abzuhaken.

Gisela hatte noch keinen Mucks gemacht. Immer wieder, aber halbherzig schüttelte sie den Kopf. Denn so hatte sie sich das Wiedersehen nicht vorgestellt.

»Gibt es etwas zu trinken?«

»Cola, sonst nichts.«

Mürrisch fragte Fernando nach: »Keinen Whisky, keinen

Wein, nicht einmal Bier?«

Gisela musste lachen. »Nichts davon.«

Fernando ging in die Küche, öffnete den Kühlschrank.

»Aha«, sagte er, »du willst mich nach der Cola suchen lassen. Ein Spiel.« Dann öffnete er die Balkontür. Eine milde Kühle wehte herein. »Wo ist der Kasten Bier, den du hier immer stehen hast?« Einen Tick länger als eben noch, fast schon bedrohlich, so starrte er Gisela an. »Ihr habt hier in Deutschland doch bestimmt auch Pizza- und Getränkedienste, die man nur anzutelefonieren braucht. Falls nicht, musst du eben zur Bar laufen«, verlangte er.

Vor 20 Jahren hätte sie jeden seiner Wünsche erfüllt. Heute aber sollte die Gestaltung dieses Besuchs einen unerwarteten Regisseur bekommen, genauer gesagt: eine Regisseurin.

»Wenn du etwas Alkoholisches möchtest«, entgegnete sie scharf, »dann musst du in St. Georg danach suchen. Du weißt doch, wo die Havanna-Bar ist. Und wenn du zurückgekehrt bist, mische ich uns einen schönen Cuba Libre.«

Fernando fuhr empört auf: »Hast du vergessen, dass ich das Arme-Leute-Gesöff nicht anrühre? Also geh und besorge Champagner. Ich zahle morgen bei Gonzo.«

Ausgerechnet Gonzo, der ganz sicher furchtbar eifersüchtig würde, dachte Gisela. Prüfend, hellwach, so sah sie Fernando in die Augen. Eigentlich hätte der jetzt fuchsteufelswild werden müssen. Doch bei aller vordergründigen Strenge wirkte der Exfreund eher nervös, verunsichert, irgendwie ratlos. Ein solcher Zustand hatte ihn früher unberechenbar werden lassen. Gisela wich zurück, drückte ihren schmalen Leib in das Polster des Sofas.

Fernando presste die Zähne aufeinander, blieb aber ruhig, als er in einem eigentümlichen Singsang sagte: »Du solltest wissen, dass man so nicht reden darf mit einem Fernando Meier, nicht in Miami und nicht in Hamburg. So hat man auch nicht mit meiner Familie geredet, als wir noch auf Kuba gelebt haben.«

Gisela unterdrückte ein Grinsen. Auf keinen Fall durfte sie ihn reizen, das könnte lebensbedrohlich werden. Denn immer klarer wurde: Fernando war der alte geblieben, keine Frage, er war der verdammte Todesengel ihrer frühen Jahre. Unter dem Kopfkissen am Ende des Sofas lag ein Messer versteckt. Mit dessen Hilfe plante sie den gefährlichen, nunmehr einarmigen Menschen für den äußersten Fall in Schach zu halten.

Der gab sich weiterhin fordernd: »Ich erwarte, dass du mir etwas zu Trinken heranschaffst. Das ist mein gutes Recht. Immerhin sind wir schon einmal fast verlobt gewesen.«

Gisela schüttelte den Kopf und erwiderte: »Die Zeiten ändern sich, mein Alter. Im übrigen bin ich froh, dass wir nur fast verlobt gewesen sind, denn ein Fast zählt nicht, früher nicht und heute nicht. Und nun, bitte«, so forderte sie, »verlass' auf der Stelle meine Wohnung.«

Fernando sprang auf. »Du willst mich rausschmeißen?«

»Nicht rausschmeißen, verabschieden will ich dich.«

Allmählich kroch die Furcht vor der eigenen Courage über Giselas Rückgrat. In Fernandos Augen zeigte sich erstmals der bekannt-blöde, aggressive Blick.

Ruckartig schob er das Kinn vor. »Wer bist du eigentlich, du kleines schäbiges Nichts? Kennst du keine Dankbarkeit? Dafür, dass einer wie ich dich so viele Jahre an seiner Seite erduldet hat? Auf Kuba, da hätten wir eine wie dich zum Kartoffelschälen in die Küche gejagt. Na ja, viel mehr tust du ja auch in der Havanna-Bar nicht. Zu mehr taugst du einfach nicht.« Fernando lachte. Er zog seine Jacke über, machte auf dem Absatz kehrt. »Ich besorge jetzt Champagner für uns, denn ich bin großzügig und werde das Aschenputtel noch heute Nacht zu einer Königin machen, ganz so wie früher.« Er lachte, laut und schallend. Dann verließ er die Wohnung.

Gisela spürte: Der Keim für eine Neuinfektion ihres Gefühlslebens bedrängte bereits die äußeren Schichten ihrer Seele. Nicht eine Minute vergeudete sie mit dem Gedanken, diese Keime wachsen zu lassen. Wenige Schritte nur, dann stand sie auf dem Balkon und spähte auf die Straße. Wichtig war jetzt, dass Fernando tatsächlich den Weg zur Havanna-Bar einschlug. Als der Unberechenbare endlich in der richtigen Richtung außer Sichtweite geriet, raffte sie ihre Kleider zusammen, faltete und stopfte die Klamotten in einen Aluminiumkoffer.

Auf einer Bank an der Hamburger Binnenalster wartete Gisela auf das Morgengrauen. Und mit der ersten U-Bahn fuhr sie vom Jungfernstieg aus nach Barmbek, von dort mit der S-Bahn zum Flughafen. Bereits am Nachmittag landete sie in Frankfurt. Und schon am Abend saß sie im Heck einer Boing nach Havanna auf Kuba. Gisela wusste: Lange würde Fernando benötigen, die Demütigung zu überwinden, mit einer Flasche Champagner im Arm quasi ausgesperrt zu werden. Doch wusste sie auch, dass er dieses Erlebnis niemals vergessen könnte. Das ist sein Problem, stellte sie klar und freute sich auf Sonne, weiße Strände und Cuba Libre.

Beziehungsglück lässt meistens auf sich warten,
doch manchmal darf es doppelt starten.

Der zweite Frühling

Bei bester Laune drehte Jochen Mohr sein leichtes Übergewicht aus dem Bett. Sekunden später drehte er die Lamellen der Jalousie in die Waagerechte.

„Oh Gott, wie furchtbar!", entfuhr es da seiner Seele, die ohnehin seit Monaten litt. Was ihn beim Anblick des Wetters so entsetzte, war etwas, was eigentlich gar nicht sein durfte. Jedenfalls, wenn man den Spätnachrichten des Fernsehens vertraute. Wo war der versprochene Frühling? Wo waren Sonne und Wärme? Wie sollte er bei diesem Griesel in eine Stimmung gelangen, die Mamas letzten Wunsch befördern könnte, binnen sechs Monaten nach ihrem Tod wieder eine Frau im Haus zu haben?

Müde quälte sich das graue Licht herein ins Schlafzimmer. Fast könnte man meinen, es würde die Lamellen verstopfen. Und dabei hatte Mohr letzte Nacht noch von einer hübschen weißen Stute geträumt, auf der er durch einen sonnigen Frühlingstag geritten war. Ein Omen, so hatte er geunkt in der Frühe beim Aufwachen. Als eigenartig hatte er nur empfunden, dass die Ohren des Reittiers haargenau denen von Mama glichen. Mohr kontrollierte seinen Atem, suchte sich abzulenken durch sein ganz privates morgendliches Quiz. Dabei richtete er die Augen eine Weile gegen den Himmel. Schließlich murmelte er:»Acht Grad.« Dann verglich er seine Schätzung mit der digitalen Anzeige des Außenthermometers. Das zeigte exakt dieselbe Temperatur an: acht Grad. Ein Lächeln huschte über sein Gesicht. Heute könnte vielleicht doch noch ein guter Tag werden.

Er ballte die Faust. Eine einfache Geste, die weit oben auf seiner ganz persönlichen Agenda stand, seitdem er eine Therapeutin aufsuchte. Die hatte ihm geraten, sich Mut zu machen, sich zu zeigen, sich darzubieten, vor allem seiner selbst gewiss zu sein, auch durch den Blick in einen Spiegel. Immer und immer wieder und an jedem Ort sollte er jedem, der fragte, darlegen, welch großartiger Mensch er war. Und ehrlich, diese Medizin empfand Jochen Mohr als wirklich hilfreich bei der Trauerbewältigung von Mamas plötzlichem Tod und dem damit verbundenen Verlust an Selbstvertrauen. Jedenfalls schlief er besser, seitdem er abends vor dem Zubettgehen regelmäßig seinem Spiegelbild gratulierte, vor allem zu seiner großartigen beruflichen Kariere.»Ich kann alles«, sprach er dabei laut. Und:»Ich, der Chefbuchhalter eines erfolgreichen Unternehmens, der die Mitverantwortung für 84 fleißige Menschen trägt.«

Dennoch blieb an diesem Morgen eine gewisse Unruhe. Früher hatte er Gefühle und Gedanken mit Mama dialogisieren können. Stets hatte sie zugehört. Ach, was war das für eine schöne Zeit gewesen mit ihr. Da fiel sein Blick auf ihren geliebten Lodenmantel, der noch immer unberührt über der Lehne des Sessels neben dem Fenster hing. Jochen Mohr verklärte die Augen und seufzte anhaltend. Doch dann trieb ihn ein Ruck voran, schüttelte ihn, schleuderte alles Zermürbende heraus wie ein Hund das Wasser aus dem Fell.

Derart geläutert flitzte Mohr noch im Schlafanzug hinaus zur Pforte und holte das Lokalblatt ins Haus. Sein vordringliches Interesse galt dem Horoskop. Was sagten die Sterne? Gemeinplätze, die berufliche „Erfolgschancen am Nachmittag" verprachen. Doch dann die Hoffnungszeile: „Ein zweiter Frühling steht bevor." Sicherheitshalber kontrollierte Jochen Mohr noch einmal die Aktualität des Blattes und das Tierzeichen: Widder. Tatsächlich, die Aussage galt ihm und beschrieb den heutigen Tag. Er breitete die Arme aus, öffnete die Hände, suchte mit sammelnden Bewegungen das Chi einzufangen, so wie er es vor einiger Zeit in der Zeitung gelesen hatte.

Heute war Samstag. Jetzt hieß es, für den vielversprechenden Tag einen Ablauf zu erstellen. Am besten während des Frühstücks. Selbstverständlich im Wiener Caféhaus, seinem samstäglichen Beobachtungsposten im Einkaufszentrum Quarree am Wandsbeker Markt. Die Uhr zeigte bereits 9:20 Uhr. Was für eine Trödelei, schimpfte er im Stillen und beeilte sich mit dem Duschen. Er deodorierte seine Achseln, kämmte sein Haar und zog einen exakten Scheitel.

Mit einem gediegenen blauen Cashmere-Mantel über den Schultern verließ er das Einfamilienhaus im schönen Marienthal. Die Garage blieb verschlossen. Denn zum Quarree waren es höchstens zehn Minuten zu laufen, bei guter Ampelschaltung sogar nur acht. Heute benötigte er neun Minuten. Ohne

Umschweife durchquerte Mohr den Lichthof, um auf der Rolltreppe hinauf zur Terrasse des Caféhauses zu gleiten. Sein ganzes Interesse galt einem bestimmten Tisch, gleich hinter der Balustrade. Von hier aus bot das Café die beste Aussicht auf das Treiben im Einkaufszentrum. Mit hastigen, kurzen Schritten erreichte er sein Ziel und plumpste geradezu auf genau den Stuhl, der ihm seit vielen Jahren vertraut war. Dagegen musste Mamas Stuhl leer bleiben. Bis die Kellnerin erschien, suchte er Entspannung mit verdeckten Atemübungen. Seit Längerem schon spürte er infolge bestimmter Anstrengungen eine gewisse Luftnot. Doch machte er sich keine wirklichen Sorgen: Er stand kurz vor seinem 54. Lebensjahr, man war ja schließlich kein junger Stürmer mehr.

Nicht lange und der Kaffeeduft bildete eine sinnliche Haube über der Terrassenspitze. Mohr genoss ein leicht knisterndes, krümeliges Croissant und zwei halbe belegte Brötchen mit Lachs und Leberwurst. Eigentlich mochte er keine Leberwurst. Heute aß er sie trotzdem, Mama zuliebe, die nie genug davon hatte bekommen können. Unter ihm im Lichthof wurde an einem Laufsteg gezimmert, zu dem ein quadratischer Anbau gehörte, der gerade in weißen Stoff gehüllt wurde. Während Mohr das Lachs-Brötchen zwischen die Lippen führte, beobachtete er die Arbeiten ganz genau: hier ein Nägelchen, dort ein Schräublein. Missbilligend schüttelte er den Kopf. Langsamer geht 's nimmer. Und: So etwas Faules und Unorganisiertes hat die Welt noch nicht gesehen. Für diese lahmarschige Arbeit würde er keinen Cent Lohn auszahlen.

Jetzt erst lenkte er seine Aufmerksamkeit auf die Caféhaus-Besucher. Überwiegend Paare von etwa 50 Jahren. Eine etwas abseits frühstückende Frau schien jünger. Sie mochte 35 sein. Sie war hübsch, durchaus, aber ihre gespreizten Beinen unter dem Tisch wirkten ordinär. Unmerklich fuhr seine Zungenspitze durch die Lippen. Wenn es wenigstens etwas zu sehen gäbe, da drunter. Doch alles Schielen blieb vergebens, so stramm wie ihre Schenkel bepackt waren. Da lobte sich Jochen Mohr seine Mutter. Die hatte selbst im hohen Alter noch Haltung und Benehmen gewahrt. Und nicht gegeizt hätte sie mit Häme und Spott gegen ein so unkultiviertes Würstchen wie diese Spreizbeinige da vorne im kurzen Rock.

Nicht lange und eine edel gekleidete Dame nahm am Nebentisch Platz. Auf dem beigefarbenen Stoff ihres elegant geschnittenen Mantels, den sie anbehielt, lag ein zarter Glanz. Mohair und Seide, vermutete Mohr. Die elegante Frau brachte ihre Beine in eine exakt parallele Schräge, so wie es sich gehörte. Jochen Mohr war auf der Stelle fasziniert. Er schätzte ihr Alter auf um-die-50. Da bemerkte er, dass sich fast zeitgleich auch am linken Tisch eine Dame platzierte. Etwa ebenso alt. Sie wirkte sportlicher, jedoch auch gröber, bäuerlicher, gleichwohl nicht ungepflegt. Der zweite Frühling kann kommen, dachte er und verglich die Damen mit der bunten Vielfalt der im Frühling sprießenden Pflanzen in seinem Garten.

Mohrs Augen durchwanderten unwillkürlich den Lichthof, hinauf zum gläsernen Dach, auf dem die hohe Luftfeuchtigkeit winzige Tropfen gebildet hatte. Im Gebäude steigt die Temperatur, überlegte er, auf ungefähr 10 Grad. Fieberhaft suchte er nach einem öffentlichen Thermometer. Wie gern hätte er seine Schätzung verifiziert und das Ergebnis kundgetan, um den Damen zu imponieren. Ja, worüber sollte er sonst mit ihnen reden? Klar erkannte er: ohne Kommunikation kein zweiter Frühling. Starr heftete er seinen Blick auf die Elegante zu seiner Rechten. Tief holte er Luft, presste sie bis in das letzte Lungenbläschen. Dann platzte es donnernd aus ihm heraus: »10 Grad!« Die Damen links wie rechts hoben verschreckt den Kopf. Vor ihnen, in stolzer Pose, reckte sich Jochen Mohr. Nachdem sie abgeschätzt hatten, dass der gut gekleidete Mann harmlos war, ließen sie den Kopf wieder sinken. Die von ihm als weniger attraktiv Empfundene zur Linken fummelte am Reißverschluss ihrer Tasche, der offenbar hakte. Gern wäre Mohr zu Hilfe gekommen, doch fürchtete er eine Blamage. Denn die Reißverschlüsse daheim hatte stets Mama repariert. Da traf es sich gut, dass er sowieso mehr an der eleganten Dame zu seiner Rechten interessiert war.

Jochen Mohr musterte schielend die Favoritin. Sollte sie der lange ersehnte zweite Frühling sein? Er verglich sie mit seiner Mutter. Zugegeben, diese hier war erheblich jünger und durchaus hübscher als Mama. Mohr seufzte. Mama hätte sich einen Ast gefreut, wäre er, Mohrle, mit so einer Braut nach Hause gekommen.

Tief holte er Luft, dann platzte es erneut aus ihm heraus, sogar erheblich lauter diesmal, dem Stakkato eines sportlichen Schlachtrufs gleich: »11 Grad! 11 Grad! 11 Grad!«
Dieses Mal zuckte die Elegante nicht nur zusammen, sondern wurde wie von einer Orkanbö hochgerissen.

Wütend trat sie auf Jochen Mohr zu und fragte mit verkniffenem Gesicht: »Was gibt es denn so Wichtiges, von dem Sie meinen, damit ihre Umgebung terrorisieren zu müssen?«

Und die Dame zur Linken sagte: »Wenn Sie das Zählen üben möchten, gehen Sie doch zur Volkshochschule.«

Jetzt war es Jochen Mohr, der zusammenfuhr. Ausgerechnet er wurde verdächtigt, das Zählen zu üben. Ausgerechnet er, der Buchhalter, der das Zählen so gut wie erfunden hatte. Was für eine Beleidigung! Sein Blut kochte. Er wollte es den Frauen heimzahlen. Doch wie, womit? Plötzlich schien es ihm, als verrutschte die Zeit und seine Mutter säße am Tisch. Eine Erfahrung, die ihn auf der Stelle erdete. So augenblicklich die Halluzination erschienen war, so rasch verschwand sie auch wieder und hinterließ bei Mamas Sohn ein feines Kribbeln im Gemüt. Er wandte sich seiner Favoritin zu und fragte, ob die Zeitung, in der sie las, einen Wetterbericht enthalte. Die Dame hob das Kinn, kniff die Augen zusammen. Ohne auch nur ein einziges Wort zu sagen, blätterte sie weiter.

Dann, gänzlich unerwartet, mit einem fetten Grinsen im Gesicht, gab sie alles und rief: »11 Grad, 11 Grad! 11 Grad!« Exakt die zuvor von Mohr angesagte Temperatur. Augenblicklich spürte er ein Durchschauern seiner Eingeweide und dachte erfreut: was für eine geniale Frau. Endlich mal eine, die versteht, worauf es ankommt. Eine Königin, eine Eingeweihte, schwärmte er im Stillen. Und erst ihr guter Geschmack, ihre stilvolle Kleidung. Mohr kniff die Augen zusammen. Gute Ratschläge seiner geliebten Mutter kamen ihm in den Sinn. Auch die, über die man nicht sprach. Dazu gehörte, dass Mohrle sich keinesfalls mit einer ärmlichen Frau einlassen dürfte. Und über kranke Frauen hatte Mutter gewusst: Die putzen nicht und kosten nur. Getragen von der Güte dieser Worte ging Jochen Mohr aufs Ganze.

Mit kreidiger Stimme fragte er: »Sagen Sie mal, schöne Frau, sind Sie eigentlich gesund?«

Die Auserwählte riss die Augen auf, sprang aber nicht wie vorhin auf. Allein: Ihre wechselnde Gesichtsfarbe bereitete ihm ein gewisses Unbehagen.

Bei allem Zwiespalt: Es war dem Chefbuchhalter gelungen, die elegante Frau am Nebentisch in Erregung zu versetzen. Eine emotionale Reaktion, wie er sie ähnlich bislang nur bei Mama hatte erleben dürfen.

Mutig geworden, wagte er es, sich der eleganten Dame vorzustellen: »Ich bin leitender Angestellter und besitze ein Haus im schönen Marienthal.«

Die Elegante hob den Blick, lächelte, rückte mit ihrem Stuhl etwas heran. »Ich heiße Sabine Mauer-Honig, mit Bindestrich, na, Sie wissen schon.«

»Sehr erfreut, ich bin der Jochen Mohr.«

Schon fragte sie die Frage aller Fragen: »Sind Sie öfter hier?«

»Ja, aber nur an Samstagen. Montags bis freitags bin ich leider verhindert, wegen der Arbeit.«

»Ach ja, weil Sie leitender Angestellter sind.«

»Genau genommen bin ich Chefbuchhalter in einem Unternehmen mit über 80 Mitarbeitern.«

»Oh!«, entfuhr es der Eleganten mit ehrlicher Überraschung. »Da kann ich nicht mithalten. Ich arbeite beim Hamburger Wetterdienst und erstelle Diagramme.«

Bei den Worten Wetterdienst und Diagramme warf Jochen Mohr seinen Kopf nach hinten. Der Himmel über Wandsbek begann aufzuklaren. Er wusste plötzlich: Da oben tat sich was. Und ganz gewiss nicht nur beim Wetter.

Auf einmal drängte eine unbekannte Stimme in seine Wahrnehmung. Mohr blickte auf. Was er sah, raubte ihm den Atem. Es war nicht die sportliche Frau zu seiner Linken, die sich gerierte, sondern eine Schönheit von ganz anderem Kaliber. Platz nahm sie am Tisch der Frau, deren nähere Bekanntschaft er gerade machte und die Sabine Mauer-Honig hieß. Die Hinzukommende pflanzte ein freundliches Lächeln zwischen die Faltenbündel um ihren Augen und ihren Mundwinkeln. Blitzschnell tastete Mohr die Erscheinung ab: Tränensäcke über hängenden Wangen, gepflegte Wickellocken auf dem runden Kopf, dazu wie hingestreute Altersflecken, weit über siebzig – eine vertraute Komposition. Doch leider war es nicht seine verehrte Mama.

Derweil hatte Sabine Mauer-Honig die Distanz verringert und ihren Platz verlassen. Sie setzte sich zu Mohr an den Tisch. An der Hand zog sie die widerstrebende ältere Dame hinzu. Eine Kombination, die Mohr endgültig aus der Fassung brachte. Während er mit einem Auge noch die Pigmentierung der mütterlichen Lady beobachtete, klebte das andere Auge an der Jüngeren mit ihrer hypnotischen Eleganz.
Da ertönte eine Stimme, die Mohr auf der Stelle wach rüttelte.

Geradewegs, ohne Umschweife sprach sie Mohr an: »Sie sind ein interessanter Mensch. So wie meine Tochter, die offensichtlich Gefallen an Ihnen gefunden hat. Ich hoffe, dass mein Kind keinen Fehler macht und gewisse Regeln beachtet.« Die Mimik der Alten geriet zu einem prüfenden Blick. »Ich meine, dass der zukünftiger Mann meiner Tochter keinesfalls arm sein darf. Fleißig und gesund muss er sein und gute Manieren haben.« Worte, die Mohr so vertraut waren wie sein morgendliches Wetterquiz.

Heftig riss er seinen Leib herum, was den Tisch wackeln ließ. Starr hielt er den Blick auf die Sprechende gerichtet. So viel Wahres und alles aus einem Mund.

Da war von Sabine Mauer-Honig ein Räuspern zu hören.

»Alles in Ordnung«, sagte sie zu ihrer Mutter, »der Mann hier wird dir gefallen. Hoffentlich!« Hin und her flogen ihre Blicke, fragend, verunsichert. Plötzlich, an Mohr gerichtet, platzte es aus Sabine Mauer-Honig heraus. »Jeden Mann hat meine Mutter vergrault.« Daraufhin hob die Alte den Arm, drohte erst ihrer Tochter, dann Jochen Mohr. Eine Geste, die ihn kalt ließ. Er spürte einfach nur eine selige Fassungslosigkeit. Wie daheim, als hätte ein großes Schicksal sein eigenes kleines Schicksal geklont.

Den Rücken aufrecht, das Kinn in der Waagerechten, klar in den Gesten, erwartungsfroh die Augen, so ergab Jochen Mohr sich seinen Gesprächspartnerinnen und genoss jede Bemerkung in dem anschließenden ehrlichen, reinen, erquickenden Gespräch.

Die gehobene Stimmung führte zu offener Begeisterung, als Mohr einen Hut bemerkte, der neben der älteren Dame auf einem Stuhl lag.

»Ein solches kostbares Stück habe ich bei Hut-Schädele im feinen Harvestehude gesehen«, verriet er trocken.

»Dort habe ich ihn gekauft«, antwortete die ältere Dame. Und: »Sie sind ja vielleicht einer.« Lustig umtanzte ihr Faltenbündel die Lippen. Aufmunternd nickte sie der zwar aufmerksamen, aber zurückhaltenden Tochter zu.

Nicht lange und das Trio beschloss, den Nachmittag in einem anderen, genauer: im Alstertal-Einkaufszentrum, zu verbringen, in dessen Nachbarschaft Mutter und Tochter einen gepflegten Bungalow bewohnten. Zu dritt verließen sie das Wiener Caféhaus. Zum letzten Mal an diesem Vormittag schaute Jochen Mohr zum Glasdach hinauf. Die Sonnenstrahlen fanden einen gleißenden Weg durch die bewegten Frühlingswolken. 22 Grad.

Wenn Rauch und Werbung sich berühren ...

Rauchen verboten

Die Auftragsstornierungen nahmen bedrohlich zu. Wie ein drückendes Geschwür nisteten sie in Gerry Gerlachs Schädel. Der Werbeprofi hielt eine Expertise seines Büros in Händen und presste die Lippen aufeinander. Nachforschungen hatten ergeben, dass die abgesprungenen Kunden zu günstigeren Dienstleistern, manche sogar ins Ausland, abgewandert waren. Er wusste: Sollte sich die Lage nicht grundlegend ändern, würde auch sein Unternehmen die teure Stadt Hamburg verlassen müssen. Schlimm auch, dass er über Entlassungen nachdenken musste. Es sei denn, er würde die lumpigen Gehälter zahlen, wie sie anderswo die Regel waren. Doch damit könnte kein Kreativer auch nur die Heizung für seine hippe Wohnung finanzieren.

Vielleicht, so grübelte Gerlach nach Lösungen des Problems, ließen sich moderne Wohn-, Arbeits- und Schlafbüros schaffen. Zwei Türen, eine Treppe, weiter wäre der Weg nicht bis an den Arbeitsplatz. Eine Idee, die ihm sogar in der Nachbetrachtung gefiel. Seines Erachtens trieben sich seine Kreativen nach Feierabend ohnehin viel zu häufig in halbseidenen Cafés und

Clubs herum. Womöglich wäre ihnen auch geholfen, wenn sie von der Last einer eigenen Wohnung befreit würden. Außerdem könnten sie ein Auto oder eine Monatskarte für Bahn und Bus einsparen. Einmal in Schwung geraten, schossen Gerlach weitere Ideen zur Kostensenkung durch den Kopf. Und ruck, zuck gelangte er zu seinem Lieblingsthema: Rauchen und Nichtrauchen. Wie mitgerissen von sich selbst schlug er mit der flachen Hand auf den Tisch. Wenn die Europäische Union doch endlich ein Rauchverbot durchsetzte. Was könnte es den Menschen gut gehen mit der eingesparten Knete. Obendrein gewännen sie ein langes, kerngesundes Leben.

Rauch oder nicht Rauch, Gerlachs Agentur würde sich anpassen müssen. Doch zum Glück war noch nicht aller Tage Abend. Trotz der Unkenrufe gab es Hoffnung, zumindest für einige Monate. Diese Hoffnung ruhte auf eine Golfclub-Bekanntschaft. Ein Sanitärfabrikant. Er machte in Toiletten. Da legte sich ein feines Lächeln auf Gerlachs Gesicht. Wie man tuschelte, stünde dessen Ehe am Abgrund. Henriette, die attraktive, eigentlich viel zu junge Frau des Fabrikanten feierte nur allzu gern mit den Meistern eines gepflegten Einputtens auf dem Golfplatz. Gerlach kannte die wilde Henne, wie sie hinter vorgehaltener Hand genannt wurde, aus der Golf-Bar. Das Grinsen des Werbemannes wurde gröber, breiter. Jetzt war er gut gelaunt.

Gute Laune, die hatten ihm zuletzt nur die bezaubernden Töne seines bislang erfolgreichsten Werbespots bereitet. Eine Wohltat, die bis weit in den April hinein in allen Medien anzutreffen war. Doch leider hatte der Jingle von einem Tag auf den nächsten verklingen müssen. Weil er ganz einfach aus der

Mode geraten war. Schade für dieses Meisterwerk und für die Finanzen der Agentur. Gerlach bekam feuchte Augen, immerhin hatte das Liedchen den Aufstieg des Unternehmens zu einem international beachteten Kreativbüro befördert wie kein anderer Auftrag, mochte er auch noch so extraordinär honoriert worden sein. Der Werbefachmann fluchte. Sollte heute, nur wenige Jahre später, schon alles vorbei sein? Nein! Trotzig ballte er die Faust. Alles Neue macht der Mai, dachte er trotzig.

Was blieb von dem Höhenflug, war ein zwei Meter breiter Flachbildschirm über dem Firmeneingang, auf dem der hauseigene Ur-Werbespot noch zu bewundern war. Dynamisch und elegant fuhr darin eine neue, soeben auf den Markt gelenkte Limousine der Luxusklasse namens EURO-GO von Westen nach Osten quer durch den Kontinent. Seine weichen, zugleich herrschaftlichen Formen machten das Fahrzeug zu einem optischen Erlebnis. Und wenn seine azurblau lackierte Silhouette aus asiatischem Blech vor blühenden europäischen Landschaften in die Nahaufnahme gezoomt wurde, klatschten Passanten Beifall. Der EURO-GO stoppte, die Autotüren schwangen auf und heraus stieg eine junge, fröhliche, kinderreiche Familie. Kaum dass Eltern und Kinder vor einem malerischen Wasserfall Aufstellung genommen hatten, wurden sie umrahmt von zwölf goldenen, fünfzackigen EU-Sternen. Diese Insignien, und das war die eigentliche Botschaft, verwandelten sich plötzlich in Aschenbecher, die von kräftigen roten Balken durchkreuzt wurden. Dann nahm das Fahrzeug wieder Fahrt auf und eine feierliche Stimme aus dem Off erklärte, dass der EURO-GO das weltweit erste rauchfreie Gesundheitsauto sei.

Um dies zu unterstreichen, war der Einbau eines Aschenbechers nur gegen den abschreckenden Aufpreis von 50 000,- Euro zu haben.

Nicht lange und die ersten Ehrungen und Auszeichnungen für den Werbespot standen bevor. Dass die Sache auch einen Haken hatte, sollte sich schon bald andeuten. Denn nicht einer der Reichen, Schönen und Berühmten aus Politik, Show und Wirtschaft fuhr anlässlich der mondänen Gala zur Auszeichnung dieses „Werbespots of the World" im angepriesenen EURO-GO vor. Neugierige Journalisten brachten es an den Tag: Den Finanzgrößen war das Auto ganz einfach zu langweilig. Sie zogen es vor, einen klassischen BMW oder Mercedes zu fahren und deren serienmäßige Aschenbecher ausbauen zu lassen, was kraft des Gesundheitsstarkmachergesetzes mit 100 000 Euro honoriert wurde. Ja, so war es damals gewesen. Gerry Gerlach seufzte.

Doch der Agenturbesitzer und Ideengeber fuhr den feinen EURO-GO aus Leidenschaft, und zwar ohne Aschenbecher. Der Nichtraucher war gerade auf dem Weg zu einem, nein, zu dem einen Hoffnungsträger, dem Sanitärfabrikanten Hubert Rohrbold. Gerlach hoffte nicht ohne Grund auf einen weitreichenden Auftrag. Der Fabrikant war an die Agentur herangetreten, weil sie ganz offensichtlich über Erfahrung mit dem sensiblen Thema des Nichtrauchens verfügte. Denn bei dem zu bewerbenden Objekt handelte es sich nicht einfach um ein transportables Toilettenhäuschen, sondern um eines, das ausschließlich für Nichtraucher gefertigt wurde. Sein schlichter Name: Nichtraucherbox alpin. Der Zusatz „alpin" stand für eine schlanke, aufragende Form; dafür gedacht, zwei übereinander angeordnete Abwurfboxen zu beherbergen. In der Luxusvariante stand sogar ein einpersonaler Außenfahrstuhl bereit, dagegen diente für die einfache Ausführung eine lackierte Holzleiter als Aufstieg. Der Clou: Flammte eine verdächtige Wärmequelle wie beispielsweise ein Streichholz oder warmer Rauch auf, erklang die Stimme einer weiblichen Person, die in langsamer, dramatischer Tonlage die 10 häufigsten Krebskrankheiten beschrieb. Klar, dass sich Gerry Gerlach als hoch geehrter Spezialist für Nichtraucherwerbung den Auftrag für die Markteinführung sichern wollte. Klar war ihm auch, dass die edle Innovation für eine Schippe EU-Förderknete allemal gut war.

Gerlach galt als ein präzise planender Untertnehmer. Keine Sekunde zu früh steuerte er den Parkplatz des Sanitär-Fabrikanten an. Pünktlich um 10.30 Uhr schüttelten sie einander die Hand. Kaum hatten die Geschäftsleute Platz genommen und Nettigkeiten ausgetauscht, drängten vom Flur her spitze Laute der Begeisterung heran. Hochtoniges Jauchzen, Händeklatschen, auf und ab. Oha, die wilde Henne, erkannte Gerlach, die Ehefrau des Sanitär-Fabrikanten, berühmt und berüchtigt für allerlei Extravaganzen. Hubert Rohrbold zeigte sich peinlich berührt. Er sprang auf, wollte zur Tür stürmen, doch änderte er seine Absicht und trat ans Fenster, schöpfte Luft, was seinen Zorn zügeln sollte. Unter ihm ruhte der Parkplatz. Der Sanitär-Fabrikant ließ seinen Blick schweifen – und geriet erst recht in Rage. Wild gestikulierend rief er nach seiner Sekretärin. Wer es gewagt habe, den EURO-GO auf seinen, den Direktionsparkplatz, zu stellen? Auch wenn sein Mercedes in der Werkstatt sei, habe kein fremdes Auto das Recht, den Parkplatz der Geschäftsleitung zu nutzen. Barsch wies er an, den Fahrzeughalter zu ermitteln und das Fahrzeug mit einer Plane abzudecken.

Der eben noch in sich ruhende Gerry Gerlach war auf der Stelle hellwach. Was für ein Affront! Sein EURO-GO sollte abgedeckt werden. Gerlachs Herz beschleunigte von 60 auf 200; gefühlt schienen die wuchtigen Schläge in der Brust seine Rippen zu zertrümmern. Jetzt war er es, der sich beruhigen musste.

»Der EURO-GO da draußen gehört mir«, gestand er ein, »ich habe nicht gewusst, dass ...«

Da wurde er von dem Sanitärfabrikanten unterbrochen: »Na, wenn das so ist, dann – habe ich die richtige Order gewählt. Das Fahrzeug wird abgedeckt. Basta! Und jetzt zu unserem Werbedeal.«

Was für ein Ton! Erneut fühlte Gerlach sich herabgesetzt, doch behielt er die Nerven. Der Auftrag für die Nichtraucherbox alpin musste her, selbst wenn es eine Rippe kosten sollte. So war er bemüht, Gelassenheit vorzutäuschen. Mit der Geschmeidigkeit einer erfolgreichen Werbeseele begann er, die prämierte Melodie der EURO-GO-Werbung zu summen. Die Töne verfehlten ihren Zweck nicht. Nicht nur die eigenen, sondern auch die Gesichtszüge des Sanitärfabrikanten entspannten, die Augen verklärten sich.

Zuvorkommend und offen in seinen Gesten sagte Hubert Rohrbold: »Herr Gerlach, so sehr mir der EURO-GO als Automobil missfällt, so sehr liebe ich den Werbespot. Schlichtweg genial. Finden Sie für meine Nichtraucherbox alpin eine ebenso anregende Melodie und wir kommen ins Geschäft.«

Das waren Worte, auf die Gerry Gerlach gehofft hatte. Denn genau ein solches Musikstück steckte in seinen Unterlagen. Wenige Sekunden später hielt er einen Tonträger in der Hand und fragte nach einer Abspielmöglichkeit. Während des Wartens auf die Bereitstellung der Technik erläuterte Gerlach sein Werbekonzept. Demnach solle der Jingle die Dreieinigkeit von Gesundheit, Rauchverzicht und einem gesunden Abgang widerspiegeln. Filmisch sehe das folgendermaßen aus: »Die Kamera schwenkt auf eine Nichtraucherbox alpin. Dabei wird der Jingle eingespielt. Eine Mutter mit zwei Kindern nähert sich. Schon wird der Sinn der Box erkannt. Sogleich drückt und kneift es den Kindern im Gedärm. Auch die Mutter verspürt ein gesundes Bedürfnis. Sie will das ebenerdige Abteil der Box betreten, doch die Kinder sind schneller. Die Mutter muss warten. Sie nutzt die Zeit für eine Zigarette. Und prompt geschieht das Malheur. Sie krümmt den Leib, verrenkt die Beine und mit einem Knalleffekt macht sie sich die Hose voll. Dazu ist eine Stimme aus dem Off zu hören. Ihre Botschaft: Rauchen richtet großen Schaden an. Derweil verlassen die Kinder die übereinander angeordneten Boxen, tollen herum, ja vibrieren geradezu vor Lebensfreude. Und während die Mutter schleichend, auf unsicheren Beinen das ebenerdige Abteil aufsucht, erklingt der Jingle erneut.« Gerry Gerlach schloss: »Und im Hintergrund stehen hölzerne Masten mit Flaggen, auf denen rauchig-räuchernde Zigarren zu sehen sind.«

Der Sanitär-Fabrikant schob seine Unterlippe über die Oberlippe. Dann kratzte er mit dem Fingernagel des Zeigefingers über seine Wange. Ein schabendes Geräusch, das Gerry Gerlach nervös werden ließ.

»Hm«, machte Rohrbold, »hm, ich glaube, das hat etwas.«
Gerry Gerlach atmete auf. Das Glück hatte ihn nicht verlassen.

»Vielleicht«, so lockte er, »sollten wir den europäischen Akzent noch ein Stück weiter herausarbeiten. Sie wissen ja: Image, mediale Aufmerksamkeit, Fördergelder!«
Da zeigte der Fabrikant unerwartete Nervosität.

»Och«, raunte er, »da bleibe ich lieber bescheiden. Weil erste Fördergelder längst geflossen sind. Man muss ja nicht alles an die große Glocke hängen.«

Gerry Gerlach war nicht nur ein guter Werbemann, er besaß auch eine ausgezeichnete Auffassungsgabe. Somit beschloss er, auf eine weitere Hervorhebung der europäischen Idee zu verzichten. In diesem Moment polterte es auf dem Flur. Noch einmal durchdrang die Stimme der wilden Henne die Etage. Doch diesmal in klar artikulierten Worten.

»Ich will zu meinem Mann! Sie lassen mich da jetzt gefälligst rein!«, keifte sie unüberhörbar. Dann stand die Schnaubende zwischen den Türpfosten.

»Henriette!« Die Stimme des Fabrikanten klang unwirsch, aber auch freudig, herzlich, demütig.

»Hubi«, sagte sie, »ich hoffe, du bist dir darüber im Klaren, dass ich dir niemals verzeihen könnte, wenn du mir nicht vertraust.«
Der Fabrikant schien zu wissen, was seine junge Frau meinte.

Rohrbold wollte antworten, doch Henriette kam ihm zuvor: »Hubert, überleg dir genau, was du sagst.«
Die Gesichtszüge des Fabrikanten verloren augenblicklich an Spannung.

»Ja, Schatz«, antwortete er.

»Also?«

»Also gut, selbstverständlich darfst du die elektronische Krebswarnung für die Nichtraucherbox einsprechen.«

»Und was ist mit den verschiedenen Krebserkrankungen? Ich verlange, dass die Reihenfolge geändert wird. Auf den Lungen- und den Magenkrebs folgt nicht der Dickdarm- und der Blasenkrebs, sondern der Fluss- und der Nordmeerkrebs, denn das sind die gefährlicheren Krebse. Denk an deine Fischvergiftung.«

Plötzlich war Stille. Gerry Gerlach beobachtete aus den Augenwinkeln, wie der körperliche Umfang des Sanitärfabrikanten an Ausdehnung gewann. Gleich würde er platzen, der Schädel zuerst. Die Veränderung ihres Mannes schien die wilde Henne zu beeindrucken. Eine letzte, beleidigt klingende Beschwerde ausstoßend, dann trat sie mit den Ledersohlen mehrmals krachend aufs Parkett. Abrupt machte sie kehrt, verließ schnaubend das Büro.

Gerry Gerlach grinste unmerklich. Als gewiefter Werbeprofi wusste er um die klebrige Wirkung von Vertraulichkeit. Schön, dass er dabei gewesen war. Diesen Vorfall betrachtete er als halben Einstieg in den Vertrag mit der Sanitärfabrik. Ein guter Zeitpunkt für die richtige Musik. Mit einem triumphierenden Lächeln steckte er den mitgeführten Tonträger in den Player und erhöhte die Lautstärke für den Jingle.

Hubert Rohrbold öffnete seine Ohren. Weit schob er die Unterlippe bis unter die Nase, nachdenklich, fühlend, schmeckend. Nicht so Gerry Gerlach. Der war dabei, sich aufzulösen wie ein Stück Fleisch in Salzsäure. Denn das schmissige Stück war ganz und gar nicht die erwartete Werbemelodie, sondern ein Stück aus der Vorzeit-Welt, eine Fanfare, besser: eine mittelalterliche Verkündung. In Gerlachs Kopf raste es. Er war fassungslos. Wer, zum Teufel, hatte ihm diesen bösen Streich gespielt? Fieberhaft durchwühlte er seine Aktentasche. Gleich darauf hielt er einen zweiten Tonträger in der Hand. Er war nicht etikettiert. Oh nein, überlegte Gerlach, wer konnte schon wissen, was sich darauf verbarg? Geschwind ließ er den Tonträger zurück in die Tasche gleiten und beschloss, seinen Schall-Archivar büßen zu lassen.

Plötzlich, wie aus weiter Ferne, drang die Stimme des Sanitärfabrikanten an sein Ohr: »Ja, nicht schlecht, irgendwie kommen mir die Klänge bekannt vor und wenn ich es genau überlege, passen sie sogar zu meiner Nichtraucherbox. Ein kerniges Zeichen für eine erfolgreiche Entlastung, eine wahrhaft geniale Fanfare. Keine Verstopfung, die ihr widerstehen könnte. Das Wort Medizin muss ab heute neu geschrieben werden.« Der Fabrikant strahlte in die Welt hinein mit allem, was ihm zur Verfügung stand. Dazu stammelte er: »Was für ein Wunder. Herr Gerlach, wir kommen ins Geschäft.«

Gerry Gerlach tropfte der Schweiß von der Stirn. Wie sollte er die Verwechslung des Tonträgers erklären? Andererseits: Gab es überhaupt etwas zu erklären? Jetzt, da alles geritzt schien? Geistesgegenwärtig nahm er den angebotenen Handschlag an.

»Okay«, bestätigte Gerlach. Im Stillen freilich beschloss er, aus rechtlichen Gründen eine ähnliche Fanfare komponieren zu lassen, die einer etwaigen juristischen Beanstandung standhalten würde. Gerlach angelte den Tonträger aus dem Vorführgerät und suchte den geradesten und schnellsten Weg zum Ausgang. »Bis demnächst.«

Als der Eilige endlich den Parkplatz erreichte, schien sein EURO-GO sich in Luft aufgelöst zu haben. Jedenfalls war das Fahrzeug nirgendwo zu entdecken. Plötzlich stutzte er. Was hatte der Fabrikant vorhin angeordnet? Das Auto hatte abgedeckt werden sollen. Da entdeckte er beigefarbene Faltenwürfe, die geeignet wären, ein Fahrzeug unter sich verschwinden zu lassen. Noch während er die Ausformungen der Plane auf sich wirken ließ, wurde er von einer weiblichen Person überholt. In einem wehenden Gewand hinterließ sie den betörenden Duft von Chanel Nr. 5. Die wilde Henne! Jauchzend verharrte auch sie vor dem verhüllten EURO-GO. Gerlach geriet ins Grübeln: Verbarg sich darunter sein Auto? Da hob die Schönheit eine der Tuchecken an, steckte ihren Kopf darunter. Und sogleich, mit vergnügtem Zappeln ihrer Extremitäten, riss und zerrte sie mit spitzen, schneidenden Tönen die Verhüllung ganz herunter. Zum Vorschein kam tatsächlich der vermisste EURO-GO.

Was immer die Frau des Fabrikanten dazu bewogen haben mochte, den Wagen freizulegen, für den Werbeprofi zählte allein der Nutzen. Und den sah er im Augenblick darin, möglichst rasch eine möglichst große Distanz zwischen sich und seinem Auftraggeber zu bringen. Nicht dass der im letzten Moment auf die Idee käme, den mitgeführten Tonträger bei sich zu behalten. Heftig riss Gerlach die Autotür auf und warf sich mitsamt der Präsentationstasche auf den Fahrersitz. Die protestierenden Hände der ebenso hübschen wie wilden Henne nahm er nur nebenbewusst wahr.

Als Gerry Gerlach vor dem Eingang seiner Firma stoppte, lebte der Zorn gegen den Schall-Archivar auf. Mit festem Griff öffnete er die Tür zum Kreativbüro. Tief holte er Luft, verzog die Nüstern, überzog seine Augen mit finsteren Stirnfalten. Wo war der Archivar? Doch als der Agenturchef den lichten, von großen Fenstern geprägten Raum betrat, fiel ihm der Zorn aus dem Gesicht. Denn vor ihm amüsierten sich feiernde Mitarbeiter. Laut spielte die Musik. Champagnergläser klirrten, man nippte oder soff, plauderte oder flirtete. Gerlach bemerkte Tabletts mit Edelhäppchen auf den breiten Fensterbänken. Er war sprachlos. Was ging hier vor? So ausgelassen durfte nur gefeiert werden, wenn lohnende Aufträge eingefahren werden konnten. Zuletzt für die EURO-GO-Werbekampagne. Hatte die Belegschaft Wind bekommen vom Vertrag für die Nichtraucherbox alpin? Oder feierten die Wahnsinnigen ihre bevorstehende Entlassung?

Da näherte sich Carola Wageblank, rötlich-blondes Haar, kraus gekämmt, mit verrutschten Trägern über den nackten Schultern. Sie sorgte für gute Stimmung im Haus, insbesondere bei den Kunden. Noch immer geriet Gerlachs Magen in Bewegung wie ein Paternoster, wenn er an den kostspieligen Werbespot für eine Pizzeria in der City Süd dachte. Wie zum Teufel hatte er nur seine Zustimmung für ihre Werbeidee erteilen können? Volumen 4400 Euro. Produktionskosten für den Fernsehspot 24 000 Euro.

Carola Wageblank tänzelte heran. Unwillkürlich trat Gerlach einen Schritt zurück. Da begann sein Blut zu gären. Denn ihm war zu Ohren gekommen, dass die Schöne wieder ein Gastro-

Objekt am Wickel hatte, diesmal eine Dönerbude in der Hafencity? Na ja, gegen einen guten Döner wäre ja nichts einzuwenden ...

Schon war Carola heran. »Na, Cheffi, da staunste, was?« Geistesgegenwärtig drängte Gerlach die Beschwipste in eine Ecke. Carola kicherte, erwiderte den körperlichen Druck.

»Sag mal«, fragte der Werbeprofi, »was ist hier los?«

Die Beschwipste mimte Langeweile. »Cheffi, ich sage nur ein Wort: Europa!«

»Europa?«

Carola lachte glucksend: »Cheffi, wir haben einen waschechten EU-Auftrag erhalten, wegen unserer Nichtraucher-Kompetenz, ganz ohne unser Zutun. Aber diesmal nicht von den EURO-GO-Werken, sondern, topsecret, direkt vom Europäischen Rat.«

Das wäre die mittelfristige Rettung für die Agentur, erkannte Gerlach.

Carola sprach aus, was er dachte: »Einmal EU, immer EU.«
Der Werbeprofi lies sich ein Glas Champagner reichen, stieß an mit seinen Kreativen. Die Problematik der Siegesfanfare für Hubert Rohrbold durfte warten. Das direkte Geschäft mit der EU klang dicker, vielversprechender für die Zukunft. Gerlach ließ sich zu zwei vollen Gläsern verleiten, mehr als sonst während der regulären Arbeitszeit. Gleichwohl: Missbehagt registrierte er die Vielzahl an entkorkten Flaschen. Und die Stimmung in den Büroräumen stieg unaufhörlich an. Zwei Stunden später war es ihm genug. Die Versammlung wurde aufgelöst. Zuvor aber bildete er eine „special brain force". Eine Arbeitsgruppe für besondere Aufgaben. Sie sollte den EU-Auftrag

bearbeiten. Erste Zusammenkunft: am heutigen Abend.

Endlich herrschte Ruhe in der Agentur. Gerlach nutzte die Gelegenheit zu einem Rundgang durch die Geschäftsräume. Eine Unordnung war das vielleicht. Da würde die Putzfrau gut zu tun haben. Plötzlich vernahm er eine Stimme. Sie sang, pfiff, witzelte leise vor sich hin. Der Werbechef folgte dem rhythmischen Pfeifen und stolperte beinahe über den Schall-Archivar. Rücklings, die Beine weit von sich gestreckt, ohne jede hierarchische Distanz, so lag der Weinselige zwischen zwei Schreibtischen. Seine Ohren waren von Kopfhörern verziert. Gerlach überlegte: Sollte er den Versager sofort rauswerfen? Oder später? Vorher wollte er ihm aber die Leviten lesen.

Doch dazu sollte es erst einmal nicht kommen. Draußen vor der Tür drohte neues Ungemach. Gezänk lag in der Luft, Weib gegen Mann. Dominierte eben noch die Frauenstimme, kreischend, fordernd, drohend, antwortete die Männerstimme postwendend: »Ja doch, nicht doch, nein, ja, jawohl!«. Nur Sekunden später schwang die Tür auf. Herein stürmte der Sanitärfabrikant.

»Herr Gerlach, Herr Gerlach«, flehte er, »bitte, bitte, Sie müssen mir helfen.« Der Mann hatte sichtliche Mühe, die Atemsequenz zu halten.

Noch während Gerlach mit fragenden Augen zustimmte, spürte er die Arme des Hereingestürmten an seinem Hals. Der klassische Schwitzkasten. Dann wurde der Agenturchef ans Fenster gezerrt, wo sein Kopf derbe gerüttelt und geknufft wurde. Schwungvoll fand eine Faust ihren Weg auf die Nase.

»Herr Gerlach, Herr Gerlach«, versicherte der Sanitärfabrikant, »ich mache alles wieder gut, ganz bestimmt.« Dann: »Glauben Sie mir, ich kann nicht anders.«

Wumm! Ein Schwinger tuschierte Gerlachs Schädel.

Endlich, der Wüterich ließ von seinem Opfer ab. Erschöpft sanken die vermeintlichen Kontrahenten aufs Parkett.

»Es ist Ihr verdammtes Auto, das uns dieses Schauspiel eingebrockt hat«, keuchte der Fabrikant Hubert Rohrbold.

»Uns – eingebrockt?«, fragte Gerlach irritiert.

»Ja«, erklärte der Peiniger«, »meine Frau hat geglaubt, der eingehüllte EURO-GO wäre eine Überraschung von mir zu ihrem Geburtstag. Doch dann«, so fuhr der Sanitärfabrikant fort, »sind Sie, Herr Gerlach, mit meinem Geschenk einfach so davongebraust. Das hat Henriettes Gerechtigkeitssinn alarmiert.«

»Gerechtigkeitssinn?« Gerlach verstand überhaupt nichts mehr.

Der Sanitärfabrikant klärte auf: »Sie hat geglaubt, Sie hätten das Geschenk gestohlen. Doch jetzt findet sie es total edel und romantisch, dass ich das Auto für sie zurückerobere.« Rohrbold räusperte sich. »Wenn Sie auf die Straße schauen, werden Sie bemerken, dass meine Henriette unseren Ringkampf durchs Fenster verfolgt hat.«

Gerlach kniff die Augen zusammen. »Aber – haben Sie nicht heute früh erklärt, den EURO-GO gar nicht zu mögen?«

»Stimmt, ein scheußliches Auto. Aber was versteht eine Frau schon von Autos? Meine schon einmal gar nichts. Dafür versteht sie viel von Werbe-Jingles. Sie kennt alle. Und glauben Sie mir«, versicherte der Fabrikant, »sie ist der größte Fan Ihres EURO-GO-Spots.«

Demütig, drängend, flehend, so könnte man die Augen des

Fabrikanten beschreiben, als er anbot, Gerlach den Wagen für mehr als den Neupreis abzukaufen. Gerry Gerlach, dessen Geistesgegenwart zurückgekehrt war, willigte ein.

»Herr Gerlach«, versicherte daraufhin der Fabrikant, »bei meiner Ehre, als Gegenleistung garantiere ich Ihrer Kreativ-Agentur sämtliche Werbemaßnahmen für die nächsten 10 Jahre, ausnahmslos für alle meine Produkte.«
Der Agenturchef antwortete nicht. Stattdessen entnahm er der nächsten Schublade ein Blatt Papier, zückte einen Füllfederhalter und notierte die Worte seines Auftraggebers. Der unterschrieb schwungvoll – und erwartete den Autoschlüssel.

Gerlach wies seinen Schall-Archivar an, das Geräusch eines Martinshorns aufzulegen und öffnete die Fenster. „Tatütata!", so wurde der Hof mit dem weltweiten Symbol polizeilichen Einschreitens beschallt. Wenige Minuten später fuhr das versöhnte Paar mit quietschenden Reifen in Gerry Gerlachs ehemaligem EURO-GO davon. Angesichts von so viel Glück wollte auch Gerlach kein Miesepeter sein und trank mit seinem Schall-Archivar auf die nächsten 10 Jahre erfolgreicher Ideenarbeit.

Doch damit nicht genug für heute. Berauscht von der Gunst der Stunde griff der Werbeprofi nach den Unterlagen des vielversprechenden europäischen Auftrags, der von seinen Mitarbeitern gefeiert worden war. Seite für Seite fraß Gerlach die Zeilen in sich hinein. Dann wusste er, was die europäischen Auftraggeber antrieb. Ein geradezu sozialrevolutionäres Unterfangen. Ab sofort sollten nicht nur EU-Mitglieder vor den Folgen unfreiwilligen Rauchens geschützt werden, sondern auch fremdländische Nationen wie Brasilien, Sudan, Australien oder Afghanistan. Dies zu befördern, hatte der EU-Rat eine robuste, bewegliche „Nichtraucher-Hütte" auf Rädern entwickeln lassen. Mit ihr sollten die Hauptstädte der Welt aufgesucht werden, den ersten Schrei einer von Menschen gemachten Verpestung der Atmosphäre aufzuspüren und anzuklagen. Die Aufgabe der Agentur: Den Besuch der Aktivisten in ihren rollenden Fahrzeugen zu bewerben und die Aufmerksamkeit des Publikums zu wecken.

Gerry Gerlach drückte sein Rückgrat durch, hob das Kinn, schmeckte geniale Ideen, die seinen Nichtrauchergeist umschwirrten. Eine Träne rollte über seine Wange. So edel konnte das Schicksal sein, ausgerechnet seine Agentur mit dieser wichtigen Aufgabe zu betrauen. Dann entwarf er auf dem Bildschirm des Chefcomputers den ersten Vers eines neuen Werbespots:

> *Es lebt sich super in Europa*
> *für Mutter, Kinder und den Opa.*
> *Doch fühlen sie sich gar nicht gut,*
> *weil ihre Oma rauchen tut.*

Fan-Liebe und Fan-Liebe = Herz-Liebe.
Herz-Liebe und Fan-Liebe = Sand im Getriebe.

Nachspiel

Auf die Behauptung, dass der 35-jährige Rafael Münzer ein Sportereignis besuchen würde, hätte keiner seiner Freunde auch nur einen Cent gewettet. Allein für Fußball besaß er ein Ohr, aber nur ein kleines. Und doch konnte man ihn heute bei einem Eishockeyspiel in der oberen Reihe der Eissporthalle im Hamburger Stadtteil Farmsen beobachten. Dafür gab es einen gewichtigen Grund: Carola, seine neueste Eroberung – so hoffte er jedenfalls. Die fröhliche, hübsche Frau war ein Eishockey-Fan. Und weil Rafael Münzer den endgültigen Zugang zu ihren Gefühlen suchte, blieb ihm gar nichts anderes übrig, als sie zu ihrem Lieblingsverein, den Crocodiles Hamburg, zu begleiten. Denn nur dort, so hatte man ihm verraten, verwandelte sich die sonst eher zurückhaltende Frau in einen emotionalen, Feuer speienden Vulkan.

Eher stumm, aber durchaus interessiert verfolgte Münzer den rasanten Kampf mit den Schlägern um die Gummischeibe. Anfangs war er verwundert über die zahlreichen Spielunterbrechungen, war er bemüht, die Spielregeln zu durchschauen. Dennoch sah er sich gezwungen, immer wieder bei Carola nachzufragen – bei seiner Carola, wie er hoffte. Und wieder hatte er ein Foul übersehen, auch den Pfiff von einem der Schiedsrichter überhört. Anders die wie aus dem Nichts anwachsende Spielertraube auf dem Eis, von der die Schiedsrichter bedrängt wurden. Einige Spieler verließen das widerstreitende Durcheinander und glitten zur Auswechselbank. Ein Einzelner nahm Kurs auf die gegenüberliegende Seite und öffnete die Bandentür zu einem verwaisten Bereich. Wo die Strafbank stand, wurde er von Carola informiert. Der des Feldes Verwiesene steckte in einem roten Trikot. Eine 2-Minuten-Strafe für die Hannover Scorpions also. Die Bestätigung erfolgte durch die Lautsprecher. Gleichzeitig, wie überhaupt beim Aufsuchen der Strafbank, tönte ein Lied durch die Halle: „In Hamburg sagt man tschü-üs."

In der ersten Reihe des mittleren Ranges strich Rafael Münzer unwillkürlich mit der flachen Hand über seine dunklen, aufgeföhnten Haare und folgte dem Geräuschpegel der zahlreichen Zuschauer. Insbesondere die Fankurve der Crocodiles Hamburg tobte. Um nicht aufzufallen, imitierte Rafael Münzer das Getöse.

»Ja, ja!«, »Super, super!«, »Crocodiles, Crocodiles!«, rief er stoßweise ins Oval und legte den rechten Arm um Carola.

Die Zwanzigjährige reagierte prompt und knuffte den einen Kopf größeren Fan-Frischling kräftig in die Seite. »Geil! In Überzahl machen wir die Scorpions fertig.«

Rafael wollte ihr einen Kuss aufs Gesicht drücken. Ganz nah kam er ihr, spitzte die Lippen. Enttäuscht rückte er zurück, weil seine Zärtlichkeit nicht erwidert wurde. Denn allein dem

Eishockeyspiel galt Carolas Aufmerksamkeit. Lautstark fieberte sie im Chor mit trommelnden und singenden Fans. Was für ein Glück, dachte Rafael, dass die Ränge mit den hart gesottenen Croco-Fans ausverkauft gewesen waren. Gar nicht auszudenken, wenn er Carola dorthin hätte folgen müssen. Über zwei Stunden inmitten dieser ausgeflippten Horde, das würde er, der Bankkaufmann Münzer, nicht überstehen. Ansonsten aber gestand er ein, dass es hier durchaus auszuhalten war. Mit den Spielregeln müsste er sich gründlicher befassen, na klar, auch wäre es wohl von Vorteil, beim nächsten Besuch näher an der Bande zu sitzen, um mehr mitzubekommen von den Details des Matches. Was Rafael wirklich gefiel am Eishockey, waren neben dem Unterhaltungswert die Informationen zum Spiel in den Spielunterbrechungen. Beeindruckend, mitreißend, so lobte der aufstrebende Wirtschaftsanalyst den Lieblingssport des femininen „Wertpapiers" an seiner Seite mit der Aussicht auf eine lustvolle Dividende.

Wieder suchten Rafael Münzers Augen die braunhaarige Carola, die ihn, den Unsportlichen, zum Besuch des Eishockeyspiels animiert hatte. Doch die sprach angeregt mit einem Fan zu ihrer Rechten. In dieser Sekunde schlug der Puck wie ein Strich in der linken oberen Ecke des Tors der Scorpions ein. Ein einziger explosionsartiger Aufschrei zerfetzte die vor Spannung komprimierte Luft in der Halle. Rhythmisch hallten die Trommeln der Fankurve durch die Arena. Inmitten der aufgesprungenen Jubler sitzend, beobachtete Rafael seine Freundin, die mit ihrem Nachbarn Umarmungen austauschte.

Als endlich auch Rafael sich entschloss aufzuspringen, setzten sich die Zuschauer ringsherum gerade wieder auf ihre Plätze. Ganz allein stand er nun mit seiner stattlicher Größe von 1,86 Metern zwischen den Sitzreihen. Der Anblick reizte Carola zum Lachen. Es war ein spontanes, fröhliches, ein unverstelltes Lachen, ein Carola-Lachen. Und sie lachte auch noch, als Rafael sich längst wieder gesetzt hatte. Gefühlig knuffte sie ihn am Bauch und drückte ihm für einen Moment ihre Brüste in die Seite. Doch schon in derselben Sekunde fiel sie zurück in die Fachsimpelei mit dem Sitznachbarn: ein blonder, mittelgroßer, eher untersetzter Mann von vielleicht 30 Jahren, der in einem ungebügelten Crocodiles-Trikot steckte. Prompt vernebelte ein quellendes Missbehagen Rafaels Laune. Mit Befremden verfolgte er Carolas heftiges verbales Engagement. Wann hatte sie jemals mit ihm, Rafael, so konzentriert kommuniziert? Eigentlich nie. Wie ihre kastanienbraunen Locken flogen, ihre minzgrünen Augen blitzten, ihre Mimik tanzte. Und dann diese kleinen, ausdrucksstarken, etwas abstehenden Ohren, an denen zu knabbern sich Rafael so sehr wünschte.

Hin und her gerissen wurde er zwischen dem Eishockey-Spiel und dem Flirt seiner jungen Freundin mit dem Fremden. Wo fand hier eigentlich das Powerplay statt? Da unten auf dem Eis oder hier oben auf den Rängen? Rafael Münzer fuhr mit spitzen Fingern über seine gegelten Haare. Die Lippen unter seinem Schnurrbart wurden schmaler, so als verriegelten sie, was in seinem Innersten Fahrt aufnahm. Himmel, schoss es ihm durch den Kopf, warum interessiert sich die Kleine so sehr für diesen albernen Kerl in dem pubertären Outfit?

Die kräftige Sirene am Ende des zweiten Drittels erschien dem Eifersüchtigen wie vom Himmel geschickt.

»Lass uns etwas trinken«, schlug er vor.

Mit einem freundlichen Kopfnicken ließ Carola den gesprächigen Sitznachbarn zurück, hakte sich bei Rafael ein und dirigierte ihn hinaus zu einem Bereich mit einem Kiosk. Umwuselt von schwatzenden Fans bestellte Carola Bier und fragte Münzer, wie ihm das Eishockeyspiel gefalle.

»Oh ja, sehr gut, ein extrem schneller Sport. Da muss man die Augen offen halten.« Anschließend schwärmte er von der Unterhaltungspower in den Spielunterbrechungen. Einige Atemzüge später konnte er nicht mehr an sich halten und fragte mit einem von Eifersucht unterlegten Ton nach dem Gesprächspartner neben ihr in der Sitzreihe, ob ihr der ungepflegte Trikotträger schon länger bekannt sei.

»Ach du«, entgegnete sie und lachte wieder ihr fröhliches, ausgelassenes, diesmal auch spöttisches Lachen. Seine Frage beantwortete sie nicht. Stattdessen rief sie »Bong!« und stieß ihm heftiger als sonst den Zeigefinger in die Rippen. Dann hob sie ihre minzgrünen Augen, zwinkerte mehrmals und sagte: »Wenn wir gewinnen, dann wartet eine gaaanz süße Überraschung auf dich.«

Ein Satz, der wie Kitt wirkte zwischen den widerstreitenden Empfindungen des Eifersüchtigen.

Zu Beginn des letzten Drittels befand Rafael, dass es am besten wäre, wenn die Crocodiles ihre 1:0-Führung bis zum Spielende halten könnten. Denn auf diese Weise hätte Carola keinen weiteren Anlass, ihren Sitznachbarn, diesen taktlosen

Superfan, zu umarmen. Und er, Rafael, könnte sich auf die versprochene Überraschung freuen. Er träumte von Nähe, Nacktheit, Sex. Bislang hatte es Carola in ihrer achtwöchigen Bekanntschaft verstanden, dem Beziehungsvollzug auszuweichen. Überhaupt hatte sie erst ein einziges Mal seine moderne, von weißem Schleiflack geprägte Wohnung betreten, nicht etwa nachts im Anschluss an einen Discobesuch, sondern an einem Vormittag vor einer gemeinsamen Tagestour an die Ostsee. Dort hatte ihr einziger Spaß darin bestanden, ihre nackten Füße von anrollenden Wellen überspülen zu lassen. Unverständlich für Rafael, dass sie dieses simple Vergnügen auch noch mit affigen Gebärden begleitet hatte. Später, während eines sündhaft teuren Hummeressens in einem Timmendorfer Edellokal wie auch auf der Rückfahrt im Auto hat sie von nichts anderem gesprochen als von ihrem „bibberkalten" Fußbad. Und dabei hätte sie durchaus mal danke sagen können für das feine Essen, überhaupt für den schönen Tag, für den Rafael Münzer tief in die Tasche gegriffen hatte.

War es ihre expressionistisch anmutende Lebensfreude, die Rafaels Herz so heftig aufbummern ließ? Oder war es eher ihre Erscheinung, ihr schlanker Leib, der etwas zu rundliche, aber verflucht erotische Hintern, die kurzen, braunen Locken, worunter grünblau getuschte Wimpern unablässig klapperten? Rafael wusste es nicht. Haltung, Bildung, Eleganz, mit Eigenschaften dieser Art konnte sie nicht aufwarten. Wie auch, wenn man einen Hummer nicht von einem Bismarckhering zu unterscheiden wusste, geschweige denn eine Geldanlage von einer Parkanlage?

Überhaupt: Was wusste er eigentlich über Carola? Dass sie eine Lehrstelle suchte, obwohl bereits 24 Jahre alt, und dass sie die Realschule abgeschlossen hatte. Wie aber war ihr Leben in der Zwischenzeit verlaufen? Da musste doch etwas mehr gewesen sein als blühender Frohsinn und Fan-Getue. Was war mit Liebschaften oder auch nur Amüsements? Warum hatte sie ihm erzählt, dass ihre Mutter einen Mann suche? Dass er, Rafael, aber zu jung sei für die Dame. Nur sinnloses, unbrauchbares Geplapper. Der Verliebte hob ratlos die Schultern. Plötzlich spürte er ihre Hand auf seinen Knien, begleitet von einem Blick wie ein Sonnenstrahl. Alles in ihm sehnte sich doch letztendlich nach dieser verschwenderischen Energie. Leider nur ein Geschenk für Sekunden, denn ihre Aufmerksamkeit galt sogleich wieder dem Geschehen auf der Spielfläche. Carola ballte die Fäuste. Und im Chor mit ihrem Nachbarn und dem Lautsprecher sang sie: »In Hamburg sagt man tschü-üs.«

»Powerplay!«, rief sie, und: »Das ist unsere Chance!« Wieder einmal nahm ein Spieler der Hannover Scorpions auf der Strafbank Platz. Rafael sollte es recht sein. Überzahlspiel für die Crocodiles. Zwei Minuten, in denen die Hamburger alles klar machen könnten. Für die allersüßeste Überraschung. Doch leider vergeblich.

Der Hoffende blickte auf zur Uhr. Keine zehn Minuten mehr bis zum Spielende. Nettominuten, leider, weil er inzwischen wusste, dass beim Eishockey während der Spielunterbrechungen die Zeit angehalten wurde. Brutto dauerte es noch mindestens 15 Minuten, bis er wieder ihre Hand auf seinen

Knien würde spüren dürfen. Carola palaverte derweil mit ihrem Sitznachbarn. So ein Arschloch, dachte Rafael und ärgerte sich über dessen Dreistigkeit, die Freundin eines Fremden so ungeniert anzubaggern.

Zum Spielende hin drängten die Hannover Scorpions immer heftiger auf den Ausgleich. Das Geschehen fand jetzt überwiegend vor dem Tor der Crocodiles statt. Unauffällig beobachtete Münzer die ölige Pirsch seines vermeintlichen Rivalen aus den Augenwinkeln. Der fachsimpelte, kicherte und begeisterte sich wie aus einem Guss. Irgendwann tauschte er mit Carola Telefonnummer aus. In diesem Moment stachen die Scorpions zu. Jetzt stand es 1:1. Verdammt, schoss es Münzer durch den Kopf. Zudem musste er mitansehen, wie Carola und der Fremde aufsprangen und ihren Kummer teilten. Sie schienen sich gegenseitig zu trösten, Mut zu machen, ja sie umklammerten sich sogar.

Das war zu viel für den herzensgeplagten Rafael Münzer. Wollte Carola ihn zum Narren halten, demütigen, ihn leiden lassen? Das ergab keinen Sinn. Rachegefühle schäumten in ihm auf. Und schon wünschte er den Crocodiles eine saftige Niederlage. Ob Carolas Fan-Heini in seinem viel zu engen Trikot dann immer noch so gut gelaunt wäre? Vorerst aber waren die beiden still geworden. Selbst im Unglück, vor einer drohenden Niederlage, schienen sie in ihrer Schweigsamkeit noch eines Sinnes. Münzer lamentierte im Stillen. Am liebsten hätte er auf der Stelle die Scheißscorpions angefeuert. Denn: Was interessierte ihn eigentlich dieses beknackte Eishockey? Andererseits kreiste Carolas süße Überraschung über allem.

Oder sollte es besser heißen: über dem Eis? Wie dem auch sei, Rafael folgte seinem Gefühl, das noch immer von sexuellen Sehnsüchten unterlegt war. Und so sprang der Schwankende auf.

»Die packen wir noch!«, brüllte er mit allem, was seine Stimmbänder hergaben. Währenddessen heftete er seine Augen auf Carola.

Die erwiderte diese Kontaktaufnahme.

»Jawohl, die machen wir fertig, die verdammten Stacheltiere«, zischte sie, fuchtelte mit den Armen, trat heftig mit den Füßen auf.

Doch die Scorpions, deren Spielsystem darin bestand, aus der Defensive heraus zu agieren, verstanden es diesmal zuzustechen. Ein schneller Konter und schon lautete das Ergebnis aus Sicht der Crocodiles 1:2. Während einige Fans der Scorpions neue Spruchbänder entrollten und über die Balustrade hängten, erzeugten ihre Trommler das Äußerste an rhythmischer Präsenz. Die Stimmung in der Arena wurde hitziger. Dann ein Raunen, als die Gummischeibe gegen das Farmsener Torgestänge schlug. Und noch einmal. Dennoch waren die Crocodiles nicht bereit aufzugeben. Wie aus dem Nichts tauchten ihre Angreifer vor dem Gehäuse der übermütigen Hannoveraner auf und ließen deren Abwehr in hektisches Durcheinander geraten.

Carola ballte ihre schmalen Finger zu Fäusten. »Ja, ja, jetzt habt ihr sie! Dran bleiben!«

Eine hektische, männliche Stimme folgte: »Über links, ihr müsst über links kommen!« Dann: »Da, wo ein Skorpion keinen Stachel hat!«

Rafael spitzte die Ohren. Was erteilte der schmuddelige Trikotträger für blödsinnige Ratschläge? Gab es hier überhaupt jemanden, der diese Schlaumeiereien anhören wollte?

Es war Carola, die die Worte ihres Sitznachbarn nicht nur aufnahm, sondern mit einfiel: »Über links, ja, über li-i-i-nks! Macht sie platt!«

Rafael verfolgte die hitzigen Bemühungen der Hamburger um den Ausgleich mit bissiger Miene. Ein Sturmlauf, der ihn nunmehr unberührt ließ. Gemeinschaft, Engagement, Siegeswille im Sinne seiner Liebsten, er spürte nichts mehr davon. Zwei Minuten noch bis zum Ende des Matches. Heimlich richtete er sein Augenmerk auf Carola. Wie ihre braunen Locken tanzten in der Anspannung. Wie sie bangte und zitterte, so heftig, so liebreizend, so authentisch. Und wie ihre Brüste schaukelten – unabwehrbar. War es da ein Wunder, dass neue Hoffnung auf die angekündigte Überraschung auflebte? Nochmals nahm der Bankkaufmann Münzer den Kampf mit dem Nebenbuhler auf.

Von ganzem Herzen brüllte er jetzt: »Attacke, ihr Reptilien, die Jagd beginnt.« Er brüllte so laut, dass Carola aufmerksam wurde. Und prompt bekam er einen heftigen Knuff, der ihm für einen Moment den Atem raubte. War das Liebe? Oh Gott, lass die Crocodiles gewinnen, flehte er einsam. Sein Herz pulste wie der hechelnde Atem eines jagenden Tiers.

Dann, endlich! Der Ausgleich. Und ein Jubel in der Arena, der kein Ende finden wollte. Rafael wagte kaum, zur Seite zu schauen. Als er es dennoch tat, stockte ihm der Atem. Carola und ihr Sitznachbar hielten sich stehend in den Armen, tanzten, grölten wie entrückt und bar jeder natürlichen Distanz. Rafael hätte am liebsten gekotzt und bereute zutiefst, jemals eingewilligt zu haben, ein Eishockeyspiel zu besuchen. Schließlich übertönte die Schlusssirene den anhaltenden Jubel. Ein Remis nur, dachte Rafael. Dafür wartete weder eine Überraschung auf ihn noch mochte er Schadenfreude empfinden.

Beißend entlud sich sein aufgeheiztes Gemüt.

»Komm jetzt«, forderte er Carola auf, »lass uns gehen. Ich will nach Hause!«

Auf Carolas Gesicht vermischte sich Erstaunen mit Entsetzen. Kein Wort kam über ihre Lippen. Eine dunkle Ahnung signalisierte, dass er etwas Falsches gesagt hatte.

Zögernd fragte er nach: »Was willst du denn jetzt noch in der Arena? Oder willst du lieber deinem neuen Bekannten nach Hause folgen?« In diesem Moment bemerkte er, dass die Zuschauer allesamt auf ihren Sitzen verharrten oder sich an Ort und Stelle die Beine vertraten.

Carola lächelte, erklärte: »Das Spiel ist noch nicht vorbei. Jetzt folgt die Overtime.«

Rafaels Gehirn arbeitete auf Hochtouren. Overtime? Ließe sich das Wort nicht mit Überzeit oder mit einem Nachspiel übersetzen? Plötzlich rasteten seine unruhigen Gesichtszüge ein.

»Aha, du hast es gebongt«, reagierte Carola gut gelaunt.

Für eine Erklärung fühlte sich allerdings ihr Sitznachbar zuständig: »Erst folgt die Overtime, und wenn die nicht zu einer Entscheidung führt, gibt es einen Penalty. Das ist der Elfmeter beim Eishockey.«

Ausgerechnet dieses Arschloch musste ihn belehren. Rafaels Schädel glich einem Topf mit Säure. Doch wollte er sich keine Blöße geben.

»Ja, wenn das so ist ...«, antwortete er mit einem gequälten Lächeln und sank zurück auf seinen Sitz.

Fürs Einlenken gab es von Carola einen Knuff, dieses Mal einen der sanfteren Art. Doch erstmals bewegte die Geste nichts in seiner Schaltzentrale für Empfindungen.

Zum vierten Mal an diesem Abend nahmen die Mannschaften auf dem Eis Aufstellung.

»Das nächste Tor entscheidet«, gab Carola zum besten und ließ ihre hellen Augen im verstreuten Licht der Halle blitzen. Ein Blitzen, das Rafael an den Tag ihres Kennenlernens erinnerte, am späten Abend auf dem Hamburger Alstervergnügen. Anders Carola, die wachte im Hier und Jetzt, reckte die Arme, ließ ihren Kopf kämpferisch schwingen, sodass die Locken tanzten.

»Vorwärts, ihr Crocodiles!«, schallte es aus ihrem Mund.

Die Eissporthalle Farmsen stand unter Hochspannung. Gerade drängten die Hannover Scorpions die Hamburger hinten rein, riegelten deren Tor ab. Die endgültige Niederlage lag in der Luft. Hin und her wippte Carola auf ihrem Sitz und bis zur Blutleere krampften sich ihre Finger umeinander. Es war ihr Sitznachbar, der sie umarmte und es war Carola selbst, die dankbar an seiner Schulter lehnte. Keine Sekunde später traf dieses Bild auf Rafaels Sehnerven.

Da, zum ersten Mal, reckte auch er die Arme weit in die Höhe. Aber nicht, um die Crocodiles zu beklatschen und anzufeuern.

Nein, wie entfesselt entfuhr seinen weit geöffneten Zahnreihen ein atemloses, verbissenes »Scorpions, Scorpions!« Dazu trommelte er aufs Gestühl, kreischend und bölkend.

»Sag mal, bist du verrückt geworden?«, hörte er plötzlich eine scharfe, erzürnte Stimme.

»Ach, das kleine, billige Allerweltsweibchen«, entgegnete der Gewendete. Und: »Damit du es weißt, deine angebliche süße Überraschung kannst du dir sonst wohin stecken.« Ohne eine Reaktion abzuwarten, wiederholte er die Provokation: »Scorpions, Scorpions, Scorpions!« Nicht lange und es fiel tatsächlich ein Treffer. Doch waren es nicht die Hamburger, sondern die die Hannover Scorpions, die dem Sudden Death erlagen. Eine Art Golden Goal also für die Crocodiles. Etwas unverdient vielleicht, wie ein Zeitungskommentator später schreiben sollte, aber Gewinner bleibt eben Gewinner. Und das galt auch für die Crocodiles.

Während in der Halle ein allgemeiner Siegestaumel ausbrach und Carolas Begeisterung keine Grenzen zu kennen schien, verharrte Rafael Münzer in stiller Reglosigkeit. Unschlüssig fuhr er mit den Fingern über seine dunklen Haare. Da war doch noch etwas ... Seine Augen suchten das minzgrüne Leuchten in den Augen seiner „geliebten" Carola. Seiner Carola?

»In Hamburg sagt man tschü-üs, und zwar auf Nimmerwiedersehen.«
Das war das Letzte, was er von ihr zu hören bekam.

Liebesnot und Liebestod.

Kriminelles

Das Ende

Durch das angelehnte Fenster drangen die Geruchsspuren erhitzten Metalls in die Wohnung. Edith Heise schnellte von ihrem Sofa hoch, huschte in die Küche. Hatte sie vergessen, den Herd abzustellen, stand vielleicht der Topf mit dem morgendlichen Teewasser noch auf der Schnellkochplatte? Verwirrt suchte sie nach der Quelle des alarmierenden Geruchs. Nicht lange und sie zog die Küchengardine beiseite. Da verstärkte sich der Gestank von verbranntem Gummi. Gleichzeitig bemerkte sie schwarze, himmelwärts quellende Rauchschwaden zwischen den hundertjährigen, aus Elbsandstein errichteten Mietshäusern. Sie trat ans angelehnte Küchenfenster und erschrak. Unter ihr, drei Stockwerke tiefer, brannte am Bordstein ein Luxus-Auto. Edith konnte es nicht fassen. Der gerade verglühende BMW gehörte eigentlich ihr. Aber nur eigentlich, denn angemeldet war er auf den Namen ihres Etagennachbarn Hans Leichter. Eben jenem Hänschen zuliebe hatte sie das Fahrzeug gekauft, von einer bis dato gut angelegten Erbschaft. Mit Hilfe des Autos, so hatte Hänschen Leichter versichert, würde es für ihn ein Leichtes werden, einen angemessenen Job im Außendienst zu finden.

Inzwischen wurde Edith von quälendem Husten gepackt, der jeden geordneten Gedanken zerstäubte. Was sich allein in ihrem Gemüt behauptete, waren zwiespältige Empfindungen, die sie schwanken ließen zwischen Ärger über die Vernichtung ihrer Investition in seine Liebe und eine triumphierende Genugtuung angesichts der vernichtenden Kraft der Flammen. Sie stutzte. Wer wohl das Feuer gelegt haben mochte?

Von Neugierde getrieben bugsierte sie einen Stuhl ans Fenster. Unglücke ließen sich im Sitzen bequemer verfolgen. In einer Entfernung von fünfzig Metern blockierten zwei Polizeifahrzeuge die Straße in beide Richtungen. Die Feuerwehr näherte sich mit anschwellender Sirene. Das hat gedauert, stellte Edith fest. Inzwischen waren einige Brandbekämpfer in Stellung gegangen. Mit vorgeschnalltem Augenschutz und in wasserabweisender Kleidung sprühten sie Schaum auf das ausbrennende Fahrzeug. Würden die Feuerwehrleute Hänschens Leiche herausziehen aus der schaumigen Löschmasse? Alles in Edith drängte nach Vergewisserung. Um sich über das Etagensims hinweg eine bessere Sicht zu verschaffen, öffnete sie das Fenster, streckte ihren rundlichen Leib weit mehr, als es die Nackenwirbel normalerweise hergaben, und reckte den Kopf so weit wie möglich nach vorn. Doch wie es schien, hatte die Feuerwehr keine Leiche geborgen. »DieseVersager!«, schimpfte Edith. Oder wollten die Polizei und Feuerwehr gar keine Leiche finden? Plötzlich legte ein Uniformierter, der bislang Anweisungen gegeben hatte, den Kopf in den Nacken. Offenbar hatte er die sichtlich Interessierte in der dritten Etage bemerkt. Edith schnellte zurück, schloss das Fenster. Aus ihrer

Deckung hinter den Stores beobachtete sie, wie der Mann einen Polizisten heranwinkte, ihm etwas Unverständliches zurief. Wie kann man nur so dämlich sein, schimpfte sie selbstkritisch über die eigene, viel zu offensichtliche Neugierde. Oder? Nein, korrigierte sie, mit Neugierde allein war es eben nicht getan. „Vergewisserung" wäre die korrekte Bezeichnung. Ein Begriff, von dem etwas Beruhigendes ausging. Ja, dass man früher oder später auf sie aufmerksam würde, lag auf der Hand. Dennoch wurde sie von einem Reflex bedrängt, die Wohnung zu verlassen. Die Treppe hinunter, durch den Keller auf den Hof, von dort weg, einfach nur weit weg. Doch brächte sie das Verschwinden nicht erst recht in den Fokus von Ermittlungen? Edith legte eine Hand auf die Magengegend, von der eine schleichende Übelkeit Besitz ergriff. Sie beschloss, in der Wohnung zu bleiben, auch wenn ein Verhör drohte. Andererseits: Wäre sie überhaupt einem Verhör gewachsen, gerade jetzt, da ihr Verflossener vermutlich mit Leib und Hirn dorthin gefahren war, wohin er gehörte, nämlich in die Hölle?

Jetzt war er weg, der Betrüger. Dabei hatte Hänschen ihr den Liebeshimmel versprochen. Ach, wie süß hatten seine Worte geklungen, als er ihrer beider Liebe hatte beschützen wollen vor all dem Bösen und Ungerechten, das eine gemeinsame Zukunft bedrohen könnte. Den Erdkreis hatte er für sie erobern wollen, von einer Trutzburg aus, in die er sie, seine liebste Edith, auf Händen hatte tragen wollen. Eines Tages war er sogar mit einem Klappspaten bei ihr erschienen. Gleich am morgigen Tag, so seine Worte mit großem Gestus, würde er mit der Arbeit zur Errichtung einer Herzensburg beginnen. Ausgerechnet Hansi, dem Arbeit so fremd war wie einem Hahn eine Mondrakete. Ein vergnügtes Grinsen legte sich auf Ediths Gesicht. Die Vorstellung von einem dummen Hahn fand sie gut.

Ihre Aufmerksamkeit kehrte zurück zu den Löscharbeiten. Die schmale, eigentlich gemütliche Wohnstraße zeigte sich mehr und mehr von einer ungemütlichen Seite. Gaffende Menschen standen hinter den Absperrungen und palaverten miteinander. Die rußigen Flecken an den Jugendstilhäusern ließen den Schauplatz wie die Kulisse einer Inszenierung eines schlechten Theaterstücks erscheinen. Ein Abschleppwagen der Polizei fuhr vor. Der Fahrer betrachtete die Ursache für seinen Abschleppauftrag. Dann suchte er einen Uniformierten auf, von dem er offenbar Anweisungen entgegennahm.

Plötzlich entstand Unruhe zwischen all der verbeamteten Routine. Ein Taxi kam dem Absperrgitter deutlich zu nahe. Mit einem Ruck bremste es ab. Die Beifahrertür schwang auf. Eine hübsche Frau um die vierzig stieg aus. Das elegante, beigegrüne Kostüm verlieh ihrem Leib und den schlanken Beinen Halt. Ihr gleichmäßiges, ovales Gesicht wirkte wie eine Reinzeichnung in Grautönen. Da legte sich ein gequältes Lächeln auf Ediths Gesicht. So also sah Hansis Angetraute im realen Leben aus. Im Handschuhfach des BMWs, zwischen Tankrechnungen und Fahrzeugpapieren, hatte ein Foto von dieser Frau gesteckt. Die in dem eleganten Kostüm auf dünnen Beinen auf der Straße Stehende trat nach einem kurzen Wortwechsel mit einer Polizistin an das noch immer qualmende Fahrzeug heran, begrub ihr Gesicht in den Händen. Soll die Schlampe doch weinen, befand Edith, schließlich hatte auch sie selbst genug geweint, wenn Hansi übers Wochenende, an Weihnachten und Ostern und auch sonst zu seiner Familie gefahren war. Wegen der Kinder, angeblich. Enttäuschung und Wut ließen den Druck in Ediths Magengegend ins Unerträgliche steigen. Trost fand sie allein in der aufblitzenden Gewissheit, dass die Fliegenbeinige Hansis Beerdigung würde berappen müssen. Schade, überlegte Edith grimmig, dass für eine Handvoll Asche nicht mehr als eine Sozialurne erforderlich war. Auf keinen Fall aber wollte sie der Schlampe die Versicherungssumme für den Vollkasko-BMW überlassen. Diesen Kampf, so nahm Edith sich vor, würde sie mit größter Entschlossenheit führen. Plötzlich begann ihr Herz zu rasen. Denn wie aus dem Nichts trat eine zweite Frau ans Autowrack. Auch sie weinte. Das musste die blonde Teufelin sein, Hansis Neue, für die er mit ihr, Edith, Schluss gemacht hatte am gestrigen Abend. Auch sie, in einem gelben Sommermantel, zeigte sich schlank und rank. Was für ein Heuchler der Hans doch gewesen ist, dachte Edith. Hatte ihm ihr gesunder, runder Hintern nicht noch vor wenigen Tagen in heftigste Verzückungen versetzt? Na ja, überlegte sie, ihr „Braten" in den roten Hotpants hatte wirklich verlockend gewirkt. Und dabei war die enge Hose in einem Billigshop gekauft worden.

Mit einem Mal begann ihr rasendes Herz gefährlich zu stolpern. Denn geradeheraus stellte sie fest, dass die Kleidung der beiden Frauen auf der Straße ganz gewiss keinem Billigshop entstammte. Ein Verdacht drängte sich auf: Waren die teuren Klamotten von Hänschen bezahlt worden? Von den 8000 Euro womöglich, die ihr, Edith, gestohlen worden waren, einfach abgehoben von ihrem Sparbuch? Nein, er sei es nicht gewesen, er tue so etwas nicht, hatte Hänschen beinhart geschworen. Edith presste die Lippen aufeinander, als sie eingestand, durchaus froh und dankbar gewesen zu sein über seine geniale Schauspielkunst. Hatte sie es nicht geradezu herbeigesehnt, von dem Kerl belogen zu werden? Jedenfalls waren die Nächte nach ausufernden Beziehungskrächen stets die besten gewesen in ihrem Miteinander. Miteinander? Endlich bemerkten die beiden Frauen auf der Straße einander. Ihre Gesten verrieten Irritation, Nachdenklichkeit, Ablehnung. Sie traten aufeinander zu, sprachen miteinander über die Schultern hinweg, wie Boxer bei Einnahme der Grundposition vor Kampfbeginn. Ihr Gehabe machte einen linkischen, lauernden Eindruck. Edith folgte den Ereignissen vom Fenster aus mit verkniffenem Gesicht. Ob die beiden von ihrer gegenseitigen Existenz gewusst hatten? Die Frage jedoch, die sie am heftigsten bewegte, lautete: Wussten die beiden über sie hier oben in der dritten Etage Bescheid?

Die Restkarosse des ausgebrannten BMWs wurde mit einem Kranausleger angehoben, den der Fahrer des Abschleppwagens bediente. Minuten später ruhte das Autowrack auf der Ladefläche. Wo war Hänschen? Hatte man seinen Leichnam bereits geborgen? Oder war das Schwein ganz und gar verbrannt? War er inzwischen nichts weiter mehr als rauchige Luft? Würde sie, Edith, ihn womöglich in dieser Sekunde einatmen, als leichige Würze sozusagen?

Während es Edith durchschauerte, verfolgte sie die weiteren Aufräumungsarbeiten. Inmitten von eben noch zerstreut herumstehenden Rettungskräften sammelten sich Uniformierte und Zivilisten zu kleinen Gruppen. Ihre Blicke suchten die umliegenden Gebäude ab, klebten für Momente auf den Fenstern der Häuserfront, hinter der Edith wohnte. Dieses Interesse erschien ihr wie die Suche grimmiger Scheinwerfer in tiefschwarzer Nacht. Instinktiv zog sie den Kopf ein. Da bemerkte sie mehrere Männer und Frauen, die die Straße von hier nach drüben überquerten. Andere rückten gegen die diesseitige Häuserfront vor. Edith schluckte trocken. Würden die Leute bald vor ihrer Wohnungstür stehen? Sie prüfte ihre Küche. Die glänzte geradezu vor Sauberkeit. Überhaupt bildete ihre Wohnung einen Hort der Übersicht und Ordnung. Nichts lag herum, nirgendwo Klimbim, auch nichts, was vor den Blicken der zu erwartenden Staatsmacht verborgen werden müsste.

In diesem Moment klopfte es auch schon an der Tür. Was, so rasch? Und warum klingelten die Leute nicht, wie es sich gehörte? Ein letztes Prüfen der Räumlichkeiten, dann, versunken in einem Prozess von innerem Ordnen, öffnete Edith die Wohnungstür. Tief atmete sie durch, richtete ihren 48-jährigen Leib und somit ihre weibsbetonten Brüste selbstbewusst auf. Eine vergebliche Geste. Denn keine Ermittler standen im Türrahmen, sondern der eben noch im Feuer verbrannt geglaubte Hänschen Leichter, bis gestern noch Ediths Allerliebster oder Schatzilein. Der Kerl wirkte ganz und gar nicht eingeäschert. In der rechten Hand hielt er einen entfalteten Klappspaten mit einer blutverschmierten Schaufel. Jetzt bemerkte Edith verkrustetes Blut über seinem rechten Ohr im Haar. Er müsste tot sein, rief eine innere Stimme, vier-, fünf- oder sechsmal sogar.

Kein Mensch könnte so viele Schläge mit der scharfen Kante eines Spatens überleben, auch wenn sie einer schwachen Frauenhand entstammten. Und warum war er nicht verbrannt in seinem BMW? Oh Gott, was ging hier vor? Welcher Dämon spielte ihr diesen Streich? Ohne auch nur den geringsten Mucks von sich zu geben, hob Hänschen die Arme mitsamt dem Spaten in der rechten Hand. Edith wich zurück. Ein Ausweichen, das zur kopflosen Flucht geriet. Der weiteste, die größte Distanz versprechende Ausweg führte durch das Schlafzimmer bis auf den Balkon. Hilflos, wie festgezurrt, stand sie am Geländer. Hinter ihr, begleitet von pfeifendem Schnaufen, näherte sich Hänschen.

Die Angst trieb Edith voran. Hastig überstieg sie das eiserne Balkongeländer. Angsterfüllt suchte sie nach einer weitergehenden Fluchtmöglichkeit. Auf einmal stieg ihr der Geruch von glühendem Metall in die Nase. Verschreckt löste sie die Finger. Als ihr klar wurde, dass der verwirrende Geruch nicht vom eisernen Geländer ausging, sondern noch immer von der Straße aufstieg, war es bereits zu spät. Das Letzte, was sie vor dem Sturz sah, war Hänschen, der mit dem Spaten nach ihr schlug. Doch Edith war bereits außer Reichweite, was ihre Augen auf groteske Weise triumphierend aufblitzen ließ. Der Sturz selbst vollzog sich geräuschlos. Nur ihr dumpfer Aufschlag auf eine Gehwegplatte kündete vom Ende einer verirrten Liebe.

Die Perspektive des Teufels.

Der nette Herr Merten

Die karibische Sonne stand über der endlosen See auf ziemlich genau 45 Grad. Ihre direkte Einstrahlung war zu dieser frühen Stunde gerade noch erträglich für Mitteleuropäer. Auch für Manfred Merten, der am Strand der kleinen Insel bis zu den Knien umspült wurde und auf das grünblau schimmernde Wasser starrte. Immer wieder wurde sein Spiegelbild im sanften Schaukeln der Wellen zerrissen. Vergänglich – wie Rosas Liebreiz, dachte er und richtete sich auf, wandte den Blick voraus, fixierte die dunkle Linie auf halber Weite zum Horizont. Sollte er Abkühlung suchen, hinüberschwimmen zum Korallenriff? Oder lieber entlang des Strandes eine halbe Stunde nach Norden marschieren, um sein Spiegelbild endlich unverspült im stillen Wasser der schwarzen Bucht zu betrachten? Er wollte weinen, aber nicht für sich allein.

Merten war zur Tatenlosigkeit verurteilt. Einige Tage noch würde er aushalten müssen bis zum Eintreffen des nächsten Proviantboots. Weil das Funkgerät streikte. Sabotage? Sollte etwa Rosa? Ausgeschlossen, von Technik verstand sie nichts. Merten beschloss, das Wasser zu verlassen, aber nicht, um die schwarze Bucht aufzusuchen. Nein, der bleiernen Müdigkeit wegen, die ihm endlich, endlich die Hand reichte. Zwei Abende, einen ganzen Tag und zwei Nächte hatte er hinaus aufs Meer gestarrt, hoffend, flehend, ja betend für Rosas Rückkehr. Ausgehöhlt fühlte er sich vom anhaltenden Grübeln, wie ausgewaschen von einem nicht enden wollenden Strom widersprüchlicher Empfindungen.

Kaum hatte Merten die karge Holzhütte erreicht, überfielen ihn Erinnerungen. Wie oft hatte er mit Rosa unter einem sternenklaren Himmel auf der Veranda gelegen, Haut an Haut, eingewickelt in weichen Decken, wie verschweißt für die Ewigkeit. In manchen Nächten, keuchend und schwitzend, hatte er sich gewünscht, mit seiner Liebsten zu den Sternen aufzusteigen, gemeinsam das All zu durchqueren, alles Irdische, das ihn bedrückte, zurücklassend.

Die Müdigkeit sollte nur allmählich die Oberhand gewinnen. Irgendwann dunkelte die Welt um ihn herum gänzlich ein und er fiel in einen komatösen Schlaf. So vergingen der Tag und der folgende Abend. Endlich erwacht, über sich das Funkeln des Sternenhimmels, tastete er die rechte Bettseite ab. Sie war leer. Da empfing ihn die Wirklichkeit. Und die bedeutete, dass alles anders war als in den vergangenen drei Wochen. Denn sein kleiner Schatz war auf und davon. Übers Meer, ohne sich umzudrehen, mit Piet, dem Steuermann des Proviantboots. Und dabei hätte Merten eine Million gewettet, dass das Mädel ihn lieben würde.

Keinen Bissen hatte der Leidende seitdem zu sich genommen. Dass er starken Hunger verspürte, schien ihm ein gutes

Zeichen. Er öffnete eine Konserve mit dunklem Brot, träufelte Olivenöl darauf, verschlang es halb zerkaut. Dann, auf der Terrasse, kühlte er seine Nerven in der salzig-milden Nachtluft. Zurückgelehnt in einem Liegestuhl beobachtete er den Sternenhimmel. Je länger er den Lichterteppich auf sich wirken ließ, umso deutlicher erschienen ihm die wandernden Sterne wie der Abdruck der eigenen Seele in all der Finsternis. Da fühlte er sich stark. Keine zwei Tage mehr und Rosa käme zurück, hoffte er. Warum auch nicht? Hatte er ihr nicht ein Paradies auf Erden versprochen? Und einen Schminkkurs in Deutschland?

Ach, Rosa … Nie hatte er mit ihr über die Gestirne, über philosophische oder Naturbetrachtungen sprechen können. Von geistreichen Metaphern und Empfindungen ganz zu schweigen. Rosa hatte immer nur heute gut oder heute nicht gut aussehen wollen und wehe, sie hatte nicht gut ausgesehen. Gelegentlich hatte sie geklagt, aber nur selten mit Worten, zumeist unbewusst, mit ihrer Mimik und Körperhaltung. Seltsam, dass sie in solchen Phasen am liebsten Verstecken spielen wollte. Manchmal war sie mehr als zwei Tage verschwunden.

Hatte Rosa im Meer geplanscht, war es eine Pracht gewesen, ihr zuzuschauen. Das war es, was Merten von der ersten Sekunde an faszinierte. Dazu ihre ungelenke Schamhaftigkeit im Gegensatz zu dieser sonderbaren Selbstverständlichkeit, mit der sie seinen, Mertens, Lüsten gefolgt war. Und das schon vom zweiten gemeinsamen Abend an. Da hatte der geräucherte Fisch noch gezwickt in der Magengegend. Ach je! Erinnerungen! Schöne, überwältigende Reminiszenzen, denen man sich doch gerne hingab. Wehmut trug seine Gedanken. Schlimm quälte ihn die Vorstellung, Rosa könnte sein Leben für immer verlassen und würde nichts weiter als eine dieser zahlreichen Urlaubserinnerungen zurücklassen.

Den ganzen Tag über blieb Merten in der Hängematte liegen, die Ohren gespitzt, auf das Geräusch eines Motorboots wartend. Die Gedanken wie ein rasender Kreisel. Das Mädel würde es sich überlegen, gewiss. Was, zum Teufel, wollte sie denn nur mit diesem albernen Bootsführer, der stets nach Schweiß und Motoröl roch. Klar, es drängte sie zurück zu ihren Eltern. Andererseits: Wie Rosa die feine Dame vorzuspielen verstand, angespornt von seiner, Mertens, Anerkennung. Man könne die Insel doch als Urlaubsdomizil für die ganze Familie nutzen, hatte sie bei ihrem Eintreffen vorgeschlagen. Merten grunzte vergnügt. Was für eine dumme Idee. „Später einmal", hatte er sie vertröstet.

Im Osten begann die Dunkelheit, das Meer zu verhüllen. Merten suchte einen Felsen auf, den höchsten Punkt der Insel. Nichts, kein Boot, keine Lichter. Schwer trug er an dem Gedanken, dass Rosa ausgerechnet an diesem Abend in den Armen des Bootsführers liegen könnte, spielerisch, hingegeben, dampfend vor Lust. Phantasien, die all seine Hoffnung aufzuweichen drohten. Trotzig hielt er dagegen: Soll die kleine Hure doch glücklich werden mit dem Hungerleider.

In der Nacht war an Schlaf nicht zu denken. Wieder und wieder schlenderte der Verzweifelte über den Strand, grübelnd, aufschreiend, betend. Als die Sonne hinter dem Riff aufstieg, wirkte Merten trotz der Müdigkeit gefasster, klarer, mehr bei sich als in den letzten Tagen, bei Manfred Merten eben, dem unbescholtenen Beamten im Sabbatjahr. Ein verschmitztes Grinsen huschte über sein schmales, faltiges Gesicht. Sollten die Dummköpfe im Büro doch schuften und sich mit hirnlosen Antragstellern herumärgern, er, der clevere Merten, ließ es sich derweil unter der südlichen Sonne gut gehen. Entspannt diesmal kam er zur Ruhe. Aber nicht lange. Im Halbschlaf saß der 54-Jährige an seinem Hamburger Schreibtisch, von dem aus er durch das Bürofenster auf die Hamburger Straße schauen konnte. Von seiner Schreibtischkante aus wurde er von einer etwa 40-jährigen Frau angelächelt: das Verlobungsfoto seiner Schwester, die in den Vereinigten Staaten lebte. Ihren südamerikanischen Bräutigam hatte Merten kurzerhand entfernt und den entlarvenden Schnitt hinter der dezenten Leiste des hölzernen Rahmens versteckt. Jeder auf dieser Etage glaubte, dass es sich bei dieser Frau um seine Dauerverlobte handelte. Auf einer internen Geburtstagsfeier hatten sich einige Kollegen vorgewagt und nach Kindern gefragt, was Merten lächeln lassen hatte.

»Nein«, hatte er geantwortet, »meine Verlobte besitzt bereits zwei Kinder, die mir sehr am Herzen liegen.« Dabei hatte er auf einen Rahmen mit Fotos von Kindern gezeigt, die tatsächlich zu seiner Schwester gehörten. Seine Verbundenheit mit den Kindern zu untermauern, war er dazu übergegangen, die Bilderrahmen auf seinem Schreibtisch hin und her zu rücken. Dann erst hatte er Sekt und Orangensaft ausgeschenkt.

Schwatzend und beschwingt verließen die Kollegen das Büro. Merten schloss hinter ihnen die Tür. Auf schloss er seine

Begierden. Ach, wie gern wäre er jetzt zu Hause in Hamburg, um im Internet zu surfen, Kinderseiten aufzusuchen, sich auszutauschen mit den Freunden der verbotenen Lust.

Als der Verlassene am Nachmittag noch immer allein war, folgte er dem gewohnten Pfad zum Strand. Vor Wut in den Sand tretend, mit Muscheln und Steinchen werfend, so marschierte er klagend unter der brennenden Sonne dahin. Verdammte Rosa! Dieses undankbare Geschöpf blieb wirklich weg. Und dabei hatte er doch alles getan für das Luder, sie versorgt, beschützt, getröstet in der Nacht, wenn sie von bösen Geistern heimgesucht worden war. Und dann die Liebeslust, alles Schöne hatte er ihr gezeigt und es nicht nur beim Reden belassen. Ja, vor nichts war er zurückgeschreckt. Und jetzt diese Undankbarkeit. »Lieber Gott, ist das gerecht?«, fragte er mit bebender Stimme gegen den anhebenden Wind.

Zum x-ten Mal versuchte Merten das Funkgerät in Betrieb zu nehmen. Doch mehr als ein auf- und abschwellendes Rauschen vermochte er der Apparatur nicht abzugewinnen. Kein Wunder, dass der Ärger an seiner Restbefindlichkeit nagte wie ein Biber an einer Birke.

Nicht lange und er begann seine Habe zu sortieren. Ohne Rosa bestand kein Grund mehr für Merten, auf der Insel zu bleiben. Er hatte während der vergangenen Wochen eine fantastische, Herz und Seele erquickende Lebenszeit gehabt. Mehr ging nicht. Kein billiger Traum für einen Beamten mit gerade mal 9200 Euro brutto. Jahrelang hatte er gespart, eisenhart gegen sich selbst. Dann der Tod seiner Mutter, das Erbe, zu dem die zwei Häuser gehörten. Was sollte er also für Sorgen haben wegen Rosa? Mit Geld war in diesen exotischen Breiten so gut wie alles zu regeln.

Mertens Hand fuhr in die Aktentasche, zog einen gut sortierten Stapel Papiere heraus, breitete sie vor sich hin. Er stutzte. Nanu, wo waren die Reiseschecks, wo war die Kreditkarte? Fieberhaft drehte er die Tasche mit der Öffnung nach unten, schüttelte Sand und tote Insekten heraus. Leer. So oft er die Papiere auch hin und her stapelte, weder das Bargeld noch die Kreditkarte wollten sich einfinden. »Verdammtes Luder!«, schimpfte er, »kleine Nutte!« Rosa schien ihn tatsächlich bestohlen zu haben. Das hatte er nun wirklich nicht erwartet. Was, in Gottes Namen, wollte das Mädchen nur mit der Kreditkarte? Das Bargeld, die Dollars, die gingen zwar zur Neige, aber für diese karibischen Breiten war immer noch ein erkleckliches Sümmchen übrig. Wozu also die Kreditkarte? Allein er, Merten, wusste die Geheimnummer. Somit war die Karte völlig wertlos für Rosa. Und der Bootsführer, den sie ja wohl bezirzt hatte? Der könnte die Karte nicht einmal zum Eiskratzen an der Frontscheibe benutzen. Schließlich gab es hier kein Eis. Da huschte ein helles Grinsen über das Gesicht des netten Herrn Merten.

Man kann nie wissen, überlegte er und sortierte sämtliche Dokumente erneut, die er für die Heimreise benötigen würde. Am Ende musste er feststellen, dass auch sein Reisepass, ja sogar der Personalausweis fehlte. Verdammte Weiber, gemein, wie Gott sie geschaffen hat. Es dauerte eine Weile, bis der Bestohlene zur Ruhe kam. Da mahnte eine innere Stimme, dass die fehlenden Papiere zum Problem werden könnten. Schon geriet sein Puls in Fahrt: ach was! Probleme, Probleme! Rosa war es, die ein Problem bekäme. Anzeigen wollte er die gemeine Diebin. Bestrafen würde man sie, ohne mildernde Umstände, sobald er nur sein Geld zurückerlangt hätte.

Das andauernde Warten auf das Eintreffen des Boots fraß an Mertens Nerven. Er aß und trank in einem fort Havanna Club, den er in der schattigen schwarzen Bucht zur Kühlung ins Wasser hängte. Den verbleibenden Tag über rannte er wie ein Tiger im Zoo über die Insel. So gelangte er in Ecken und Winkel, die ihm unbekannt waren. Vor einer Woche noch hätte er an den farbenprächtigen Pflanzen durchaus Freude gehabt, ebenso an Vögeln und anderem Getier. Nicht aber heute, zu stark war das Unbehagen.

Nur einmal hielt er inne. Zu seinen Füßen öffnete sich eine verborgene, von Sträuchern überwucherte Grube. Merten drückte die Zweige beiseite. Vor ihm, verstreut über den spärlich bewachsenen sandigen Boden, lagen Verpackungen von Lebensmitteln: Dosen, Tüten, Plastikreste. Wie es aussah, hatte hier jemand seinen Hunger gestillt. Nervös spähte Merten in die Runde. War er vielleicht gar nicht allein auf der Insel? Ein bisschen Hoffnung kitzelte seine Nerven. War Rosa unbemerkt zurückgekehrt? Allein? Doch wohl hoffentlich nicht mit dem Bootsführer. Merten hielt den Atem an, horchte in den Wind. Dann verwarf er die Vorstellung.

Vorsichtig, über die Augenränder sichernd, hob Merten einige Verpackungsreste auf, betrachtete sie genauer und erkannte, dass die Lebensmittel unzweideutig zu seinem Vorrat gehört hatten. Ihr Verrottungszustand verriet, dass dieser Ort seit

Längerem verlassen war. Am Rand miteinander verwachsener Sträucher leuchteten weiß-rote Stofffetzen zwischen knorrigen Wurzeln in der Sonne. Mühsam, einige Ratscher erleidend, fingerte der Aufgeregte ein zerrissenes, baumwollenes Hemdchen hervor. Die Kindergröße stimmte, auch die verblichenen Blutspuren deuteten auf Rosa hin. Da bemerkte er zu seinen Füßen weitere Stoffreste, eingegraben, jetzt aber freigegeben von aufwirbelndem Wind. Es waren zwei Höschen, ebenfalls schmutzig, dann ein Top, das Merten schon länger nicht mehr gesehen hatte. Seine Miene dunkelte ein. Hier also hatte das Luder sich herumgetrieben beim Versteckspiel.

In der letzten Nacht vor dem erwarteten Versorgungsboot lag Merten wieder wach auf seiner Schlafstatt. Ein schier unendlicher Druck unter dem Brustbein trieb ihn alle halbe Stunde hoch. Dann floss Havanna Club durch seine Kehle. Nur allmählich fand er in seinem Getriebensein zu sortierten, beruhigenden Gedanken. Nein, ihm würde nichts Schlimmes passieren. Schließlich war er ein netter Mensch. Hatte ihm das Schicksal ein so erfülltes Leben geschenkt, um ihn dafür zu bestrafen? Das machte einfach keinen Sinn. Denn er, der strebsame, hilfsbereite Herr Merten, war im Kern seines Wesens ein guter Mensch. Hatte er nicht viele harte Euros mitgebracht in diese fernen Breiten, in denen die Armut grassierte? Wie vielen leidenden Kindern und Eltern, ja ganzen Familien hatte er ein bisschen Glück ins triste Leben bringen können mit seinen Devisen? War er nicht ein moderner, praktischer, ein wahrhaftiger Entwicklungshelfer? Einer, dessen Kohle auch wirklich ankam bei den Bedürftigen? Gott war sein Zeuge. Pah, andere amüsierten sich in Deutschland den lieben langen Tag mit kostenlosen Videos im Internet oder verprassten ihr Geld in den schmutzigen Hinterzimmern der Rotlichtviertel, er aber wagte sich dahin, wo es wehtat. Allein hier bekam das Wort Entwicklungshilfe einen Sinn.

Merten sammelte sich. Worauf kam es jetzt an? Vor allem auf Geld. Mindestens um zu telefonieren, sobald er die Insel verlassen haben würde. Mit der Bank in Hamburg, mit der deutschen Botschaft. Für die notwendigen Dollars würde er sogar vor einer Zusammenarbeit mit der Mafia nicht zurückschrecken. Scharfsinnig, mit deutscher Gründlichkeit spielte er seine Optionen durch. Er war pleite, sicher, aber hatte Piet, der Bootsführer, nicht wiederholtes Interesse an dem Funkgerät gezeigt? Zehn, zwanzig Dollar sollte er bereit sein, dafür zu investieren. Für nicht mehr als die Kosten von zwei oder drei lumpigen Telefonaten.

Am letzten Vormittag reinigte Merten die Hütte. Besonders viel Arbeit bereitete ihm das tief ins Holz eingedrungene Gemisch aus Blut, Kot und Sperma auf Rosas Bettseite. Unglaublich, wie empfindlich die Kleine war. Na, zum Glück hatte man hier draußen ihre Schreie nicht hören können. Merten haderte: Er hätte das faule Luder zwingen sollen, die Flecken selbst zu entfernen. Und während er schweißtreibend schrubbte, schalt er sich, viel zu gut und anständig für diese Welt zu sein. Schimpfend und schwitzend tat er seine Pflicht. Allerdings: Das Herumkriechen auf allen Vieren war für einen 54-Jährigen weiß Gott kein Vergnügen.

Von 14 Uhr an saß der Beamte aus Hamburg an einem schattigen Ort in der Nähe des Strandes auf gepackten Koffern und wartete auf das Boot. Sobald er an Geld gekommen sein würde, wollte er Rosas Eltern ein zufriedenstellendes Bargeschenk machen. Schließlich war Merten ein europäischer Kulturmensch, der wusste, was sich gehörte.

Nicht lange und der Wind trug aus der Ferne ein Motorengeräusch in die Stille. Das geht hier ja zu wie auf einem Bahnhof, dachte Merten vergnügt und griff zum Feldstecher. Wie es schien, war der Bootsführer nicht allein. Rosa? Sein Herz begann zu rasen. Sollte er die Hütte vergebens gereinigt haben? Seinen Phantasien entsprossen in rascher, erwartungsfroher Folge süße Bestrafungen für die freche Göre. Schon hielt er sie umschlungen im Licht der Abendsterne. So schöne Tage, wie er mit Rosa verlebt hatte, durften doch nicht einfach so verpuffen. Da war der Herrgott vor. Merten seufzte: »Ja, es muss Liebe sein.«

Der Erwartungsfrohe führte die letzte, gleichwohl schon angebrochene Flasche Havanna Club an die Lippen und trank den Inhalt bis auf die Hälfte runter. Als er den Feldstecher wieder vor die Augen hielt, blieb ihm die Luft weg. Nicht Rosa saß neben dem Bootsführer, sondern eine breitschultrige Person. Und wenn ihm der Alkohol keinen Streich spielte, dann trug der die Kleidung eines Polizisten. Instinktiv fasste Merten an den Gürtel seines Sommershorts, wo er das Geld zu verwahren pflegte. Verdammt! Er war ja pleite. Er würde dem Mann der Ordnung keine Referenz erweisen können.

Mit zusammengekniffenen Lippen heftete der Aufgeschreckte seine Augen auf den Uniformierten in dem Boot. Sein Zorn galt Rosa. Wer sonst als das Mädchen hätte ihm dieses Süppchen einbrocken können? Sie war eine Verräterin. Was für ein Schweinekind in diesem Luder doch steckte.

Der nette Herr Merten war wirklich enttäuscht. Denn klar und deutlich, wie vom karibischen Wind über die Düne geweht, hörte er die verklungenen Worte, die er an Rosa gerichtet hatte: Ehre für den Frommen und den Starken, die es schaffen, eine große Liebe zu einem Geheimnis zu machen, auch den eigenen Eltern gegenüber, der Verwandtschaft und der Polizei. Tausend Dollar hatte Merten dem Kind versprochen, wenn es seine Insel-Erlebnisse für sich behielte. Das Geld würde Merten jetzt dem Polizisten zustecken müssen. Auf einmal kehrte der Druck unter dem Brustbein zurück, durchflimmert von einem Unbehagen, das dem Enttäuschten in dieser Heftigkeit fremd war.

Schon hatte das schlanke, von einem starken Heckmotor angetriebene Holzboot das flache Wasser vor der Insel erreicht. Piet sprang hinaus, zog es an der Bugspitze auf den Strand, sodass der Polizist trockenen Fußes aussteigen konnte. Noch hatten sie Merten nicht bemerkt. Suchend schauten sie ins Gelände.

Der Uniformierte fragte: »Wo, zum Teufel, steckt denn der verdammte Kinderficker?«
Während Mertens Puls schmerzhaft in die Höhe schoss, ahnte er dumpf, dass es mit 1000 Dollar nicht getan sein würde. Langsam, sich hinter der Düne wegrobbend, dann in gebückter Haltung das Weite suchend, so steuerte der Verängstigte jene Grube an, in der schon Rosa Schutz gesucht hatte.

Geduckt saß er im Sand und sehnte sein schönes Deutschland herbei, seine Wohnung, sein geräumiges Büro und all die langweiligen Kollegen, die täglich zur Arbeit kamen, sich auf unnütze Weise nützlich zu machen. Eine Einstellung, die immerhin etwas Geborgenheit versprach. Das nützte in dieser Stunde allerdings nichts. Oh verdammt, welcher Teufel hatte ihn nur in diesen gottverlassenen Teil des Erdballs gelenkt? Wo war Gott? Er, Merten, war doch getauft worden. Müsste der Herr im Himmel nicht seine Hand über ihn halten? Warum schickte er keinen Sandsturm, den Polizisten ins Meer zu fegen? Wut stieg in Merten auf. Wenn der Herrgott seine Pflichten vernachlässigte, dann, verdammt, müsste eben der Herr der Hölle ran, so schoss es ihm durch den Kopf. Auf einmal ebbte der innere Sturm ab. Dumpf begann Merten darüber zu grübeln, wie er im Rücken des Gesetzes das Boot erreichen könnte. Doch fürchtete er, beim Verlassen des Verstecks beobachtet zu werden.

Bemerkt wurde er dennoch. Denn nichts hinterlässt auffälligere Spuren im Sand als die Schwere der Angst.
»Hierher!«, war Piet zu hören.
Schon waren die Suchenden nicht mehr als fünf Meter entfernt. Deutlich konnte Merten ihr Schnaufen vernehmen und das Knacken von trockenen Ästen unter ihren Füßen. Plötzlich war Stille. Merten horchte in den Wind. Bäuchlings lag er im Sand, wagte einen Blick über zwei niedrige Sträucher hinweg. Da tauchten zwei Turnschuhe auf. Ihre Spitzen zeigten geradewegs in seine Richtung. Dann bemerkte er eine gezückte Pistole über sich. Ein Anblick, bei dem er es für geboten hielt

aufzugeben. Wie in Trance, so verließ Merten die Senke. Mit der Hand schlug er den Sand aus der Kleidung.

»Hallo, da bist du ja endlich«, sagte er mit Kreide in der Stimme zu Piet, »ich habe auf dich gewartet.« Während der Bootsführer den Kopf hob, hob Merten beschwichtigend die Arme. Dann, ganz vorsichtig, zog er ein Leinentuch hervor, um sich den Schweiß und den Staub aus dem Gesicht zu wischen. Unaufgeregt, freundlich, entgegenkommend, so sprach Merten auch den Polizisten an: »Nanu, was macht die Ordnungsmacht auf dieser einsamen Insel?«

Der Uniformierte blieb förmlich: »Es liegt eine Anzeige gegen Sie vor: Entführung, Vergewaltigung, Körperverletzung, Unzucht mit einer Minderjährigen, die 14 Jahre alt sein soll. Ich muss Sie bitten, mit mir zu kommen.«

Mertens Miene versteinerte. Die Anklagepunkte schienen an ihm abzuprallen.

In einem jovialen Ton gab er zurück: »Bei uns in Deutschland ist man stolz darauf, dem Staat oder der Staatsmacht dienen zu dürfen.« Nach einer kurzen, gesetzten Pause schloss er lockend: »Dafür wäre man auch bereit, etwas springen zu lassen.«

Der Polizist, mit einem unklaren Lächeln, nickte kaum merklich mit dem Kopf. Dann packte er Merten fest an den Arm, ihn abzuführen.

Mit einem Mal fuhr der Bootsführer auf: »Hier! Verdammt, das Schwein hat es hier getan, an diesem Ort.« Piet ging auf die Knie und zog zwei verschmutzte Höschen aus dem Sand, die Merten nur unvollständig vergraben hatte. Der Polizist nahm die Textilien in Augenschein.

»Ist das ein Kleidungsstück von Rosa?«, fragte er.

»Ich kenne keine Rosa.«

»Verdammte Kinderfickersau!«, fuhr Piet dazwischen.

Der Polizist überlegte einen Augenblick. »Lassen wir doch die schmutzige Wäsche einfach liegen, sie nützt niemandem.« Doch Piet wollte die Beweisstücke nicht liegen lassen. Was er zu fassen bekam, stopfte er unter sein T-Shirt oder in die Hose.

Am frühen Abend legte das Boot auf der Hauptinsel an. Der Polizist verabschiedete sich von Piet, der ganz und gar nicht einverstanden war, ausgeschlossen zu werden von der endgültigen Festsetzung des Verbrechers. Mit dem netten Herrn Merten an einer Fessel verließ der Polizist den Anleger am malerischen Hafenbecken. Sein Ziel: das örtliche Polizeirevier.

Auf der Höhe einer Bankfiliale blieb er stehen. »Falls Sie Geld benötigen, hier besteht die Möglichkeit.«

»Jetzt nicht«, entgegnete Merten und verfluchte im Stillen den Tag, an dem er seine Kreditkarte aus den Augen gelassen hatte.

Auf dem Kommissariat wurde dem Gefangenen eine knappe Anklageschrift überreicht. Es stellte sich heraus, dass Rosas Eltern Anzeige erstattet hatten. Der Beschuldigte, so war zu lesen, habe sich als Pate einer europäischen Hilfsorganisation ausgegeben und den Eltern versprochen, ihre Tochter über den Sommer in ein kostenloses Feriendorf zu begleiten. Mertens Gesicht wurde zu einer finsteren Miene. Verdammtes Pack, schimpfte er im Stillen. Doch schimpfte er auch über sich selbst: Er hätte ahnen müssen, dass solche Leute den Hals nicht voll genug bekommen würden, erst Geschenke einsacken und dann Theater spielen. Auf die Liste der Anklagepunkte warf er nur eine kurzen Blick, um sogleich wieder mit der Undankbarkeit dieser Welt zu hadern.

Ob er sich zu den Vorwürfen äußern wolle, fragte der Polizist. Alles erstunken und erlogen, wies Merten die Anklage zurück. Er habe die Kleine nur auf das Ferienlager vorbereiten, ihr notwendige Gemeinschafts- und Anstandsregeln beibringen wollen. Dann versicherte er, Rosa vorzüglich behandelt zu haben. Wenn die Kleine Verletzungen davongetragen habe oder sexuell missbraucht worden sei, dann müsse sich die Polizei an die Eltern, an das familiäre Umfeld oder an den Bootsführer wenden. Dieser sei übrigens der einzige gewesen, der sie regelmäßig zu Gesicht bekommen habe. Er, Merten, könne reinen Herzens zu Protokoll geben, dass das Kind mehrmals für mindestens einen Tag verschwunden gewesen sei. Für eine Komplizenschaft des Kindes mit dem Bootsführer spreche auch, dass ihm, Merten, die Kreditkarte gestohlen worden sei, ebenso all sein Bargeld.

Oh verdammt! Der reinherzige Herr Merten biss sich auf die Zunge. Niemals hätte er das Nichtvorhandensein seiner Kreditkarte ausplaudern dürfen.

Er ließ ein Räuspern hören. Dann: »Darf ich von hier aus ein Telefonat führen?«

»Sie dürfen mit der deutschen Botschaft telefonieren.«

»Nein, das ist nicht nötig. Ich benötige ein Telefonat nach Deutschland, um mir Geld schicken zu lassen.«

Misstrauisch musterte der Polizist den Gefangenen, dann be-

schied er: »Ich sage es noch einmal: Sie dürfen mit der deutschen Botschaft telefonieren. So lauten die Vorschriften.« Und geradezu entschuldigend fügte er hinzu: »Alles andere wäre privat zu verrechnen. Telefonate kosten Geld. Das aber scheinen Sie nicht zu besitzen.«
Dem netten Herrn Merten verschlug es die Sprache.

Kurz darauf wurde er in eine Art Kellerverschlag gesperrt, der als Gefängniszelle diente.
»Der Richter wird entscheiden, was mit Ihnen zu geschehen hat. Bis dahin bleiben Sie hier.«
So lauteten die letzten Worte, die der nette Herr Merten für heute von dem Polizisten zu hören bekam. Das machte ihn fassungslos. An was für dumme Ignoranten war er hier nur geraten? Einen herzgeleiteten, ehrlichen Devisenbringer einfach so in ein finsteres Loch zu stecken. Dafür wollte er sich rächen und das für den Polizisten vorgesehene Bestechungsgeld einem anderen zukommen lassen. Allerdings war ihm bei Weitem nicht klar, wer das sein könnte.

Die Luft war stickig und es stank nach Stall und Schimmel. Merten war froh über jede Stunde Schlaf, die er der hölzernen Unterlage abzuringen vermochte. Gegen Mittag des folgenden Tages wurde er in die Wachstube geführt. Der Polizist händigte ihm seinen gestern beschlagnahmten Koffer aus. Merten begriff nichts. Ein tiefes Unbehagen fuhr ihm unter die Haut. Er verlangte einen Anwalt. Es stehe ihm frei, sich einen zu suchen, gab der Polizist zurück. In der Stadt lebe eine ganze Reihe von Rechtsgelehrten. Stadt? Eine Kloake ist das hier, dachte Merten. Ihm wurde klar, dass Gefahr im Verzug war.

»Ich bestehe auf einen Anwalt«, wiederholte er.

Der Polizist winkte ab, lehnte sich zurück, lockerte seinen Hemdkragen, zog einen Briefumschlag aus der Jackentasche, den er vor Mertens Augen leerte. Als sich ein Häuflein Geldscheine auf dem Schreibtisch bildete, stockte dem Gefangenen der Atem. Wie es schien, waren es seine Scheine, sein letztes Bargeld, das Rosa hatte mitgehen lassen. Schon war der Polizist fertig mit Zählen.

»Macht exakt 1400 Dollar«, stellte er zufrieden fest. Aufblickend sprach er Merten an: »Sie sind ein Glückspilz. Freunde haben eine Kaution hinterlegt. Ach ja, Sie müssen sich jeden Samstag bei mir melden. Und jetzt gehen Sie bitte.«

Manfred Merten war nicht dumm und ahnte, was kommen würde. Hastig entgegnete er: »Ich will nach Deutschland telefonieren. Oder, wenn es nicht anders geht, auch mit der deutschen Botschaft.«

»Zu spät«, antwortete der Polizist, der einen höchst zufriedenen, mit sich und der Welt einverstandenen Eindruck machte. Mit dem Kopf deutete er unmissverständlich in Richtung des Ausgangs.

Merten machte sich steif. »Ich gehe nicht!«

Der Polizist öffnete seine Pistolentasche, richtete die Waffe auf Mertens Kopf. »So einen wie Sie haben wir in dieser Stadt noch nie erlebt. Eins, zwei …«

Da verließ der nette Herr Merten wortlos die Wachstube.

Nervös, die Umgebung abtastend wie ein rastloses Nagetier, blieb er stets in der Nähe größerer Menschengruppen. Irgendwann fragte er nach einem guten Anwalt. Die meisten Passanten zuckten nur ratlos mit den Schultern oder rieten ihm, im Polizeirevier nachzufragen. Endlich, eine greise Dame wies einen Weg, der durch die stickige, verwinkelte Altstadt bis hinunter zum Hafen führte. Was sollte Merten machen? Hatte er eine Wahl? Er musste und er wollte dem Vorschlag folgen.

Die Gassen wurden schmaler, die Häuser baufälliger, die Menschen verschlossener. Merten empfand beißendes Unbehagen, als zöge sich um ihn herum die Luft zusammen.

Dann, einem Blitz gleich, fuhr eine Stimme in die Stille: »Bleib ruhig, du Schwein!«
Im gleichen Moment spürte er über der Hüfte etwas Spitzes, Hartes. Gleichzeitig wurde er in einen Hauseingang gedrängt.

Hier roch es nicht viel anders als im Kellerverlies des Polizeireviers und Licht drang auch nur in Spuren herein. Der nette Herr Merten fand keine Zeit, sich an die Dunkelheit zu gewöhnen. Ein dumpfer Schlag ließ ihn das Bewusstsein verlieren. Als er erwachte, stand Piet, der Bootsführer, über ihm, drohte mit einem Messer. Abseits, an der Wand, saß Rosas Vater auf einem einfachen Stuhl. Oben auf der Treppe stand das Kind selbst. Rosa trug einen Verband auf der Stirn.

Merten erschrak. »Rosa, mein Kleines, was haben sie dir angetan?«

»Sie, Herr Merten, Sie haben mir etwas angetan«, wehrte das Mädchen ab.
Der Druck auf Mertens Brust schwoll an, als er feststellte, dass ihre Augen anders wirkten als auf der Insel, weder traurig noch ängstlich oder verspielt, sondern kalt, gereift, erwachsen. Merten bemerkte, dass man ihm die Jacke und den Hosengürtel

genommen hatte. Die Hose war geöffnet, die Hosentaschen waren entleert.

Rosas Vater trat heran. »Pass mal auf«, drohte er, »entweder du verrätst uns jetzt die Geheimnummer deiner Kreditkarte oder du wirst noch heute kastriert wie ein junger Bulle, aber auf unsere Art.«
Der nette Beamte Merten wollte schreien, doch seine Stimme versagte. Verängstigt winkelte er die Arme an, hielt sie hoch, seinen Kopf zu schützen. Rosas Vater griff nach einem Knüppel, holte zum Schlag aus.
»Nein!« Merten wusste, dass er verloren wäre, würde er die Kreditkartennummer verraten. Das wusste er aus Krimis und Abenteuergeschichten, wo nur die Harten und Schweigsamen überlebten. »Ich sage nichts«, schaffte er es jetzt, mit piepsender Stimme hervorzupressen. Da, mit einem dumpfen Geräusch traf ihn der Knüppel auf den rechten Oberschenkel. Der Gepeinigte schrie auf, dann, jämmerlich, presste er hervor: 2552. Ihm wurden Stift und Zettel gereicht. Eine zittriger Hand schrieb die Geheimzahl in großen Ziffern aufs Papier.

Während Piet und Rosa den Raum verließen und Merten geblendet wurde vom plötzlichen, durch die offene Tür einfallenden Tageslicht, spürte er auf seinem ramponierten Oberschenkel ein nasses, kühlendes Handtuch, das Rosas Vater gebracht hatte. Der, auf seinen Baseballschläger gestützt, wartete auf die Rückkehr der Geldbeschaffer.

Keine halbe Stunde später hellte das Tageslicht abermals den schummerigen Raum auf, von dem Merten nur wusste, dass er sich irgendwo in der Altstadt befand. Geblendet riss er die

Hände hoch. War es das letzte Mal, dass er das Licht der Sonne sehen durfte? Vater, Rosa und Piet tuschelten. Heftig redete das Mädchen auf ihre Begleiter ein, drängte – oder verhinderte. Merten spürte, dass sie es war, die über sein Schicksal entschied.

Unwillkürlich, von den Schmerzen und seiner Angst kaum abgelenkt, schossen dem deutschen Kinderfreund allerlei Erinnerungen durch den Kopf. Sie zeigten seine Eltern, die frühen Jahren einer behüteten Kindheit, seinen Arbeitsplatz, die kurzen, heimlichen Begegnungen mit seinen Chefs, deren freundliches, wohlwollendes Einverstandensein mit seinen heimlichen Berichten über Kollegen und andere Vorgesetzte, das aufmunternde Schultertätscheln, die lustvollen Empfindungen bei seiner, Mertens, letzten Beförderung. Er seufzte. Was für wunderbare, ergreifende Momente. Wie von Geisterhand gesteuert, drängten jetzt Schatten heran, die bei aller Irrealität scharf konturierte Gesichter besaßen. Zum Beispiel das von Hanna, dem Mädel aus dem Nachbarhaus. Oder Hannelore und Rita, die beiden rotzfrechen Kinder aus dem Österreich-Urlaub, denen er nachmittags immer Märchen vorgelesen hatte. Besonders intensiv durchlebte Merten die Erinnerung an den dicken, pausbäckigen Blondschopf mit dem kurzen Pferdeschwanz. Ein Mädel aus gutem Haus, das für ein Stück Pizza zu ihm ins Bett gestiegen war. Hinterher hat es nicht mehr gewusst haben wollen, zu welchem Zweck sie unter seine Bettdecke gelegen hat. Dennoch, ein gutes Kind, urteilte er, ein bisschen blöd, aber unterhaltsam. Flüchtiger, einer verwaschenen Diashow gleich, zeigten sich Kinder, für die Merten in

Asien viele gute Euros ausgegeben hatte. Und niemand hatte je etwas zu beanstanden gehabt. War er nicht immer der nette Herr Merten gewesen?

Eine Frage, für deren Beantwortung ihm keine Zeit mehr blieb. Denn Rosa und ihre Begleiter lösten ihre Beratung auf, traten heran an den Verängstigten. Ihre finsteren Gesichter ließen Schlimmes befürchten. Geradezu senkrecht ragte der Baseballschläger in die Höhe. Ein Reflex steuerte Mertens Versuch, die Hände hochzureißen. Zu spät, die nächste Umnachtung nahm ihn blitzartig in Gewahrsam.

Mit furchtbaren Kopfschmerzen kam der Gefangene zur Besinnung. Er lag im Sand unter der sengenden Sonne jener schönen Insel, die er vorgestern verlassen hatte. Aus den Augenwinkeln bemerkte er die vertraute Holzhütte. Träumte er? Ein Traum mit Schmerzen? Im Himmel gab es keine Schmerzen. Da bemerkte er Rosa. Sie stand abseits im Schatten eines Palmengewächses.

Hämisch, aber nicht wirklich angstfrei klang ihre Stimme: »Du wolltest doch ein neues Leben beginnen, hier in deinem Paradies. Hast du nicht jeden Abend, als du mich gequält hast, davon geschwärmt? Genau deswegen und weil wir im Gegensatz zu dir gute Menschen sind, wollen wir dir helfen und schenken dir ein paradiesisches Leben.«

Merten reagierte mit einem Stammeln: »D-da-danke«. Er schaute sich um. »Ihr – seid – wirklich – gute – Menschen.«

»Und noch etwas«, sagte Rosa, »du musst dir wegen der Miete für die Insel keine Sorgen machen. Wir haben sie in deinem Namen und mit deinem Geld für die nächsten zwei Monate bezahlt. Für diese Zeit wird man auf dein Bedürfnis nach Ruhe und Entspannung allergrößte Rücksicht nehmen und dir jede Belästigung ersparen.« Auf einmal lag ein feines Licht in den Gesichtszügen des gealtert wirkenden Mädchens. »Und nun wünschen wir dir eine gute Reise zu den Sternen.«

Rosa, ihr Vater und Piet wandten sich ab. Ohne Hast suchten sie den Weg zum Strand hinunter. Dem netten Herrn Merten blieb nichts anderes übrig als seinen drei Peinigern mit verkniffenen Augen hinterherzuschauen. Kurz darauf sprang der Bootsmotor an. Der ablandige Wind ließ das Brummen alsbald verebben.

Der feinfühlige Kinderfreund Merten war allein mit sich, dem Sand und dem Schlag der Wellen. Er wusste: Ohne Essen und Trinken würde der Wind schon bald ein Lied für ihn ganz alleine singen. Ein Stück ohne Strophen, als Begleitung auf dem Weg in den Tod. Ein Tod, von dem er ahnte, dass er geradewegs in die Hölle führen würde.

Zahn der Zeit

... und sie mögen sich doch.

Tante Marie

Tante Marie war zeitlebens eine praktische Frau. Aber immer auch ein bisschen spleenig. Jedenfalls nach Meinung der Verwandtschaft. Allein schon weil sie von Anfang an mit der grünen Bewegung sympathisierte. Damit stand sie quer zur Familie, deren politische Präferenzen gleichmäßig auf die ehemals einzigen zwei großen Volksparteien verteilt waren.

Trotzdem wurde sie von meinen Eltern fast jeden Sonntag eingeladen, mit uns ins Grüne zu fahren, mal in den Harz, mal in die Lüneburger Heide oder sonst wohin. Ich liebte diese Ausfahrten, auch weil Tante Marie stets Eis oder Sahnetorte spendierte. Dies sollte sich eines Tages ändern. Denn plötzlich begann sie, von meinem Vater zu verlangen, Routen auszuwählen, auf deren Straßen sogenannte „Grüne Wellen" galten. Mein überraschter Vater, ein gefälliger Mann, folgte ihrem Anliegen und fuhr kreuz und quer durch das Hamburger Umland und freute sich sogar, wenn sie nach der zehnten grünen Ampel in Folge Beifall klatschte. Dabei schwärmte die Tante von den Vorzügen der Grünen Welle, die sie insgeheim mit ihrer Partei gleichsetzte. Noch nie, so Tante Marie, habe sie eine schwarze oder gar rote Welle gesehen. „Rote Welle." Hi hi, ein Wort, das sie mit einem spitzen Lachen kombinierte. Unser Ziel: den Vogelpark Walsrode, hatten wir jedenfalls nicht mehr erreichen sollen. Der Tante war es wurscht, mir war es merkwürdigerweise auch wurscht, meiner Mutter allerdings nicht, und mein Vater war richtig sauer geworden.

Keine acht Wochen sollten ins Land gehen, dann blieb der Platz von Tante Marie neben mir auf der Rückbank unseres Autos leer, und zwar für immer. Jetzt war es meine Mutter, die applaudierte, aber nicht für die Grüne Welle, sondern wenn mein Vater bei Grün auf gefährliche Weise demonstrativ laut quietschend auf die Bremsen ging.

Nicht lange mehr im Jahr 2008 und es wurde Weihnachten. Üblicherweise feierte die Familie den ersten Weihnachtstag bei meinen Eltern. Großer Bahnhof. Neunundzwanzig Gäste, darunter selbstverständlich Tante Marie. Es kam, wie es kommen musste: Nach dem Abendessen und dem siebten Kümmel begann der nicht vermeidbare politische Disput: Schwarz gegen Rot, Grün gegen Gelb, irgendwann nur noch Grün gegen den Rest der Welt. Tante Marie lief zur Höchstform auf. Dabei gab sie ihre Lieblingspartei als einzigen demokratischen, die Schöpfung bewahrenden, sozial handelnden Zusammenschluss von Menschen aus. Mit dem Verblassen der Argumente schleuderte sie die Namen zahlreicher junger, dynamischer, hellwacher Basis-, Umwelt- und Friedensaktivisten ins Sprechgetümmel. Diesen grünen Helden hatten die Nachfahren der Adenauers, Genschers und Schmidts nichts entgegenzusetzen. Halt!!! Einer wagte die Gegenrede. Es war mein Vater: Unter dem Beifall der Familie erklärte er die jungen, in den Medien abgefeierten Grünen zu enthemmten Gewalttätern, zu unausgebildeten, im wirklichen Leben gescheiterten Laien. Überdies, so fuhr er fort, zeichne sich bereits heute ab, dass es den grünen Wichtigtuern, wie allen anderen Wichtigtuern auch, letztlich doch nur um Karriere und Versorgung gehe.

Der zweite Weihnachtstag wurde trotz dieser Streitereien bei meiner geliebten Tante gefeiert. Es gab Entenbraten, Pommersche Klöße und die obligatorische gebutterte Gemüsepfanne. Tante Marie ließ sich die Teller reichen und legte auf, der Reihe nach. Doch dann, oh weh, bevor mein Vater dran kam, war die erste Ladung Entenbraten verteilt. Die nächste sollte dauern. Doch Tante Marie hatte vorgesorgt und im Kühlschrank einen grünen Hering deponiert. Den legte sie meinem Vater auf den Teller. Dazu eine grüne Tüte Fisherman's Friends. Wegen des guten Geschmacks, wie sie sagte. Daraufhin sprangen meine Eltern auf und brachen den Besuch ab. Trotz aller Versuche der gesamten Familie, die Angelegenheit als harmlosen Scherz einzuordnen. Böse Zungen behaupteten, die Beförderung meines Vaters zum Vorsitzenden der örtlichen CDU hätte er allein dem Mitleid für diese Demütigung zu verdanken.

Von diesem Tag an war Tante Marie bei Teilen unserer Familie zur Unperson geworden. Ich für meinen Teil hatte sie stets lieb, bis heute. Es gab Zeiten in meiner Jugend, da hatte ich in ihr meine einzige Freundin gesehen. Kam sie zu Besuch, hing ich an ihren Lippen, vor allem, wenn sie von den Grünen schwärmte, von deren Engagement gegen Atomkraftwerke, für eine ökologische Umwelt oder etwa für die basisdemokratische Rotation der Parlamentarier. Und immer stand dahinter die Idee einer sozialen und demokratischen Beseelung der Bevölkerung. Für Tante Marie waren diese Grünen die echten, die verwirklichten Linken und Demokraten der Bundesrepublik Deutschland. Nur deswegen, so behauptete sie, wäre mein konservativer Vater ihr gegenüber feindlich gesonnen. Schließlich kam der Tag, an dem ich ihr folgte und in die Grüne Partei eintrat. Gegen den Willen meiner Eltern, die mich am liebsten bei der Jungen Union abgeladen hätten.

Wie eingangs erwähnt, Tante Marie war eine praktische Frau. Stets verband sie noch so ausgefallene Gedanken mit einem Nutzen. Grün war für sie nicht nur eine Idee, sondern eine Passion, ein Lebensgesetz. Sie kämpfte gegen die drohende Atomverseuchung und nutzte die erste Gelegenheit, Strom aus erneuerbaren Rohstoffen zu beziehen. Einkaufen ging sie bei den aus dem Boden schießenden Bio-Läden. In ihrer Obstschale auf dem Wohnzimmertisch lagen grüne Äpfel.

Doch kein noch so gesundheitsbewusstes Leben konnte einen Alterungsprozess verhindern. Tante Marie bekam den grünen Star, was aber ihrem klaren Blick für das Gute und Richtige keinen Abbruch tat. Eines Tages begann sie, ihre Partei zu rüffeln. Die würde bisweilen ihre Farbe wechseln wie der Wald im Herbst. Was genau sie damit sagen wollte, habe ich bis heute nicht begriffen. Ja, die Tante war älter geworden, schrullig bisweilen.

In dieser Zeit, sie hatte gerade ihren 70. Geburtstag gefeiert, bot sie mir an, ihren Hausputz zu erledigen und im Garten zu helfen. Entlohnen wollte sie mich mit 100 Euro über dem, was ich mit meinem studentischen Nebenjob verdiente. Ein gutes Angebot. Für jeden anderen, nicht aber für mich. Denn ich jobbte bei einem aufstrebenden Im- und Exporteur, einem erfolgreichen Altgrünen übrigens, mit besten, ja glühend heißen Drähten in die Machtzentren der regionalen Politik. Wir verstanden uns prächtig. Inzwischen war ich sogar für die Beschaffung und den Einsatz der Mitarbeiter fürs Be- und Entladen der Container zuständig. Ich glaubte sagen zu dürfen, ein gutes Auge zu besitzen, gerade für solche Jobber, die den Tag lieber mit faulem Herumstehen denn mit Arbeiten verbrachten. Die flogen achtkantig aus der Ladehalle, und zwar auf der Stelle. Ach, Mensch, da könnte ich Geschichten erzählen ...

Lange Rede, kurzer Sinn, den Job einfach hinschmeißen, dass konnte und könnte ich meinem Chef niemals antun. Da die 12 festen Büroleute unabkömmlich waren, hätte für mich eine neue Kraft eingestellt werden müssen. Und ob die den Job geschafft hätte, so effektiv wie ich? Ein Risiko, denn schon mehrmals war der Chef hereingefallen bei der Auswahl seiner Mitarbeiter, vor allem bei denen, die das Arbeitsamt regelmäßig vorbeigeschickt hatte. Ein Wagnis sondergleichen, nicht zuletzt, weil die lasche Bundesregierung so zäh an altmodischen, überkommenen Arbeitszeitregelungen und Kündigungsschutzgesetzen festhielt. Wie sagte mein Chef immer? Wir brauchen Reformen, Reformen, Reformen.

Nein wirklich, ich war unabkömmlich. Klar, dass Tante Marie mir leid tat. Aber wo nichts zu machen war, da war halt nichts zu machen. Am besten wäre es gewesen, sie ins Altenheim zu stecken. Und ich hatte recht damit: Hätte man die stolze Dame frühzeitig unter fachliche Aufsicht gestellt, wäre uns womöglich viel Aufregung erspart geblieben. Denn fortan, um kostbare Zeit und persönliche Bioenergie zu sparen, begann sie, die Dinge des täglichen Bedarfs palettenweise einzukaufen. Merke: Ich meine die echten Euro-Paletten! Bald lagen im Keller große Haufen von grünen Äpfeln, grünen Feigen, Salatgurken und so fort. Fäulnis und grüner Schimmel gehörten fortan zum Alltag. Ihre einzige Waffe dagegen: Grüne Seife. Auch davon besaß sie mittlerweile etliche Margen.

Vielleicht war es Mitleid, was meinen Vater, inzwischen ein angesehener Parlamentarier, dazu bewogen hatte, sich mit ihr auszusöhnen. Er besuchte sie von Zeit zu Zeit, ließ sich sogar auf kleine, überschaubare Dispute ein und bezeichnete sie als stolze alte Dame der Familie. Hauptsächlich aber war sein Verhältnis zur Tante von Amüsement geprägt. Was übrigens kein Wunder war, denn neuerdings vergnügte sich die Tante mit dem Aufschäumen ihrer Grünen Seife. Stundenlang, ununterbrochen. Keinen Eimer, keine Wanne, kein elektrisches Küchengerät, das sie nicht zu Hilfe nahm. Einmal hatten Nachbarn die Polizei gerufen, weil aus den Türspalten ihres stattlichen Anwesens schaumiger Nebel quoll. Das Leben ist schön, so hießt neuerdings die Losung der Tante. Im Vertrauen: Mit Blick auf mein eigenes Leben musste ich gestehen, dass man/frau ihr da kaum widersprechen konnte. Mehr noch: Das Leben war nicht einfach nur schön, es war wirklich wunderbar.

Inzwischen hatte die Tante ihr Testament gemacht. Vater und ich sollten zu gleichen Teilen erben. Zwar verstand ich nicht, warum sie ausgerechnet meinen Vater, einen CDU-Mann, so großzügig bedachte, aber es war ja genug da. Vater sagte ihr bei jeder sich bietenden Gelegenheit, dass sie trotz ihres Alters auf keinen Fall von uns gehen dürfe. Und händeringend versicherte er, dass die Tante noch dringend gebraucht werde. Nur so nebenbei: Ich begriff, dass er es ernst meinte. Und man konnte zusehen, wie ihr die Worte guttaten, als fiele eine große Last von ihr ab. Über den alten Streit redeten die beiden gar nicht mehr. Im Gegenteil, mein Vater bot der Tante sogar Fisherman's an. Und mit dem Atem-Erfrischer auf der Zunge grinsten beide laut wissend vor sich hin. Ein Herz und eine Seele. Wie hieß es doch so schön? Ein Schelm, wer Böses dabei denkt.

Vor unserer Zeit

„Da wird das Bein zur Nebensache"
(Titel einer Hamburger Leseveranstaltung)

Frostige Hingabe

Die mächtigen Wipfel des unwegsamen Mischwalds am Ufer der Elbe wurden von eisigem Sturm geschüttelt. Aus dunklen Wolken lösten sich immer neue Schneemassen, die jede menschliche Ordnung wie Straßen, Gärten und Viehweiden unter sich begruben. Rund um die Uhr waren Dorfbewohner bemüht, Hauseingänge und Verbindungswege frei zu halten. Dabei hielten sie ihre Augen auch auf die Elbe gerichtet, wo schaukelnde Eisschollen stöhnten und sich aufbäumten.

Allein der Hüne Roland, ein sehniger, alteingesessener Schafbauer, hatte im frühen Morgengrauen das Dorf verlassen. Auf einer kleinen Anhöhe schöpfte er Luft, er wandte sich um, zögerte. Eingehüllt in einen wärmenden Mantel aus Schaffellen, der von einer schlichten kupfernen Fibel zusammengehalten wurde, betrachtete der Dorfvorsteher das in den Schneemassen ruhende Gemeinwesen. Die Rauchsäulen über den Einraumhäusern dämpften sein schlechtes Gewissen. Wer sollte ihn vermissen im Dorf? Dann schwenkte sein Blick auf die Elbe. Das Wasser war in Bewegung. Wodan sei Dank. Damit standen die feindlichen Stämme aus den Wäldern hinter dem Strom vor einem unüberwindbaren Hindernis. Um besser hören zu können, zog der Hüne die Fellmütze von seinem Kopf. Tatsächlich: Im Pfeifen und Rauschen des Sturms rieben und schlugen die Eisschollen aneinander.

Mit abrupter Entschlossenheit schulterte Roland einen mitgeführten Sack, befühlte die Jute, ertastete den sperrigen, gefrorenen Inhalt und stapfte mit einem Anflug des Lächelns weiter durch den Schnee. Niemand würde bei diesem Scheißwetter seinen Weg kreuzen. Ungestört konnte er die brüchigen, von Schiefergestein umschlossenen Höhlen westlich der bescheidenen Anhöhe ansteuern.

Endlich, zeitraubender als ihm lieb war, erreichte der Hüne die letzte Biegung, die eine Sicht auf das Dorf gestattete. Er stieß einen Buchenast in den dichten Schnee, sich aufzustützen. Mit verkniffenen Augen wollte er ein letztes Mal für heute den Zustand der Elbe erfassen. Die eben noch flussabwärts getriebenen Eisschollen schienen zu ruhen. Eine Täuschung oder ein wirklicher Stillstand? Spielte ihm der wirbelnde Vorhang aus Schneeflocken einen Streich? Der Dorfvorsteher griff zu einem Stück Baumrinde, markierte sie mit dem Fingernagel und befestigte sie an dem Buchenast. Die Markierung zeigte auf eine Stauung übereinander geschobenen Eises. Worauf würde der Eichstrich wenig später zeigen? Die Eisbarriere schien vorzurücken. Oder waren es doch eigene unwillkürliche Bewegungen, die das Eis in seiner Wahrnehmung flussabwärts kriechen ließen? Beruhte die verschobene Markierung auf eine eigenhändige Verzerrung? Da krachte es heftig vom Fluss her, einmal, zweimal. Das Eis! Es war offensichtlich doch in Bewegung. Erleichtert schulterte Roland den Jutesack, stapfte weiter durch den Schnee. Und wieder verhallte in seinem Rücken das Krachen zum x-ten Mal. Wäre der Fluss zur Ruhe gekommen, müsste er, der Dorfvorsteher, auf der Stelle umkehren. Wer sonst sollte die Dörfler gegen Überfälle fremder Stämme in den Kampf führen? Missmutig begann er die mitgeführte Jute zu betasten, löste er die grobe, angefrorene Hülle von ihrem sperrigen Inhalt. Ein Inhalt, dessen Form Rolands Laune in die Höhe schnellen ließ. Fühlte sich gut an, das Ding. Tief sog er den eisigen Nordwind in seine Lungen, presste den Atem durch die halb verschlossenen Lippen wieder hinaus.

Vor vielen Wintern hatten feindliche Stämme den gefrorenen Fluss passiert, um Vieh und vor allem Getreide zu stehlen. Die gefährlichen Dummköpfe aus der Ferne, so ging es dem kampferprobten Schafbauern auf seinem Weg über die verschneiten Hügel durch den Kopf, verstanden sich einfach nicht aufs Anlegen von Vorräten. Und dabei hatten die diesseitigen Stämme sogar Versprengte von ihnen und Flüchtlinge aufgenommen, ja sie sogar teilhaben lassen am Dorfleben, hatten ihnen die Feinheiten des Getreideanbaus und die Milchwirtschaft gelehrt. Manche von ihnen sind später zurück über den Strom geflohen, doch die meisten sind geblieben, einverstanden mit dem Leben diesseits, wenn auch zumeist als Rangniedere in den Dörfern oder als Krieger in stattlichen Gefolgschaften.

Der Tag hatte seinen Zenit überschritten, als voraus in Sichtweite eine gewaltige, wie von Hand behauene Felswand auftauchte, dessen Rückseite den Spalt zu einer mehr als mannshohen Höhle barg: der Zielort dieser Strapaze. Einmal, beim Erklimmen eines rutschigen Vorsprungs, entglitt dem Schafbauern der Sack, doch hechtete er dem sperrigen Gut hinterher. Dabei glichen seine Gesichtszüge der Furcht eines Verliebten vor dem Verlust seiner Angebeteten. Welch eine Erlösung, als es ihm gelang, die Kontrolle über den Jutesack zurückzugewinnen. Mit festem Griff an der verknoteten Öffnung wuchtete er den Sack über einen scharfkantigen Felsvorsprung. Behände stieg er hinterher.

Es sollte eine geschlagene Stunde dauern, bis der Hüne endlich ein windgeschütztes Plateau unterhalb der Felswand erreichte. Jetzt erst, mit einer Distanz von gerade mal 200 Metern bis zum Ziel, legte der Ermüdete eine Pause ein. Schwer ging sein Atem in der eisigen Luft. Wiederholt säuberte er seinen Bart von Eis, wofür er die rechte Hand vom Fäustling befreite. Sodann öffnete er die Verschnürung des Jutesacks. Und wieder, als ergriffe eine mächtige Magie von ihm Besitz, wandelte sich sein Befinden, zeigten die eben noch eingefallenen Wangen rötlich unterfütterte Rundungen von Frische und Gesundheit, einem gerade eben geernteten Apfel nicht unähnlich. Die Augen leuchteten erwartungsfroh wie die Verheißung eines Feuers in eisiger Wüste.

Gerade wollte er weitergehen, als seine Nase dünne Fetzen von Brandgeruch wahrnahmen. Der Hüne Roland hob den Kopf. Hinter vereisten Felsen, zum Fluss hin, drehte sich eine Rauchsäule mit bedrohlicher Farbgebung gegen den grauen Himmel. Überhaupt: Noch nie hatte der Dorfvorsteher so weit ab von seiner Wohnstatt den Rauch der Schornsteine seines

Dorfs aufsteigen gesehen? Und wieder tanzte der Geruch verbrannten Holzes um seine Nase. Waren es wirklich nur die Schlote der flachen, hölzernen Häuser? Es roch bedrohlich nach mehr. Wenn nun eines der Gebäude in Flammen stand, womöglich angezündet?

Roland zögerte. Sollte er den Weg fortsetzen oder umkehren, sich vergewissern, dass die Familie in Sicherheit war? Wäre sie in Gefahr, müsste er als Familienoberhaupt und Dorfvorsteher den Bedrohten, ja dem ganzen Dorf zu Hilfe eilen, so wie es die ungeschriebenen Gesetze verlangten. Hätte er eine Wahl? Er dürfte den Tod nicht scheuen. Andernfalls wartete das kurze Leben eines Vogelfreien auf ihn. Keinesfalls würde er vor den Ahnen und Göttern bestehen können. Roland gelangten mit seinen Überlegungen zu dem Schluss, dass die Zeichen uneindeutig waren; zusammengenommen aber eher entlastend, was gegen eine sofortige Rückkehr ins Dorf sprach. Er ballte die Faust. Morgen würde er ohnehin zurückkehren zu seiner Sippe. Nein, er durfte sich nicht verrückt machen lassen. Immerhin ging es heute um mehr als nur um ein entlaufenes Schaf, das er vorgegeben hatte, suchen zu wollen. Zum Glück vermisste ihn niemand. Die Tage wurden länger, da duldete sein Vorhaben keinen Aufschub. Wer konnte schon wissen, wie lange das frostige Wetter noch anhielt? Bei Tauwetter wäre der Spaß rasch vorbei.

Mit einem Ruck setzte der Schafbauer seinen Weg fort. Zielsicher suchte er im Schnee nach Halt zwischen vereisten Felsvorsprüngen. Er passierte überfrorenes Geröll und erreichte die Rückseite des Quaders noch vor Einbruch der Dunkelheit.

Eine kurze Vergewisserung noch, weder verfolgt oder beobachtet zu werden, dann war er umfangen von der stillen Gleichmut einer wettergeschützten Höhle.

Für einen längeren Augenblick lehnte Roland rücklings am brüchigen Gestein. Es roch nach Kälte und feuchtem Moosbewuchs. Sobald sich seine Sinne an die schummrigen Lichtverhältnisse gewöhnt hatten, nahm er die Höhle in Augenschein. Sie zeigte sich so, wie er sie verlassen hatte. Keine Spuren im Sand zwischen dem Geröll, das den Boden bedeckte. Linker Hand lehnten zwei nahezu identische Jutesäcke an der Wand. Roland atmete tief durch. Er war allein mit dem, was ihm mehr als lieb und teuer war. Eine Gewissheit, die seine Sinne wärmte.

Der neue, gerade erst herangeschaffte Jutesack unterschied sich kaum von den beiden vorhandenen. Doch schien er größer, sein Inhalt wuchtiger. Sprunghaft nun begann Rolands Puls zu hämmern. Rasch wechselten seine Blicke von einem Objekt auf das andere, verharrten, kreisten, kehrten zurück, verharrten erneut, ähnlich einem Gewinner beim Erfassen der freien Auswahl auf der Kirmes.

Endlich trat er auf den ersten der drei Jutesäcke zu und zog einen steif gefrorenen Gegenstand hervor: ein nacktes Frauenbein. Rolands farblosen Lippen entfuhr ein krummer, zustimmender Pfiff. Besitzergreifend umschlang er das eisige Stück mit seinen muskulösen Armen. Die Umarmung versetzte ihn wechselweise in Trance und Rage. Er lehnte das Bein aufrecht gegen die Felswand. Daraufhin entnahm er auch dem zweiten Sack ein gefrorenes Bein und stellte es neben das erste. Er trat einige Schritte zurück und verglich die schlanken Beine, denen ihr Alter nicht anzusehen war.

Allmählich wurde dem Dorfvorsteher und Schafbauern warm. Schweiß ließ sein gerötetes Gesicht im Dämmerlicht der Höhle glänzen. Schon öffnete er seinen Mantel, ein bisschen zu heftig, sodass die Gewandnadel klingend über den felsigen Boden holperte. Dann, mit einem Ruck, sprengte er das vor seiner Brust geschnürte Leinenwams. Kichernd begann der Hüne mit einem wilden Tanz. Das lustvolle Geschehen schien ein schützendes Polster aufzubauen zwischen seiner Selbstwahrnehmung und dem frostigen, lebensfeindlichen Klima in der eiskalten Höhle.

Schließlich griff er mit hitzigem Atem nach seiner neuesten Errungenschaft, dem dritten Sack. Dabei handelte es sich um ein außergewöhnlich dickes Bein mit einer Wade, die eine ansprechende Proportion zum Oberschenkel aufwies. Auch war zu erkennen, dass das Bein wohl zu einem jungen Menschen gehört haben mochte, vermutlich zu einer Frau. Die Haut war glatt, bar jeder Sonnenbräune und wies nur vereinzelt die dunklen Flecken des Todes auf. Roland verankerte das Objekt mit aufwärts gerichtetem Fuß im Geröll. Ein kurzes Verharren und seine Atemfrequenz geriet ins Stolpern. Wie schön das Bein ist …, schwärmte er im Stillen. Es folgten ein inbrünstiges Stöhnen und ein Bündel unartikulierter Worte, die zu einem getragenen Singsang wurden. Eine Melodie, so losgelöst von der profanen Weltlichkeit wie ein hingebungsvolles Gebet.

Bei aller Erregung gewann am Ende der Frost die Oberhand. Der verzauberte Bein-Liebhaber begann zu frieren und schlüpfte mit klappernden Zähnen zurück in seine Kleidung. Nur die kunstvoll gefertigte Fibel, die den Fellmantel unterhalb des Halses zusammenhalten sollte, wollte sich im Staub zwischen dem Geröll nicht finden lassen. Zwei miteinander verknotete Schnüre halfen, das Problem zu lösen.

Sicherheitshalber trat der winterliche Sammler von Frauenbeinen vor die Höhle, um nach dem Rechten zu schauen. Der Sturm fegte in nachlassender Wut noch immer den Neuschnee von den Kuppen der aufragenden Felsen. Soweit der aufziehende Mond die Wolken durchdringen konnte, spiegelte er sein Licht im Schnee und gab den Blick frei auf die Umgebung. Da, ohne Vorwarnung, packte das Entsetzen mit eiserner Hand zu. Am Himmel, in Richtung des großen Flusses, dort, wo das Dorf lag, zeigten sich zwei ausgedehnte, teils von Glut durchzogene Rauchsäulen im Mondlicht. Es schien, als versperrten sie den Wolken den Weg nach Westen. So etwas hatte der erfahrene Dorfvorsteher erst einmal in seinem Leben zu Gesicht bekommen. Als in der Nachbarsiedlung zwei größere Lagerhäuser verbrannt waren.

Instinktiv griff Roland nach seinem Messer, das an einem Strick baumelte, der seine Hose am Leib hielt. Quellender Zorn auf die eigene Fahrlässigkeit, auf seine selbstsüchtige Missachtung der bereits am frühen Morgen beobachteten Rauchsäule pressten sein Innerstes zusammen. Der mutige Kämpfer wusste um die Machtlosigkeit hier in der Ferne.

Plötzlich, wie aus dem Nichts, wurde der Fels von flackernden Feuern beleuchtet. Dazu waren aufgeregten Rufe von Männern, das Wehklagen von Frauen und Kindern zu hören. In einem Reflex sprang der Dorfvorsteher zurück in den Höhleneingang. Aus der Deckung heraus konnte er eine abseits vorbeiziehende Menschengruppe erkennen, die rauchende Fackeln mitführte. Der Wind trieb vertraute Wortfetzen herüber. Es handelte sich um Angehörige seines Dorfs. Der Hüne wusste, würden sie ihren Weg durch den dichten Schnee auf der eingeschlagenen Linie fortsetzen, wären sie verloren. Am Ende stünden sie vor unüberwindbaren Hindernissen. Und zu zerfurcht war der aus Schiefer bestehende rissige Untergrund bis dorthin. Frauen, Männer und Kinder würden in verwehten Felslöchern und an scharfkantigen Brüchen verenden – wenn sie nicht vorher abgeschlachtet würden von möglichen Verfolgern.

Noch wollte der Hüne den einzigen Ausweg nicht wahrhaben. Noch nicht! Auf einmal flatterte ein Vogel den Berg herauf. Unter den im Mondlicht leuchtenden Wolken warf er bedrohliche Schatten in die Landschaft. Ein Rabe! Roland erschrak. Die Ahnen! Hier oben, über seiner Höhle? Mit einem Mal wusste er, was zu tun war. Keinen Gedanken mehr verschwendend, trug er die Jutesäcke, aus denen heraus die gefrorenen Beine ragten, durch die Nacht zu einem unübersichtlichen Felsspalt, die Objekte unerreichbar zu versenken. Mehrmals hörte er ein dumpfes Plumpsen. Kurz nur verspürte er Wehmut.

Der Gewandelte drehte sich um. Da bemerkte er nicht weit entfernt einen bewaffneten, aber erschöpft wirkenden Mann aus dem Dorf. Roland spannte unwillkürlich seine Muskeln.

Schon kam der am Arm blutende Bauer näher und fragte erstaunt: »Was machst du denn hier oben in den Bergen?«

»Nichts Besonderes!«, log der Hüne Roland, »ich suche schon über den ganzen Tag nach entlaufenen Schafen.«

Anschließend berichtete der Dörfler, was der Dorfvorsteher längst vermutete. Dass die Fremden aus den östlichen Wäldern über die Elbe gekommen seien, dass sie es auf Frauen, Schafe und Getreide abgesehen hätten. Einige der Tiere seien noch auf der Stelle geschlachtet und in wilder Gier zerrissen und verzehrt worden. Schließlich berichtete er von zwei Fremden, denen das Dorf vor vielen Jahren Zuflucht gewährt habe, dass ausgerechnet diese beiden den Eindringlingen zur Hand gegangen seien und die kräftigsten Frauen gebunden und zur Beute gemacht hätten.

»Was ist mit meiner Familie?«

»Deine Frau und die Mädchen leben. Sie werden gleich hier sein. Dein Sohn …«

»Hat er das Schwert erhoben?«

»Er hat furchtlos und kraftvoll Widerstand geleistet.«

Der Hüne Roland legte den Kopf in den Nacken, warf den Blick gegen den Nachthimmel.

»Mein Sohn ist jetzt bei den Ahnen.« Seine feste, unbewegte Stimme verriet einen Hauch von Leid und Stolz.

Tief holte der Dorfvorsteher Luft, dann sprach er: »Für die Frauen und Kinder gibt es hier oben eine schützende Höhle. Die Männer werden sich unter meiner Führung versammeln. Dann werden wir noch heute Nacht beginnen, das Mordgesindel zurück über die Elbe zu jagen.«

Und dann noch:

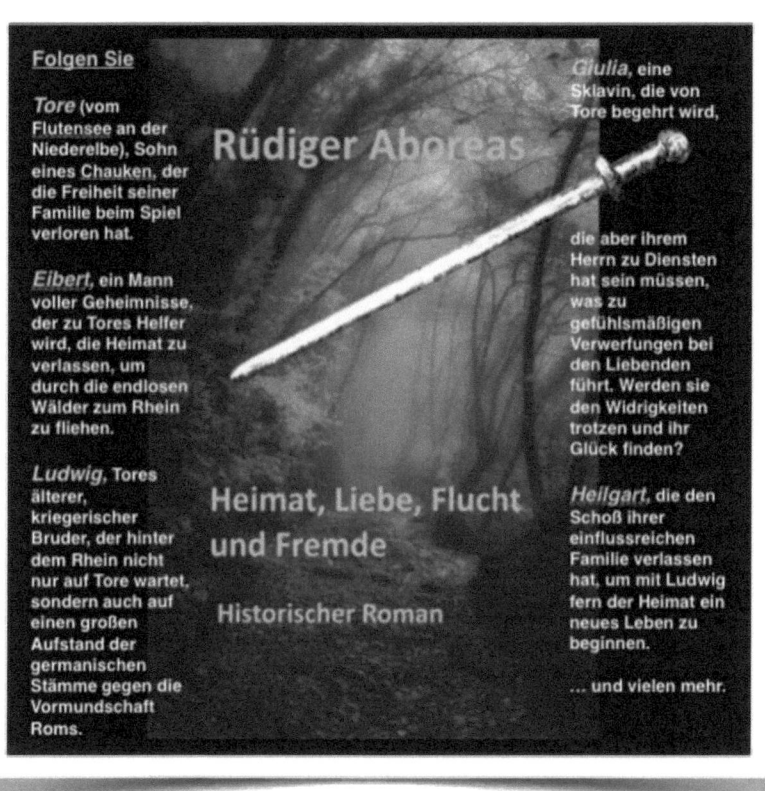